新装版

背徳の野望

南里征典

祥伝社文庫

目次

一章　欲望開発課

1

オリエンタル産業の社長室秘書・中原涼子《なかはらりょうこ》は、愛液過多の女であった。それも本郷《ほんごう》が見るところ、標準以上に潤沢《じゅんたく》すぎる体質の持ち主のようである。

「ねえ」

今もその涼子が耳許《みみもと》で囁《ささや》いている。

「わたし、多すぎるでしょ？」

本郷は最初は、質問の意味がわからず、

「うん？……何が？」

涼子の中に深々とはいったまま、繋《つな》がれた部分をつよく密着させながら、何やら間抜けな調子で訊《き》いたものである。

「あふれている感じがするわ」

「そういえば、多いね」

本郷にもやっと質問の意味がわかった。

「困るのよォ。多すぎて……今も……ほらほら……ぐっしょりお尻につたわってるわ」

涼子はシーツの上に、黒い藻《も》のように美しい長髪をひろげ、その中に上気した彫《ほ》りの深い顔を埋めてのけぞりながら、足を絡《から》めて、上手に本郷に腰を打ちつけてくる。

「あぁッ……響く」

そう言いながら次には、

「ねえ。拭《ふ》いたほうがよくはなくて？」

上眼遣いに、お上品な言葉使いで、そう訊いてくる。

中原涼子のお上品さは、今にはじまったことではない。今、成長株のリゾート業界の大手「北急《きたきゅう》ドリーム開発」の社員とはいえ、営業部第三課の営業マンでしかない本郷貫太《かんた》郎《ろう》にとっては、取引先のオリエンタルでも評判の美人秘書・涼子は、つい最近までは高嶺《たかね》の花であった。

それが成りゆきで、肌を合わせるようになったのだから、アタックはしてみるものである。先月、本郷が担当している伊豆《いず》のリゾートホテルの完成記念パーティーが現地で開かれた折、社長代理で参加していた中原涼子を接待しているうち、彼女は伊東《いとう》から帰る最終電車を逃してしまい、そのリゾートホテルに泊まることになった。

そうなれば、根が厚かましくて好きものの本郷は、もう逃がさない。チャンス到来とばかりに、涼子を一番、居心地のよいロイヤル・ルームに案内し、自腹を切って特上ワインをふるまい、さんざん粘って口説いて、ついにその夜、ベッドを共にしたのである。

ちょうど、涼子も旅先の一人寝では少し感傷的になって、肌淋《さみ》しかったのかもしれない。以来、週一ぐらいの割で会うようになったが、最近ではむしろ、本郷貫太郎自慢の、並はずれた女殺しの逸物《いちもつ》の魅力に参って、涼子のほうが結構、夢中になって深追いしている形勢にあった。

その涼子が、本郷の耳許で、

「ねえ……やはり、拭きましょうよ」

ふたたび、そう囁いている。

たしかに涼子は、愛液の滲出《しんしゅつ》の多い自分の体質をよく知っているようである。豊潤《ほうじゅん》すぎて、秘肉に包まれた男性自身の摩擦感がうすれ、鈍《にぶ》くなることを心配しているのである。

そういう場合、一度、男性のものを女体から抜いて、拭いたほうがいい場合もある。

（それにしても……）

と、本郷貫太郎は思った。

（そういう呼吸、誰かに教えられたな）

ふっと、涼子の求めの背後に、オリエンタル産業の社長、東田泰助《ひがしだたいすけ》の調教の手を感じて、ねたましい思いがした。

本郷はもう少し、そのままの状態をつづけてみようと思った。

「いいよ。拭かなくても……」

「そう。それじゃ私もいいわ」

中原涼子は眼を閉じて頷《うなず》いた。

鑿《のみ》で彫ったようなふっくらとした唇がなかば開いて、あえやかな喘《あえ》ぎを洩《も》らしつづけ、うっとりと閉じられた瞼《まぶた》のあたりが、時折、ぴくぴくと波立って、痙攣《けいれん》していた。

その痙攣は、涼子の身体《からだ》の深いところからも発していた。本郷貫太郎の男性自身を容《い》れた膣の奥が、時折、きゅッ、きゅッ、と収縮して、うねうねと野太いものを奥へくわえこもうとするような動きを見せるのである。

「あッ……摑《つか》んでたのに……」

いささか、すべったようだ。粘稠性《ねんちゆうせい》のある愛液の中で本郷の男根がすべるような感触が訪れるたび、涼子はそれをひどく気にしている。

涼子の秘肉はすてきな構造であるが、やや愛液過多すぎるのが難点である。

「ね」

涼子が小声で、

「やはり、拭きましょうよ」

そこまで言われると、本郷も断わることはできなかった。

女性の愛液にもさまざまなタイプがあって、豊潤すぎるからといって、けっして薄いとは限らない。涼子のは多量であっても、濃密なのだ。粘稠性がつよくて、本郷の昂《たか》まりに、またとない把握力を与えてくれる。

今まで、それを楽しんでいた本郷だが、

「私、拭いてあげる」

絡みつけていた脚をほどいた涼子に応じて、本郷貫太郎はベッドに仰臥《ぎょうが》した。

「わあ、凄《すご》い。すてきなタワーだわ」

涼子はかしずきながら、本郷の男性自身を、そういう具合に表現した。

タワーと呼ばれると、パリのエッフェル塔か東京タワーのように勇ましく大空に聳《そび》え立っているようで、気分がいい。現に本郷のものは職場でも女殺しの業物《わざもの》とよばれ、大きくて長いだけではなく、宝冠部がぐんと張っていて、名刀中の名刀なのである。

「男性のものにも人によって、色々な表情があるのね。貫太郎さんのって大きくて逞《たくま》しいだけではなく、どことなし品があるわ。おまけに、好きそう」

涼子はそのタワーに口を寄せてきた。オリエンタル社の美人秘書にかしずかれて、宝物を扱うように口で舐《な》められ、本郷は男冥利《みょうり》に尽きると思う。

「行為中のものを舐めて、汚ないとは思わないのかな」

「そんなことはないわ。男性の匂い、あたし、好きだもの」

涼子は言いながら、ティッシュはまだ片手につまんだまま、濡《ぬ》れ光る本郷の逸物にくちづけをし、チュッ、チュッと唇の音をたててから、うれしそうに含み笑いを洩らし、ティッシュで柔らかくシャフトを押し包んでくる。

中原涼子はまだ二十六歳の独身秘書なのである。それにしては、そうしたやり方のすべてが堂に入っている。

「いつも、社長のものをこうして拭いているのかい?」

本郷は誘導尋問気味に、そう聞いてみた。

「ううん。貫太郎さんのがあまり大きいから、頼もしくなって、つい拭いてあげたくなったのよ」

東田社長との仲を気色《けしき》ばんで否定する態度をとらなかったところをみると、オリエンタル産業の東田社長の秘書兼愛人ではないか、という噂《うわさ》は本当かもしれない。

それなら、ますます打ち込み甲斐《がい》がある。今に、この女を通してオリエンタル産業を動かして、大きな契約を取ってやろう。

本郷貫太郎は、情事のさなかにも、旺盛なる営業意欲を失わないのである。

涼子はティッシュで拭き終わると、いつくしむようにその雄渾《ゆうこん》なものをあやし、口いっぱいに頰《ほお》ばってきた。

　お上品に、舌がひらめく。口腔《こうこう》の中まですっぽりと吞《の》み込んであやしたり、はなして亀頭部分を舌先で上手に、なぞったりする。

　巨砲から涼子の口がはなれた時、唾液《だえき》が朱唇と男性との間に、銀の糸のように尾をひいて、ひどく淫《みだ》らな女景を見せるのだった。

「なかなか、お上手だね」

「淫乱《いんらん》、と言いたいんでしょう」

「それは最高の賛辞になる。今は万事、本能と感性優先時代。淫乱女が最高のトレンディーガールと言われているもの」

「そうよ。あたし、そう言われてもいいわ。毎日、そればっかり考えてるんだもの」

　男の体を誘い込むように、涼子は臀部《でんぶ》を本郷のほうにむけながら、まだ業物にかしずくのをやめない。眼の前で涼子の白い、豊かな臀部がゆらめいてきたので、本郷はその尻肉に両手をのばしてゆく。

「どうしてあたしが、こんなに淫乱女になったか想像できる？」

「さあな。社長に仕込まれたからかな」

「隠しても、知られてるのね」

「そのくせ、その社長が今はお年で、あまり満足させてくれないので、たまに出会ったイキのいい男性自身に夢中になってる?」

「図星よ。貫太郎さん、イキがいいだけではなく、何でも見抜いてるのね」

涼子は意外に素直に、社長との仲を白状した。その上、臀部をゆらめかせたので、その拍子《ひょうし》に、涼子の赤黒い秘洞から、たらたらと銀の糸のような愛液のしずくがしたたった。

「ぼくも、拭いてあげるよ」

本郷はティッシュでそこを拭いた。

相当の愛液過多だ。拭いたあと、秘唇にくちづけにいった。そうやっていると、本郷と涼子はいつのまにか、69《シックスナイン》の体位に移行していたのであった。

本郷は涼子の股間に、サーモンピンクの亀裂をみせる花芯を思いっきり引き寄せ、クンニをふるまいつづけた。一生懸命、奉仕するのも、しっかりした魂胆があるからである。

涼子の内股は白くて、なまめかしい。

涼子は全体に長身で、華奢《きゃしゃ》で、ほっそりとした身体つきなのだが、裸にすると意外に臀部と太腿《ふともも》に、豊かな肉の円《まる》みがあった。

「豊潤すぎる私の愛液、いったいどこから溢《あふ》れ出るのかしら」

涼子は生徒のように聞いた。

バルトリン腺であるに決まっている。

「ねえ、指を入れて探ってみて」

涼子は大変、エッチなのである。

本郷に指を入れさせて、泉の出所と構造をしっかり探らせようとしている。

本郷は応じた。まず先遣《せんけん》となる忠実な中指を、女体に挿入した。

指に、絞《し》めつけられる感じがきた。

秘孔があわびのように閉まるのだった。

女体の構造としては、通路の真上の部分は天井が低くなっていて、ザラザラした感じであった。カズノコ天井に近い。その奥は深いが、指の第二関節のあたりが、キュッキュッと、締めつけられる。

本郷は中指を少し上にこじあけ、その下に重ねるようにして薬指をすべりこませた。

入り口は少しきついようだったが、なんとか二指が重なって、進入を果たした。

「ああン……そんなあ」

涼子の腰が、わずかに反《そ》った。

でもけっして、痛すぎる反応ではない。

進入させてから、重ねていた指を横に揃《そろ》えた。これで指は、動きやすくなった。

本郷は指を手前に折りまげるようにして、引いてみた。天井の洞窟がせばまって狭隘《きょうあい》な部分を、内部から引っ掻《か》く感じになり、

「あっ……」

涼子はヒップをゆらめかせた。

「そんなあ……」

喘ぎながら、文句を言う。

「でも、感じるんだろう？」

「感じすぎるわ。変な具合よ」

「どう、これは」

「ああッ……オシッコ、ちびりそう」

本郷は好きものの指で、女体の秘洞の中を思いっきり探検してまわり、高い天井や側壁を引っ掻くようにした。

涼子は、ヒップを眼前でバウンドさせた。

いつも隙《すき》のないスーツを決めこんで、社長室で取り澄ましている涼子が、けっして他人には見せない女の秘景であった。

本郷は、指の奉仕をつづけた。

涼子は白い臀部を顔の上に預けていた。

双球のまん中に切れ込む秘唇の中に二指をくぐりこませたまま、本郷は進んでいる親指と人差し指で、茂みに覆《おお》われた恥骨の丘のふくらみのあたりをかまってやった。

丘はこんもりと発達していた。その盛りあがり方は、男を喜ばせる恥骨である。

親指で、恥骨の下のもっとも敏感な真珠を、莢《さや》に包んだまま上から押さえて、二指ではさみつけるようにして、愛撫《あいぶ》した。

「あーッ……」

中原涼子はゆっくりとヒップを持ちあげ、中空に腰で円を描いた。

「そんなことされると……たまんないわ」

バウンドさせる動きが速くなった。

「あッ……また、洩れそう」

洩れそうというのは、愛液のことである。

本郷の指が、よほどGスポットを刺激したらしく、言葉の直後にピューッと、本当に透明な液が秘孔から噴《ふ》きだし、汐吹《しおふ》きのような具合になった。

本郷があわてて顔を避けるのと同時に、涼子も一声、高く悲鳴をあげ、ああッと、腰からくずれて、ベッドの上に倒れこんだ。

シックスナインの体位が解かれた。

（ちょっとした、クライマックスを迎えたらしいな）

ベッドにうつ伏せになって息をととのえている涼子の美しい背中を、本郷は満足そうに見やった。口唇愛と指戯だけで、美人秘書を舞いあがらせ、昇天させたのであった。

本郷貫太郎は、まだみなぎっている。

今ふたたびの本番への期待を抱きながら、本郷は煙草《たばこ》に一本、火をつけた。

2

指先に、ほのかに女体の匂いが残っていて、漂ったが、悪いものではない。本郷はその女苑《にょえん》のなんともいえない、濃密であやしい刺激臭が好きである。

それに世の中、嫌煙権時代だが、食事の後と、異性交渉の後の一本の煙草の味は、これはもう何ものにもかえがたい。これにあと一つ付け加えれば、セックスの途中の一本もまた、指先の女臭と煙草の香りが渾然とブレンドされて、とても得がたい、人生の至宝である。

本郷はしかし、世の中に楯《たて》つくつもりはないので、そこそこ節煙することにしている。

「ねえ……」

やがて、一息入れた涼子が、誘った。

「中断しちゃって、ごめんなさい。あたしの、まだぴくぴくしてるわ」

入れてほしい、という催促のようである。

「あなたのもまだ、とても勇ましそう」

本郷は一服おえて、意欲満々である。

「豊潤だとは思ってたけど、あんな汐吹きとは思わなかったよ。あれじゃ、せっかく拭いたのが、なんにもならなかったな」

「いまティッシュで拭いたから、今度は大丈夫よ。――貫太郎さん、入れて。あたしを、いっぱい満足させて」

本郷はようやく、仕上げにむかうため起きあがって位置を決め、涼子を押し開いた。

本郷のものは、逸物である。

膣口いっぱいにめり込む感じになった。

「ああ……」

涼子は甘やいだ声をあげてのけぞった。

一気に挿入するにはやや無理な感じもあるが、そのひしめく柔肉を押し分けて進むところが、たまらない。愛液も、今度は少し控え目である。

そのままタワーを突入すると、乳房がぷるんと震えた。やわらかな秘裂の果肉が、本郷のタワーをしっかりと押し包んできた。

狭隘な部分をくぐりぬけて、突きあたりまで進み、ぬくもりの中に停止すると、本郷は涼子をしっかり味わうように、上体を反らせたままで、呼吸をととのえた。

「貫太郎さんのタワー、あたしにフィットしてるわ」

涼子がうれしそうな声をあげた。

本郷は腰を摑んで、動きだした。

抽送《ちゅうそう》に強弱と角度が加わった。

「拭いてもらって、やはりよくなったね」

本郷は感想を洩らしたが、涼子はもうそれどころではない。彼女は美しい顔を左右に打ち振って、わけのわからない言葉をまき散らしはじめた。

「あ……いや、いや、いや」

いやいや、というのは、涼子の場合激しく感じている時の証拠であった。あまりよくて、魂が消えてしまいそうになる。それが心細いので、いやいや、と魂結《たまむす》びの言葉を吐いているつもりなのであった。

本郷はそれより、涼子がオリエンタル産業の社長とどう交わっているかを想像したとたん、嫉妬《しっと》まじりの興奮がつよくなって、いやが上にも猛々《たけだけ》しくなり、涼子の秘芯の奥に、カウンターパンチ気味に雄渾なるものを打ち込みつづけたのである。

「あァッ……どうにかなりそう……!」

涼子の声のオクターブがあがった。

初めは高く、嬌声《きょうせい》ともつかない破裂音だったが、やがて吐息のように長く伸びて、

「ああ……ああ……」

口がぱくぱく、鯉《こい》のように喘いだ。

涼子の身体は長身で、華奢なので、柔軟だった。どのようにも、絡みついてくる。その

白く輝く豊満な身体が、弓なりとなり、背中が湾曲して腰部《ようぶ》がせりだし、本郷の腰と自分の腰を密着させ、より深く彼の男根を迎え入れようとする。

豊かで美しい乳房が、仄《ほの》明るい部屋の灯《あか》りに豊麗に輝いて、本郷の眼を恐ろしく刺激的に楽しませてくれる。

「涼子……いいよ」

それまで本郷は膝《ひざ》と肘《ひじ》で体重を調節し、涼子との間に一定の隙間を保っていたのだが、やがて、涼子の白い裸身にわが身を密着させ、口吸いにいった。

二人の舌と舌は、ねっとりと絡みあった。

上下繋がれたまま、蛇のように揺れた。

舌と舌が絡まるたび、涼子の膣口が一定間隔をおいて、締まってくる。

上と下は、どうやら連動しているようである。

本郷はその発見にいたく感興《かんきょう》を催《もよお》して、図にのって両所攻めをつづけていたが、

「ああ……」

とうとう苦しがって、涼子が口を離した。

「両方だなんて……」

涼子の顔が、やがてシーツにねじむけられた。彼女は身体をよじり気味にして、声を洩らしていた。あえやかに開いた唇から、白い歯がのぞき、赤い舌が口腔内で、ちらちらと

蛇の尻尾《しっぽ》のようにくねっているのが見えた。

(そろそろだな……)

本郷は、そう感じた。

そうしてしっかり励んでいるうち、

「いきそう……貫太郎さん、きて、きて」

絶叫に近い声をあげた。

本郷は両腿を押し開かせていた手をはなし、身体をもとに戻して繋いだまま、涼子のほうに胸を合わせにいった。その時、おや……と、分身にある感触を得て、腰を止めた。

それは、分身を秘肉の中に突き進めた時ではなく、引いた時である。涼子の膣の入り口のあたりに狭隘部があり、その奥は湾のように広々としているが、本郷の逸物の傘の部分が、ちょうど奥から引かれながら、この「湾の内側」のあたりまで引きつけられた時、キュッ、コリコリ……と引っかかりがあって、

「あ……いいッ」

涼子が泡を吹くような声をあげるのであった。

どうやら涼子のGスポットは、岩陰の真珠のように湾の内側に身を隠しているようだ。

本郷は涼子の真珠湾を発見した。

ちょうどそこは湾の内側で、前立腺の一種であるGスポットの粒が真珠のように、ザラ

ザラの岩陰に潜《ひそ》んでいるようなのである。

本郷はそこを集中的に攻撃することにした。それも突きを入れる時よりも、引く時に引っかかりがある。

したがって、深浅の法の中で引く時に、傘の部分でその真珠にひっかかるようにすると、

「あッ……そこ、そこ……変よ！」

涼子は顔をまっ赤にして、収めたタワーを軸《じく》に、腰をグラインドさせてきた。

一層、真珠をこすりつける感じである。

本郷も自信をもって、なおも攻めた。

「あッ……あッ……あッ……」

もうたてつづけの声である。

（いよいよ、頂上だな）

本郷は自分ももう、持ちこたえられなくなっているのを感じ、

「発射して、いいのかね」

「いいわ……いいわ……射《う》ち込んで」

涼子はやがて突如、恥丘をつよくせりだすように押しつけてきた。そうなると、涼子の体奥の子宮は男性自身を迎え撃つという具合になって、タワーは奥壁に直突して、うねう

ねとうごめくものを捉《とら》え、そこにエネルギーをどくどくと浴びせかけると、涼子の脳天を撃つことになった。

「ああーっ」

語尾はもうかすれてしまった。

涼子はとうとう、高い声を曳《ひ》いて、クライマックスを迎え、身体を弓なりに反らせてブリッジを作ったあとは、なだれ落ちるようにベッドにくずおれてしまった。

本郷もその寸前、到達し、昇天したのは、言うまでもない。

二人とも汗びっしょりで、身体をほどいたあとも、しばらく動くのを忘れていた。

――そのあと、ひと眠りしたらしい。

3

本郷貫太郎が次に眼を覚ましたのは、身体から冷んやりと汗が引いてゆく肌寒さを感じたからである。

涼子はまだ俯《うつぶ》せになって眠っていた。

腕時計を見ると、九時半である。

カーテンをあけると、窓から美しい夜景が見えた。一面、原色の宝石をばらまいたような都心部の夜景は、まだたけなわだった。

そこは新宿《しんじゅく》の超高層ホテルの一室である。

「おい、涼子さん……そろそろ起きないか」

肩を叩《たた》くと、

「今、何時？」

涼子が眠そうな眼をあけた。

「九時半だよ」

「あーら、大変。帰るのが遅くなるわ」

「帰るったって、まだ早いよ。展望ラウンジで食事でもしようか」

「うれしい。あたし、ワイン飲みたい。おなかぺこぺこだし、喉《のど》がからからよ」

——会って、いきなりの情事ですもの、と涼子の瞳が色っぽく濡れて、怨《えん》ずるように本郷貫太郎を睨《にら》んでいた。

二人は部屋を出て、展望ラウンジにむかった。エレベーターホールの前まで来た時、

「あららッ……」

涼子が立ち止まって、うずくまろうとした。

「どうした？」

「洩れてくるわ……あなたのが」

「そういえば、拭かないまま眠っちゃったんだよな、おれたち」

「シャワーは浴びたけど、奥まで洗い流すの、忘れていたのよ」

「ラウンジまで我慢しようよ。化粧室に駆け込むしかないだろう」

本郷貫太郎はそう諭《さと》したが、

「だめだめ、一歩も歩けないわ。洩れてる。あなたのスペルマ、大量なんだもん」

そう言ってから涼子は手にしていたコートをさしだし、

「貫太郎さん、あっちをむいてて。ついでにこのコートを広げて、私をガードしてちょうだい」

「おいおい、どうするつもりだい」

「うふん」

笑って涼子は後ろをむいた。

言われたとおりにすると、「十五かぞえるまで、覗《のぞ》いちゃだめよ。覗いたら、蛇になってやるから」

どうやら涼子は、バッグからティッシュを取りだし、ホテルのエレベーターホールのどまん中で、中腰になってパンティーの中を拭いているらしいのである。

「やるねえ」

拭き終わった時、エレベーターが開いて、外人夫婦が一組、降りてきた。

危機一髪だったわけだ。

二人は最上階の展望ラウンジにはいった。ラウンジはそこそこの込みようで、窓際に一つ空席があったので、坐ることができた。

本郷はヌーボーのワインを一本とり、オードブルとサーロインステーキを二つ注文した。ふつう、恋人たちがデートする時は、食事、酒、それからホテルでの情事、という順序になるが、本郷貫太郎はいつもその逆の順序でやる生活哲学の持ち主である。

つまり、いい女と会う時はまっ先にベッドで愛しあい、それから気分爽快《そうかい》になって、落ち着いて酒、食事を取るという按配《あんばい》である。そのほうが腹も空《す》くし、喉も渇《かわ》くし、気分さわやかに酒も料理も楽しめるし、女性とも本当の一体感がうまれ、また英気を養ったあと、もう一回、愛しあうこともできる。

今夜は久しぶりにオリエンタル産業の社長室秘書・中原涼子と会い、いつもの手順で事を運んでいるわけだが、涼子にはあと一つ、商談のほうで打ち込んでおきたいことがあった。

化粧を直した涼子の顔は、美しかった。

つい一時間前、男のものを咥《くわ》えて、あられもない声でいい、いい、を連発した生臭《なまぐさ》い女は、もうどこにもいない。知的で、美貌で、取り澄まして、涼しげな美人秘書がおいしそうにワイングラスを頬に押しあて、微笑しているのであった。

「お仕事、順調？」

「うん、お陰様で順調だよ」

本郷は食欲旺盛であった。

「世の中、働くばかりではなく、人生を愉《たの》しもうと、だいぶリゾート開発の掛け声が賑《にぎ》やかになってきたようね。あなたのビジネス、やりやすくなってきたんじゃないの?」

「まあね、ボチボチだけど、着実に軌道に乗りかけているよ」

北急ドリーム開発営業部第三課に所属する本郷貫太郎の仕事は、「遊ぶ」ことである。

仕事が遊びといえば、世のサラリーマン諸氏に叱《しか》られるかもしれない。年中、別荘やリゾートホテルや温泉地に行っているといえば、よほどの金持ちか、財界の御曹司《おんぞうし》と思われるかもしれない。

しかし本郷貫太郎は、当年三十二歳の普通の独身サラリーマンである。給料もそれ自体は世間並みで、破格というわけではない。しかし彼の所属する会社のビジネスの戦略は、「経済大国日本の、人生八十年時代を先取りした余暇《よか》と遊び」をシステム化し、狙うことである。

一年前、「北急本社電鉄部」から傘下《さんか》の「北急ドリーム開発」の営業部第三課に配属された時、着任早々、

「きみたちの仕事は、遊ぶことだ」

社長にそう訓示された。

「え？」

本郷は、目を丸くした。

「遊んでいて、給料を貰えるのですか」

「そうじゃない。これからの人生八十年時代、余暇時代、自由時間大国日本のために、しっかり人生の奥儀《おうぎ》を極《きわ》め、遊びの哲学を極めたまえ」

――なんのことはない、貿易摩擦時代を切り抜けるための内需拡大、国土開発、地域開発の先兵となるリゾートビジネス部門への投入であった。

日本のリゾート産業は、まだ緒《ちょ》についたばかりで、今、年商約四兆円である。バブルの盛衰や、経済の好、不況によって多少の波はあるが、いずれ年商十兆円産業になるといわれる。企業の週休二日制が拡大する一方、都心部の地価の超高値安定、住宅入手難、ヤングのレジャー志向の高まりから、日本のリゾート開発はこの数年、着実な勢いで伸びている。

現に今も日本各地で、たとえば北海道の「富良野《ふらの》・大雪《だいせつ》リゾート整備構想」、青森県の「湖と森の国リゾート整備構想」、秋田県の「鳥海《ちょうかい》高原観光開発事業」など、北海道から九州まで、百七十カ所で壮大なリゾート開発プランが進められている。いずれも一件千ヘクタール以上、投資金額にして一千億円級の超大型開発プランが軒《のき》なみであった。

これがすべてうまくゆくかどうかは疑問の余地を残しているが、私鉄大手北急も負けてはならじと、リゾート開発部門に力を入れ、本郷貫太郎も精鋭として、その部門に投入されたのであった。

「で、お話って、なあに?」

中原涼子が切れ長の瞳をむけた。

「あ、そうそう。例の会員制リゾートホテルのオーナーになる話だけどね」

さあ仕事、仕事、と本郷は張り切った。

「ああ、あれね。入会金三百五十万円で、リゾートホテルのオーナーになる。それで資産価値も保全されて、国内や海外のリゾートホテルをただ同然で使えるという話なら、損はないと思うわ。社長におねだりして私も財テクまでに一口、乗ってみようかな」

本郷のベッドでの奮戦が功を奏して、涼子はおいしい返事をしてくれている。

北急ドリームでは、箱根《はこね》、伊豆、熱海《あたみ》など、全国の観光地やスキー場や温泉場などに、会員制のリゾートマンションやコンドミニアムホテル、別荘などの建設をすすめ、今、オーナーシステム作りを進めている。その主たる業務をするのが、営業部第三課である。

今夜、ベッドをともにしたオリエンタル産業の社長室秘書の中原涼子にも、その勧誘の打ち込みをしていたのだが、三百五十万円という金は、資産取得には安いようでも、サラリーマンにとっては、そうザラには出せない。それを社長におねだりして……とケロッと言うあたり、さすがにオリエンタル産業の社長に可愛《かわい》がられている愛人のようである。

本郷は、待ってましたとばかり、

「それでね、涼子。きみが社長名義で一口、オーナーになってくれるのはうれしいよ。そこでさ、どうせならおたくの会社ぐるみ、はいってみよう、という案はどうだろう」

「会社ぐるみ？　どういうこと？」

本郷は説明した。

中原涼子が社長室秘書をするオリエンタル産業は、建築資材からアルミサッシ、住宅外装機器などを、幅広く扱う住宅産業だが、近年、急成長したばかりで、社員三百六十名を抱える繁栄ぶりながら、まだ本格的な会社の福利厚生施設というものを持たない。

そこでオリエンタルの法人ぐるみ、日本全国に三十六ヵ所の華麗なるリゾートマンションやホテル、別荘のネットワークを持つ北急のオーナーになれば、オリエンタルは自己資金で、わざわざ社員のための別荘やホテルなどの、福利厚生施設を作る必要もなく、すべて北急の施設を利用することができる――。

「それだと、コストも安くついて、おたくにとっても損にはならない話だよ。そのうえ、そういう提携関係ができれば、うちもこれから建設するホテルや別荘に、もっとたくさん、おたくの建材を使うことになる。そうなれば双方、商売は願ったり叶《かな》ったり。ひとつ、社長にうまく売り込んでみてくれないか」

「わかったわ。資材納入まで増えるのなら、うちとしても損じゃなさそうね」

涼子は聡明な秘書の顔に戻って、会社としての損得を計算しているようだった。

「その話、社長に吹き込んでおくわ。来週あたり返事をするから、その時も……ね!」

涼子はそう言って、流し目をおくった。

4

「おはよう」

「おはようございます」

月曜日の朝、本郷貫太郎が新宿にある北急ドリーム開発営業部第三課の部屋に顔をだすと、女子社員の飛鳥《あすか》まゆみが声をかけた。

「貫太郎さん、部長がお呼びよ」

遅刻を咎《とが》めるような眼であった。

飛鳥まゆみは、十五人いる第三課のスタッフの中の、紅一点である。しかも社内きっての美人であった。

ところが、あまり美人すぎて警戒するせいか、不思議なことに誘ってくる男はいない。

本郷貫太郎はそんなもったいない話はない、と配属早々、声をかけたことがある。

まゆみは意外に、乗ってきた。充分、開発された話のわかる女性だったのである。

だが、才媛《さいえん》なので、時折、男を叱りとばす悪い癖がある。

「貫太郎さん、いま何時だと思っているの。部長がぷりぷりしてたわ」

「外回りしてたんだ。仕方がないだろう。——で、部長は今、どこ？」

「役員室で重役会議よ。早く行ってらっしゃい。何でも、貫太郎さんの意見を聞きたいことがあるんですって」

まゆみは最後は優しくウインクして、人差し指を立て、上の階を指さした。

「ありがとう。例のリポートの件かな」

本郷貫太郎は部屋を出てエレベーターに乗り、二つ上の階にある役員室にむかった。

役員応接室のドアをノックすると、

「本郷君か？」

「はい」

「はいりたまえ」

失礼します、と本郷が一礼してはいると、テーブルについていた四人の重役のうち、末席にいる高野《たかの》取締役営業部長が、じろっと睨んだ。

「そこに坐りたまえ。——今月の営業検討会をはじめているところだが、本郷君、きみの成績はきわめて悪い。この数カ月、連続最下位だぞ。知っているのかね？」

「はあ。ただ今、鋭意努力中でありますが」

「そこのグラフを見たまえ。グラフを」

壁のコンピュータ・パネルには、各部課の目標数値と達成率から、個人の営業成績までが、ずらっとグラフで映《うつ》しだされていた。

きわめて、厳しい。北急リゾート開発は、たてまえでは日本人の働き中毒を戒《いまし》め、大いなる余暇時代の夜明けを説きながら、自社の社員に対しては相変わらず、猛烈社員であることを求めるのである。

もっともこれは北急に限らず、今のところ、日本の大方の会社の実情かもしれない。

「ところで、きみに来てもらったのは、ほかでもない。きみが提出していた〝21世紀リゾート戦略へのリポート〟、社長がいたく感銘なさって、詳しい報告を聞きたいとおっしゃっている。説明したまえ」

「はい」

本郷貫太郎は張りきって身をのりだした。

本郷貫太郎は、自分が提出していた戦略リポートが社長の眼に留まったと聞いて、大いに自信を得た感である。

「説明します」

本郷は、説明をはじめた。

彼の考える〝21世紀リゾート戦略〟、というやつをである。

「日本は今や世界一の貿易黒字国となり、経済大国となって、世界中から注目され、ある場合、憎まれてさえいます。アメリカをはじめとして、世界中から貯め込むだけではなく、もっと使いまくれ、買いまくれ、と厳しい注文をつけられております。経済政策の言葉でいえば、わが国の経済を輸出主導型から内需主導型へと転換し、国民生活の質の豊かさを求めなければならないわけです」

本郷はそこまで言って一息つき、「言いかえれば、われわれの社会はこれまでの工業社会の発想の枠《わく》を脱皮して、欧米に負けない脱・工業化社会の生活哲学と、二十一世紀にむけての新しいライフスタイルと経済構造を、構築すべき時にきていると思うわけです」

自分では格調高くブチ始めたつもりだが、

「本郷君。そういう一般論は、社長も認識しておられる。それより、きみのリポートの中核をなす〝暇と金と女〟――つまり、集中的に女を狙え、という戦略。その考え方について、具体的に説明したまえ」

「はい、申し訳ございませんでした。例の有休の壁をどう壊すかについての視点ですが、ご説明いたします」

〝有休の壁〟というのは、こうである。

日本は今や、人生八十年時代。それに伴《ともな》い、余暇時間が飛躍的にふえている。日本人の二十歳以上の生涯余暇時間は、二十二万時間に到達し、余暇大国になりつつある。

しかし実際には、サラリーマンは会社に気兼ねして、年間数十日もある有給休暇さえ、満足に消化していない。これではリゾート政策で経済を牽引《けんいん》しようとしても、掛け声倒れになる惧《おそ》れがあるので、サラリーマンに有休をどう使わせるかが大問題なのである。

政府も、観光企業もそうだ。今のところ、サラリーマンのまとまった休みといえば、盆正月と、五月の連休だけ。みんなそうだから、この時期は列島民族移動で大混雑する。

端的にいえば、日本人のバカンスや余暇のすごし方は、カウチポテトか短期旅行型。いわゆる、どこかリゾート地の一ヵ所にゆっくり〝滞在〟して、三日ないし四日、あるいはそれ以上を安い料金でゆっくりと過ごす、という滞在型施設や考え方は、まだできてはいない。このままでは、リゾートビジネスは早晩、壁にぶつかって、頓挫《とんざ》してしまうことになる。

そこで年間を通して随時《ずいじ》、少なくとも二泊三日、ないし四泊五日くらいの家族ぐるみのリゾート生活へもってゆくのが、これからの日本の進む道であり、リゾートビジネスの焦点——というのが、本郷貫太郎の考え方である。

「ふむ。そこが難しいんだよ。有給休暇をまとめて取るということがね。それをどう打開するんだね?」

高野が聞いた。

サラリーマン諸君、大いに有休を取ろうではないか、と呼びかけても、実際には各企業の内情も違い、社員同士、まわりに気兼ねをしたり、競争に負けたくないため、ふだんの日にまとめて有休をとるということは、今すぐにはまだ、難しいことである。ちょっと不況の波がくれば、余暇や遊びやリゾートの概念など、吹っ飛んでしまう、それが、現実である。

それでも、週休二日制は着実に進んでいる。金曜日に一つの有休や代休をつければ三連休が取れる。三日間なら、混まない日に車や列車で手近の温泉やリゾート地に行ってゴルフ、釣り、テニス、家族旅行などがゆっくり楽しめる。

世の中は、だんだんそういう方向に進んでゆく。そしてそれをビジネスに結びつけるには、働き中毒の男社会を洗脳するより、まずニューリッチ層のOL族、ヤング層、金と暇のある人妻、上流夫人など、これからもっとも上顧客となる女性層を狙って、〝すてきなリゾート生活〟に誘導することが先決である。女を動かしさえすれば、黙っていても男はあとからついてゆく、とするのが、本郷貫太郎の考え方であり、戦略なのである。

「ふーむ。将を射《い》んとすれば、まず馬を射よ、か」

社長の是永《これなが》譲太郎《じょうたろう》が感想を述べた。

「で、具体的には？」

「はい。これまでのように、漠然とテレビにCFを流したり、新聞広告をだして一般ユーザーの電話申し込みを待つだけではなく、ターゲットをニューリッチ層、ニューミドル層のヤング女性や、暇と金のある有閑《ゆうかん》夫人、財テク夫人、女優、タレント、各界有名女性などに絞《しぼ》り込み、〝あなたが選ばれました〟式の売り込みで虚栄心をくすぐり、集中的に、豪華ダイレクトメール、戸別訪問《ドアコール》、電話コールなどの濃密ローラー作戦を展開しまして……」

「成算はあるのかね？」

「ある、と確信しております。私はすでに、知りあいのリスト屋に手を回して、各界各層のニューリッチ女性、有名女性の個人資産情況のリストを手に入れておりますし、あるデパートの調査課にいる友人に手を回して、ゴールドカードの顧客リストを手に入れて、自分なりに〝別荘意欲〟の有無《うむ》について、アンケート調査などをすすめております」

本郷貫太郎の当面の営業成績が芳《かんば》しくないのは、目先の契約より、大きな戦略のための情報収集と事前準備にかなりの時間と精力を、費《つい》やしているからである。本郷はそういうデータを詳細に報告しながら、

「どの業界であれ、女を摑めば商売はあたる、と申します。男商売のはずのスナックや酒場でさえ、今や若い女性がはいる酒場にすれば、男が押しかけてくる、と申します。感性時代の逆転の発想。そろそろ別荘持ちになろうかという所得階層のサラリーマンを狙うにも、まず奥さんや娘さんから。まして独身貴族やＯＬたちの懐《ふところ》を狙うなら、女のハートを摑め。これを切り札にするべきです」

「ふむ。面白そうだな」

社長が言うと、他の重役たちも追随して、

「そうですね。ゆけそうですね」

基本戦略は、女を狙え――。

本郷の熱弁が功を奏して、その日の重役会議で、営業部第三課に関していえば、主として女性層をターゲットにした営業政策を展開することが本決まりとなった。

名づけて、女性専科。口のわるい重役は、陰では「欲望開発課」、という呼称を冠したそうである。

「ともあれ、おめでとう。貫太郎さんのリポートが、ものを言ったようね」

退社時間にエレベーターで一緒になった飛鳥まゆみが、身体を寄せてきて囁いた。

「社長に注目されるなんて、大変なことよ。今夜あたり、祝杯をあげなくっちゃ」

「祝杯もいいけど、いつもの流儀ではどうだろう」

「いいわ。あなたのお好きなように」

社を出ると、まゆみは腕を組んだ。

5

街にはもう宵《よい》のネオンが美しかった。

二人はオフィス街から歌舞伎町《かぶきちょう》まで歩いて、ラブホテルに入った。

飛鳥まゆみとは、久しぶりである。

本郷貫太郎がいま一番頼りにしている社内の情報源だ。それにまゆみは、何でも九州の湯布院《ゆふいん》出身で、大きな山林地主の娘ともきいているので、本郷の胸には秘かな、ある深謀《しんぼう》遠慮《えんりょ》も隠されているのであった。

だがラブホテルでは、深謀も遠慮もいらない。部屋にはいってドアを閉めると、本郷はまゆみの身体を抱いて、キスを見舞った。

唇と唇とがふれる瞬間、まゆみの身体はぴくんと固くなったが、すぐに唇を割って本郷の舌を迎え入れた。

まゆみはまだブルーフォックスのハーフコートを肩にかけたままである。身のこなしが柔らかく、胸にうけとめる乳房の弾力が気持ちがいい。

羽毛が互いに触れあうような軽いキスをしながら、本郷はブラウスのボタンをはずして胸に手を入れ、乳房の張り具合をうねらせはじめた。

「乳首がもう、固くなってきたよ」

「あン、いやらしいさわり方……あたしの好きなことばっかり、知ってるんだから」

「知ってるさ。まゆみは乳房を揉《も》まれながら、下にも触れられるのが好きだったよね」

本郷貫太郎は、実に忙しい。片手で乳房を愛撫しながら、片手を下に回してスカートの上から、まゆみの恥丘の膨らみを押さえた。

まゆみの陰阜《いんぷ》は、くっきりと盛りあがっていて、丸みをおびたふくらみだった。

「ああ……お行儀がわるい人……」

まゆみは喘いで、しがみついてくる。

布地の上から性器を押さえる本郷の手を、懐《なつ》かしがった。眼を閉じて、刺激を受けとめ、舟のように身体をゆらしはじめていた。

本郷は指先で、クリットのあたりを押さえた。まるでベルボタンだったように、

「あッ……」

と、まゆみが声を洩らして反った。

「ああ……ああ……だめっ」

クリットを刺激しつづけると、まゆみは苦しそうになって、唇をはなした。

なおも強弱のリズムをつけて、ベルボタンをかまいつづけていると、驚くべきことにまゆみは立ったまま、軽くイッてしまい、こっくん、と頭を本郷の胸に倒し込んでしまった。

こういう体質だと、電車の中で痴漢に、ツボを上手に押されると、どういうことになるのか、本郷はたいそう、心配になってくる。

本郷の胸に両手を置いて、息をととのえ、

「ああ、恥ずかしい。いってしまったわ。ねえ、お風呂にはいらせて。身体をきれいにし

たいわ」

ぼうっと、うるんだ瞳で見あげてくる。

「そうしようか」

本郷は先に立って、バスにはいり、蛇口をひねってバスタブに湯を張りはじめた。

部屋でコートなどを脱いだまゆみが、タオルを持って浴室にはいった。鏡の前で、肩までさがっている髪を頭の上にあげ、ヘアピンで留めながら、

「この部屋、身体を隠すところがないのね」

浴室と寝室の間は透明なガラス。浴槽《よくそう》まで金魚鉢のように、丸くて透明。こういうのをまさに、恥ずかし気もないクリスタル感覚とでもいうのだろうか。

裸になっても、隠れるところがない。

まゆみは後ろむきになって、裸になった。

背中の線が、すっきりして美しかった。

本郷は自分も裸になると、浴室にはいった。

まゆみはシャワーを浴びていたが、本郷はまっすぐ浴槽の外で湯をかけ、汗を流した。

湯につかり、まゆみの裸身を見ているうち、本郷の男性はもう、いきり立っていた。

女の裸身は、前よりも後ろ姿を見ていたほうが、そそられる。凶暴に抱きたくも、なるものである。特に、臀部の眺めがそそるのかもしれない。

双《ふた》つの円い肉球の間の谷間が、どうしても男を誘う。その上の腰がくびれていれば、言うことはないし、脚の線がすっきりしていれば、なお言うことはないのであった。

まゆみがシャワーを浴び終え、浴槽のほうに歩いて来た。本郷は、彼女がバスタブの中に身を入れるのを押しとどめ、

「ちょっと。そこにちょっと――」

バスタブの縁《ふち》にまゆみを坐らせた。

本郷も縁に坐って、肩を抱きよせて、接吻《せっぷん》をした。まゆみが本郷のほうに手をのばしてきて確かめ、

「まあ。もうこんなに？」

浴室に白い湯気が、こもっていた。

湯の中では感度が鈍るので、こういうきわどいところで、きわどいことをするのが、本郷は好きである。

本郷の手はまゆみの裸身をすべってゆく。

白く豊かに膨らみ、尖《とが》りきった乳房を表敬訪問したあと、腹部から茂みのほうに動く。

濡れそぼったヘアの感触を楽しんでいると、

「すっごい。張り切ってるわ」

まゆみのほうも、本郷の男性自身に手をまわして、おずおずと握り締めてくる。

「欲望開発課の元気印社員だからね」

本郷は、まゆみに知的な女らしくない恰好《かっこう》をさせることを思いついた。自分は前にまわって、まゆみにはバスタブの縁に坐らせたまま、両股を大きく開かせたのである。

(観音《かんのん》開きとは、このことだな……)

まゆみの秘密の部分が、赤裸々《せきらら》に現われた。ふっくらと皮下脂肪のついた、白い下腹部の下に、黒々とした秘毛が繁茂している。

本郷はスポンジのマットレスの上にひざまずき、観音様を拝《おが》むように、まゆみの股の間に頭を入れた。ヘアの一本一本は、地肌を這《は》いながら女の中心にむかっている。亀裂の上で両側からヘアが押しあいへしあいするように寄せ集められて、つららのような濡れたしずくをたたえているのだった。

「汗、まだ匂うでしょ。ごめんなさい」

匂うのは、汗ではない。

女体の匂いである。

長めの秘毛を分けると、なかはもうじゅっくり、という具合にあふれている。

「いやン。そんなふうにいじらないで」

まゆみは上体をゆらめかせた。

本郷はヘアをかき分けて、亀裂に指をすべりこませた。まゆみのラビアは、奥から滲出する蜜液によって、ぬるぬるしていった。秘毛が水辺に薙《な》ぎ倒されたようにへばりつく。

その黒艶《くろつや》のある秘毛に飾られた性器のありようは、まゆみが会社を出た途端にでも、破《は》廉恥《れんち》に興奮する体質であることを、隠しようもなく表わしている。

「ああ……いじらないで……そんなとこ」

まゆみは身体を捩《よじ》りながらも、秘洞の中の指をうごめかされると、くうと咽喉《のど》を鳴らし、恥骨をせりあげる。欲望が強くて、じらされる刺激に弱いようだった。

「ねえ、こんな崖っぷちでは、危ないわ。指よりも……貫太郎さんのがほしい。ベッドに行きましょうよ」

まゆみはもう、本番になだれこみたい様子であった。

本郷もそうすることにした。バスで戯《たわむ》れていると、どうしてもある種の職業女性を思いだして、新鮮なフィーリングを欠《か》く。

本郷は湯を汲みながら、石鹸《せっけん》で軽く身体を洗った後、先にあがった。

寝室で待つ間もなく、まゆみが戻って来た。

胸にバスタオルを巻いていた。双つの胸のふくらみが、タオルに圧迫されて苦しそうに並び、深い谷間を作っている。

「お待ちどおさま」

なだれこむ、という感じでまゆみは本郷の身体に、しなだれかかってきた。

「ね、ね」

そのまま本郷を押し倒し、

「いいことやってあげる」

みなぎり立った本郷の男性自身に、顔を伏せてくる。

雄渾なシャフトのあたりに、マニキュアをした指をそっと添えて、お上品に頬ばり、吸った。しかし亀頭だけでも本郷のものは大きいので、口いっぱいの感じになり、まゆみはそこを裏側から舐めあげたりしたあと、シャフトの縫《ぬ》い目に沿って、今度は舌を上下させたりした。

「上手だね。どこで仕込まれたんだ？」

「あら、貫太郎さんが仕込んだくせに」

「そうだったかな」

「そうよ。あたし、負けたくないもの」

「負けたくない？」

「ええ。先週の金曜日、私との約束をキャンセルしたのは、オリエンタルの美人秘書のせいじゃなくって？」

「ごめん。取引先から招待されてね」

「取引先とは何よ。女から、とはっきりおっしゃい」

「こっちはオリエンタルから大口契約を取ろうと、必死なんだぜ」

「どうだか。あの美人秘書と浮気したんじゃないの？」

「浮気なんかしないよ。ゼッタイに」

「信用できないわね。私を裏切ったりしたら、承知しないから」

言葉だけを聞くと、いささかきついようだが、まゆみは芯からやきもちをやいているふうではない。まゆみからみると、ふだんの本郷のふるまいなど観音様の掌《てのひら》の中かもしれない。

「まゆみ、もういいよ」

本郷は、熱心に口唇愛をふるまってくれるまゆみに感謝するように、髪を撫でていたわってやった。

「そろそろ、納めたいんだけど」

起きあがって、まゆみの両下肢を広げた。

まゆみはうれしそうに、身体を開いた。

正常位である。これが一番、気持ちが落ち着くし、女の表情を楽しめる。

本郷は位置をとると、怒脹《どちょう》しているグランスで、まゆみの濡れきった扉を訪問した。

だが一気に、挿入はしない。

膣口に野太い部分を押しあて、そのぬかるみの具合を味わうようにかきまわして、さっとひく。

それを何回か繰《く》り返すと、女体はじれて、

「いや、いやーン」

まゆみは深い挿入を求めて、恥骨をせりあげて、身体をぶつけてきた。

「そんなにほしいのかい。まゆみは」

「ほしいわ。貫太郎さんったら、もう二週間、ほったらかしにしてたのよ」

「出張だったから、仕方がないだろう」

「何でもいいから、早く入れて」

「凄いんだね、まゆみって」

「そうなの。あたし、いやらしい女よ」

まゆみがまた、恥骨を押しあげて迎え入れようとした瞬間、本郷貫太郎は狙いすましたようについに一気に、その洩れるうるみの中にインサートした。

熱い世界に押し包まれる。底まで充《み》たして、カウンターパンチ気味に突き立てた男性自身で、捻《ひね》りをきかせてまゆみの厚いワギナを掻きまわした。

「あわ……あわ……あわ」

泡のように喘いでいたまゆみが、再び一気に奥壁にストレートパンチを浴びた時、

「ああ……あーッ」

と呻《うめ》き、身体の力が抜けてしまった。

ゆっくりと抽送を送った。時には、深浅の法に変化をつけた。

それに交えて、時折、数発のストロング級のパンチを見舞うと、まゆみはもう声もだせずに、小さな峠《とうげ》を越えてしまった。

だがまだ、本郷は達してはいない。

脈動するものを、女体から抜かないまま、

「今年はどうするのかな」

耳許で囁いた。

「え?」

「湯布院には帰らないのか」

「五月の連休ごろ、帰るつもりよ」

「一緒に行こうか?」

「あら、ホント?」

「ほら、北急が新しく建設する湯布院リゾートホテルの下見もあるだろ。ぼくもいずれ、行くことになっている」

「じゃ、お伴《とも》したいわ。貫太郎さんと旅行できるなんて、うれしいッ」

まゆみは、九州の屋根ともいえる湯布院出身である。湯布院は温泉のある高原リゾート地帯だが、最近は映画祭やハンググライダーのスポットとしても有名になりつつある。

まゆみの家は、その周辺の広大な山林地主である。本郷は今はひたすら、北急の猛烈社員としてがんばっているが、いずれは自分でも北海道か九州、あるいは本州のどこかに、一大リゾートタウンを開発、建設したいという遠大な夢を持っているのである。

そのためにこそ、まゆみは大切な女性だった。本郷は、抜かないままの男根を、女体《にょたい》の中で意欲的にうごめかせた。

「お願い……」

まゆみが身悶《みもだ》えて訴えた。

「何だい？」

「いじめないで」

「いじめてはいないよ。まゆみにしっかり、奉仕してるんじゃないか」

「でも、ヤよ。中にはいったまま、ピクピクするなんて、イヤらしいんですもの」

本郷が抜かないまま、律動させたので、まゆみは飛びあがるほど、感じたらしい。

本郷は再び、着実に、動きだした。

「またなのう。恥ずかしい……」

まゆみのその部分は、うねうねとくわえこんだ男性自身に絡み、締めつけ、愛液をあふれださせていた。

完全な再点火である。

「またよ……またよ……ほらほら」

まゆみは感じてきたことをそういう具合に表現して、本郷の肩や背中に爪《つめ》を立て、力いっぱい膣口を閉じてくる。

快美感が深まると、女性によっては眉間《みけん》の皺《しわ》が深くなり、般若《はんにゃ》の面そのものになる場合もある。だがまゆみは、ほどよくソフトに、恍惚《こうこつ》の表情を浮かべて、喘いでいる。

その最中、まゆみの項《うなじ》が美しく魅力的なのも、本郷の気に入っていた。のけぞった拍子に、白い首すじが現われ、それが捩《ねじ》られたりすると、髪の生《は》え際が、繊細にしてかつエロティックな感じを与えた。

だいたい、女性の首筋の髪の生え際というものは、女の中心部の秘毛の生え具合とそっくりで、電車のホームなどで後ろに立って、連想すると、男を昂まらせるものだ。

本郷はそこに、唇をすべらせた。まゆみは抽送されながら、耳朶《みみたぶ》や首すじを舐められたりすると、一番、感じる。

「あッ……や、や、やーだあッ」

のけぞって、死ぬ死ぬと叫んだ。

それほど感じる場所なのである。

そうしている間にも、まゆみの秘肉に包まれて覚える局所の快感と、それよりも視覚からくる悦楽の両方を、本郷は味わっていた。

だいたい男は、自分の業物で女性が法悦にひたるさまを見るのが、好きである。女性が自分の下で、のたうち回れば回るほど、その楽しみと働き甲斐は高まる。

身体全体が粘膜のようになっていて、皮膚接触で感じる女性と違って、男はむしろ、眼と気分で楽しむ贅沢《ぜいたく》動物かもしれない。

もっとも、溜まるものが溜まって、捌《は》け口のない時は、女の尻を見れば誰でもよくなるほど物狂おしい。そういう飢餓《きが》動物の側面と、視覚や聴覚で優雅に楽しみたいと思っている贅沢高等動物の側面。その両方を男は持っているようである。

そのうち、本郷は果てそうになった。

そのことを告げると、

「いいわ。いらっしゃい」

まゆみはもう夢中だったが、本郷はでもまだ惜しかったので、女体から抜いた。

「あん、いやあん……！」

まゆみは、猛烈に怒った。

「どうして急に抜いたの？」

「もうイキそうだったんだよ」

「駄目、お仕置きしてあげる。私を困らせた罰に、こんどはあなたが下になるのよ」

まゆみは騎《の》ることを提案した。

本郷はまだ発射してはいないが、どうやらこれがフィニッシュになりそうである。

まゆみは本郷の上に位置をとると、自ら手で導いて、繋いだ。繋ぐと大きく腰を上下させる本郷の長い昂まりが、奥のほうに届くのだろう。深く腰をおろすたびに、高い嬌声《きょうせい》をあげて上体を後ろに反らせる。

そのたびに、豊かな胸が、ぐーんと前に突きだされて、本郷の目を愉《たの》しませた。本郷はその乳房を掌で摑んで、揉みたてたりした。

「わッ……わッ……わッ」

そのたびに、まゆみが揺れる。

まゆみの上体がいかにも不安定で、今にも後ろに倒れそうなので、本郷は下から両手をさしのべて、彼女の両手を握ってやった。

「あッ……いい……」

「あッ……貫太郎さん……」

そんな言葉が、口から発せられる。

どうやら、貫かれながら両手を握りあう純情プレーが、飛躍的にまゆみの官能に火をつけたらしい。

たしかに安定するし、一体感も増す。

腰を上手に使うこともできるのだった。

「ねえ。貫太郎さんもイッて——」

「このままでかい」

「そうよ。あたしの奥に、射ち込んで」

「何だか、天に唾《つば》する感じだけど」

「そんなことはないわ。内之浦《うちのうら》のロケットよ。みんな、あたしが吸いとってあげる」

本郷も、できればクライマックスは合わせたいと思い、両手をほどいて、今度はまゆみの腰を摑んだ。しっかり摑んで、気を入れるつもりなのである。

ストロング級の律動で、下から鋭く大きな突きを入れた。

「ああッ——」

まゆみは後ろに反り返りそうになった。

「もう、ちょうだい。ちょうだーいッ」

本郷ももう耐えられなくなっていたので、白い腰を摑んだまま、ひしと射ち込み、背骨の奥に白閃光のようなきらめきを突っ走らせて、堰《せき》を切ろうとした。

「わあっ……飛ぶううっ！」

まゆみが、ひときわ大きな嬌声をあげ、膣で喰いしめつつ、全身をぐったりとさせたのと、本郷が発射したのと、ほとんど同時であった。

本郷は、自分の胸に顔を伏せたまゆみの髪を、優しい手つきで撫でていた。

いつの日か、一緒に九州に行く日がくるかもしれない。その時は、地元の顔役でもあるまゆみの父親とも会い、彼が持つ広大な山林の下見をしておこう、と本郷は秘かに思った。

湯布院なら、場所として文句はない。いずれ、いつの日か、そこに聳える会員制の白亜のリゾートホテルのイメージが、本郷貫太郎の胸に、くっきりと映像を結んだ。

二章　ただ今、奮闘中

1

「本郷さん、お電話よ」

女性インストラクターの琴美《ことみ》が呼びにきた時、本郷貫太郎はそのホテルの温水プールで泳いでいた。

「電話、こちらにまわしてくれないか」

プールからあがると、本郷はバスタオルを肩にかけてプールサイドを歩き、ヤシの観葉植物の陰のデッキチェアに坐った。

木陰のテーブルには飲みもの類と一緒に、ピンクの移動電話も載っている。

本郷はその受話器を取りあげ、

「はい。本郷ですが」

受話器から甘い女性の声が響いた。

「桑野《くわの》でございます。今、新幹線に乗るところですが、お約束の時間よりちょっと遅れそうなので、ごめんなさい」

桑野香代子《かよこ》というのは、成城《せいじょう》に住む重役夫人で、北急のリゾートホテルの会員になりたいが、一度、物件を見ておきたいので案内してほしい、という希望を伝えていた女性であった。

「ああ、桑野さま。――結構でございますよ。私はあすまでこちらでお待ちしておりますから、どうぞごゆっくりいらしてください」

電話を置いたとき、広くスペースを取った窓から、正面にまっ白い富士山が見えた。

暖冬で、裾野まではさすがに雪はないが、富士は六合目以上が神々《こうごう》しい白さで、すぐ傍《そば》に迫っており、迫力満点のロケーションであった。

外は真冬。しかし、ガラスの中は真夏。そこは御殿場《ごてんば》の近くに完成したばかりの、北急の「マウント富士グランド・ビューホテル」九階の温水プールであった。

――飛鳥まゆみと交歓した翌週、本郷は早速、役員会議で承認されたばかりの、女性ターゲット戦略に取りかかっているが、その一つはこの〝富士グランド・ビュー〟の売りだしと会員募集であった。

全館九階建て百五十室。屋上には天文台、露天風呂。アスレチックジム、温水プール、サウナ、渦流浴《かりゅう》、超音波浴、テニスコートまであるスポーツと観光とレジャーをミックスした、本格的高原リゾートホテルであった。

オープンして約二カ月。ぼちぼち客もはいりはじめているが、本格稼動はこれからであり、今月はその特別キャンペーン月間であり、本郷もそのために狩りだされ、詰めていた。

なまった身体《からだ》をひと泳ぎしてほぐすと、本郷は着がえるため更衣室のほうに歩いた。

手近の温水シャワー付更衣室のドアをあけた途端、眼に飛びこんできた光景を見て、本郷は息をのんでしまった。

水着を脱いだばかりの若い女性が一人、眩《まぶ》しい裸体を晒《さら》してふりむいたのであった。

「あッ！　失礼！」

言いながら、本郷はドアを閉めるのを忘れていた。女はちょうどかがんで最後の布きれを片脚から脱いだところで、円《まる》い臀《でん》部《ぶ》の双球のはざまに秘めやかに息づくルビーの沼が、バッチリと見えたほどなのである。

普通なら悲鳴をあげる。

温水プールの更衣室で、水着を脱いだばかりの若い女性が、外から不意にドアをあけられて、男に見られてしまったのだ。

——キャーッ。

と、くるのが普通であろう。

「まあ、失礼ねッ」

と、本郷は怒られるのが、当然だった。

ところがその女性は、実に落ち着き払って、

「すみません。そこ、閉めていただけませんか」

平然と、そう言ったのであった。

声はむしろ、淑《しと》やかでさえあった。

「あッ、失礼いたしました」

本郷がやっとわれに返って、あわててドアを閉めようとすると、そこに脱ぎすててあったプールサンダルがドアに引っかかって、なかなか閉まらない。

周章狼狽《しゅうしょうろうばい》する本郷は、かがんでそのプールサンダルを取りのけようとしたが、はずみにまた女性の股間が、もろに至近距離で眼に飛びこんできたものだから、たまらない。

目がくらむ、とは、こういうことだろう。

ごくり、と生つばを飲みながら、やっとはさまっていたサンダルを引き抜くと、ドアはひとりでに閉まった。

「いけない人ねえ。ピーピングトム！」

本郷がドアを閉めたのではない。

本郷の頭越しに、女がノブを握ってドアを閉めた拍子《ひようし》に、本郷は閉めだされたのではな

く、反対に更衣室の中に誘いこまれ、閉じこめられてしまったのである。

はて、不思議な女もいるものだ……

叱《しか》られ、怒られるのではないか、とびくびくしていた本郷は、成りゆきが意外なほうに急展開したので、どきどきしながら、眼のやり場がなかった。

接客態度を訓練された営業マンであっても、本郷とて、男である。

男の中の、男のつもりである。

しかも、水泳パンツ一枚である。

若い女性の裸身をすぐ傍に見て、変化が起こらないはずはない。

みるみる、本郷のもっとも男性であるべき部分は、雄渾《ゆうこん》さを見せはじめ、水泳パンツを突き破りそうになっていた。

「あなた先刻、一人で泳いでいたわね。すてきなクロールだったわ」

そういえば、本郷もこの女性のことを憶《おぼ》えている。ハイレグカットのすてきな水着を着て、一人で何度もターンしていたのである。

「あたし、美由貴《みゆき》っていうの。これ、そこに掛けてくださらない？」

その時はさすがに、女はむこうむきになって、肩口からビキニのブラをさしだした。

本郷は受けとって、壁の金具に掛けた。

「ついでに、これも」

ハイレグのパンティーの部分を、やはり肩口から差しだし、

「あたしの身体、いかが?」

ぱっと、正面をむいたのであった。

本郷は、まじまじとその裸身を眺めた。

女にはどこにも、恥じらいというものがなかった。といって、AV女優やヌードモデルのような、職業的な顕示欲があるというわけでもなさそうであった。

むろん、素人《しろうと》のお嬢さんだ。二十歳前後か。それもどこやら、おっとり育った極めつきの良家のお嬢さんのような、天真爛漫《てんしんらんまん》さがあるのであった。

乳房も下腹部も、隠そうとはしない。

乳房はそこに双《ふた》つの、グレープフルーツをしっかり埋めこんだように弾《はず》んでいて、乳首がつんと上を向いている。

股間の繁みは、さわさわと若草のように繁茂していて、艶々《つやつや》とそよいでいた。

「どうぞ。あなたもシャワー、お使いになるのでしょ?」

「は、はい。そのつもりだったんですが」

「まあ……すてきな勢い。布きれに剃刀《かみそり》をあてれば、はじけとびそう」

女が何を言っているのか、本郷にもやっとわかった。

本郷貫太郎の逸物《いちもつ》はその時、意馬心猿《いばしんえん》の勢いで水泳パンツを突き破りそうに、大きくな

っていたのである。

「まあ、可哀想《かわいそう》。坊や、とても苦しそうじゃないの」

女はくすん、と笑い、

「遠慮しなくっていいのよ。さあ、あなたもシャワーをお浴びになって」

シャワートップの下の位置を、本郷のためにあけようとした。

「い……いえ。ぼくは隣りで……」

「あら、ずるいわ。せっかくご一緒できたんじゃないの。あなただけ見て、自分は見せないなんて、ずるいと思わない？」

「え？」

「ずい分、ご立派なもののようね。私にも拝見させて」

（ま……まさか……）

あわてる本郷をよそに、女は堂々と本郷の前にかしずいて、脱がせにかかったのである。

「ね、ね。困ることはないでしょう」

「しかし。それは――」

「見せて」

「しかし、ここは職場ですから、どうも」

「しかしも、どうもも、ないわ。あなただって、私のをもう見ちゃったんだから」

女の手が水泳パンツのゴムにかかって、ずりさげようとしていた。が、本郷の男性自身は逸物なので、何度もひっかかって脱がしにくそうだった。が、それもついに陥《お》ちて一気に太腿《ふともも》までおろされた時、

（ああ、神様――）

本郷は、眼を閉じた。

すると、女は嘆声をあげ、

「まあ、すっごーい！」

眼をまわしたような顔になっていた。

何というご令嬢であろう。

水泳パンツをおろされ、逸物を晒されて、本郷はもう覚悟するしかなかった。いずれ、この富士リゾートホテルの会員なら、本郷にとってはお客様筋ということにもなる。そもそもは本郷がこのシャワー更衣室に、間違って飛びこんだのだから、あまり恥をかかせて、怒らせてもまずいのであった。

女はまじまじと、本郷の男性自身を手に取って間近に見ている。

「まあ、こんなに――」

女が上ずった声をあげたとおり、それはもう仰角《ぎょうかく》にしなりを打って聳《そび》えたち、天を衝《つ》

く勢いであった。

「男性のって……まあ……こういうふうになってるの？」

女はさすがに舐《な》めたり、口に含んだりはしなかった。

不思議そうに手に摑《つか》んだり、触ったり、亀頭のあたりを指でいつくしむように撫《な》でさすったりしているのを見て、

（この女、カマトトぶっているのではないだろうか？）

最初は、そう思ったが、

「ね、ね。こうすれば、感じるの？」

おずおずと、指でしごいたりする手つきは、女性週刊誌仕込みの知識程度であって、熟練しているとは、およそいい難《がた》い。

本郷は、しばらく女のするがままに委《まか》せておいて、ご令嬢の探求心をひとまずはなだめ終えると、

「お嬢さん……もうよろしいでしょう。ぼくだって、そんなにじっと見詰められると、恥ずかしい」

「お嬢さんだなんて、いやよ。あたし、谷崎《たにざき》美由貴って言うの。――ねえ。美由貴って、呼んで」

そう言いながら、彼女はすっくと立ちあがると、今度は本郷の首にしなやかに両手をま

わしてきたのであった。

「アダムとイブがこうして、イチジクの葉っぱを取りはずしてしまったんだもンね。これ、驚くべき事態よ。あとは、禁断の木の実をたべるしかないでしょ?」

禁断の木の実などと、古風なことを言うわりには、少しも恐れているふうでもなく、美由貴は、接吻《せっぷん》を求めてきた。

本郷はもう、受けるしかないと思った。

もともと、本郷とて好きものである。こういう機会は滅多にない。

本郷は美由貴の肩を左手で抱き寄せて、右手を下腹部の下にすべらせた。

「ああ……」

本郷の首に回した美由貴の手に力がはいる。

しかし、下腹部に進入した手は拒《こば》もうとはしない。恥毛の柔らかい若草のような感触が、手に触った。

本郷は、若草の上から恥骨のふくらみを撫でた。本郷の手が動きやすいように、美由貴は右腿を少し開いた。

(とうとう……)

奇妙な成りゆきから抱擁《ほうよう》することになったのだが、運命の手はもう美由貴の秘部に、到達したまま、しかしそれ以上どうすればいいのか、本郷はまだ迷っている。

恥骨のふくらみは、ふっくらと固く盛りあがっていた。

小気味のいい盛りあがり方であった。

本郷は、その膨《ふく》らみ全体を掌《てのひら》で押し包むようにして愉《たの》しみ、指をさらに股間に進めた。

秘密の谷間ははっきりと、潤《うるお》っていた。シャワーを浴びても、その部分のぬめりはけっして、洗い流されはしないのである。

本郷は美由貴の唇に唇を重ね、キスをしながらクレバスに指をさし入れた。熱くあふれた蜜液が指にからみつき、谷間の百合《ゆり》の芽が指の下でコリコリと、硬くなってゆく。

「ああ……そこ、感じるわ」

激しい息遣いをしながら、美由貴は立っている姿勢の精一杯まで、両足を開いた。

もうこうなったら、本郷は男性として突き進むしかない。それでまず、百合の芽を指頭で押した。

押して、二指ではさんだりした。

揉むと、コリコリと芽は指の下で、逃げまわった。

「あーッ……」

美由貴は苦しそうに唇をはなし、本郷の首にまわした両腕に力を入れて、胸に顔を伏せ、頭を押しこくってきた。

本郷の指が芽からはなれて、ぬかるみの奥深くに分け進んでゆくと、美由貴はもう狂おしい声をあげた。

「恐《こわ》い……これ以上感じると、恐い……」

開いていた両足をぎゅっと閉じて、本郷の手を太腿ではさみつけ、

「ねえ、お部屋に行きましょ。ここではこれ以上は、無理よ。腰が抜けそう」

このまま、更衣室で立ち割りをする方法もあったが、本郷の中のサラリーマンの防衛本能が、それを僅《わず》かに押しとどめた。

もし万一、女があとで犯されたと騒ぎだしたら、更衣室でおこなったでは、いかにもまずい。言い逃れようがない。その更衣室には、女が先にはいっていたからである。

しかし、誘われて女の部屋で営《いとな》む分には、立派に合意であることが証明される。

本郷とてサラリーマンだから、初めての女の場合、やはりそこまでは、用心するのである。

「お部屋、何号室でしょう?」

「八〇六号室。すぐ近くよ」

その部屋なら、たしかにこの展望温水プールのすぐ下の階である。

「わかりました。すぐ参りますから、先にお戻りになっていてください」

「いやよ。私、歩けそうにない。バスタオルに包んで、運んでちょうだい」

さいわい、ホテルは今日は満杯ではないので、他人に見つかる心配はない。本郷はバスタオルに美由貴を包むと、自分もバスローブをまとい、抱きあげて部屋にむかった。

2

美由貴を部屋に運んだ。

その部屋も広い窓ガラス一杯に、まっ白い富士山がすぐ傍に迫っている。

見事な景観であった。これからのリゾートマンションやホテルは、交通アクセスや付帯スポーツ施設なども重要だが、それ以上にロケーションが、かなりものをいう。

しかもベッドは、窓のほうにあった。寝ころんでいて、指呼《しこ》の間《かん》に神々しいまでに、白い雪けむりを捲《ま》きあげている富士を眺めることができるのである。

美由貴をそのベッドにおろすと、本郷は身につけていたバスローブを脱ぎ、美由貴の傍に横になった。

肩を抱くと、美由貴はそよぎかかってきた。さっき、更衣室で前戯《ぜんぎ》に似たことはさんざんしたので、本郷はまっすぐ美由貴を押し伏せにかかった。

美由貴は甘え声をあげながらベッドに倒れ、本郷の首に腕を回してきた。

二人はキスをした。

ひとしきり、接吻がすすむと、

「驚いたなあ。どうなっているんでしょうね。ぼくたち」

「退屈していたところに、ちょうどあなたが飛び込んできたのよ。平日のプールって人が少なくてつまんない。あなた、インストラクターなら、私のお相手をつづけて」

本郷貫太郎はアスレチックのインストラクターではないが、美由貴がそう思いこんでいるのなら、訂正するまでもない。

それにしても美由貴は、人に命令することに慣れている立場のようであった。

私のお相手をしなさい——。

そう言うのである。

話によると、谷崎美由貴は、東京の一等地、麻布十番《あざぶじゅうばん》の邸《やしき》に住む不動産会社社長の一人娘で、アメリカから二年間の留学を終えて、帰国したばかりだという。毎日、暇《ひま》をもてあましており、今日も、真紅《しんく》のBMWを飛ばして気まぐれにこの富士グランド・ビューのプールに遊びに来ていたところだという。

相当なご令嬢のようである。

本郷は思いがけない宝石の鉱脈に近づいているような、胸騒ぎを覚えた。

本郷が乳房を吸いながら、下腹部に手をのばすと、秘唇はもう潤《うる》み尽くしていた。

「私にも……触らせて……」

美由貴は、股間に手をのばしてきた。

勢いよく硬直したものを握りしめ、

「先刻から、このままだったの？」

「そうですよ。あなたを抱えて、プールからこちらに来る間、ずうっと」

「まあ。信じられない」

美由貴の両下肢を広げたはずみに、茂みの下の赤い割れ目が花のように閃《ひらめ》く。本郷がそこにくちづけにゆこうとした時、

「あッ……」

と短い叫び声が湧《わ》き、

「駄目ッ……ダメぇえ……そんなとこ」

美由貴は火がついたように恥ずかしがって、身をよじって拒絶しようとした。

「恥ずかしがることはない」

「だって私……そんなこと、男の人にされたことないわ」

「ほんとうに、されたことはないの？」

「留学中はずっと真面目《まじめ》だったのよ」

「それなら、これから大いに不真面目になればいい」

美由貴は奔放《ほんぽう》なようでも、やはり知的女性の恥じらいは、すぐには脱ごうとしない。それを承知で強引に事を進めるのも、いわゆる男の醍醐味《だいごみ》のひとつである。

本郷はもう太腿を分けて、唇を茂みの中に寄せていた。香ばしい香りのする恥丘に鼻を寄せ、あふれている部分をぺろっと舐めた。

「あッ……いやいや……」

「ああン……」

美由貴の声の性質が変わった。

ぺろり、ぺろり、と舐めた。

「ああーン。もう……」

強《こわ》ばっていた抵抗がしだいになくなり、美由貴は甘美な波に掠《さら》われてゆく。

美由貴の陰阜《いんぷ》は、こんもりと盛りあがっていて、きれいに刈り込まれたブッシュにおおわれていた。

合わさった亀裂の上方に、莢《さや》に包まれた百合の芽がはみ出ている。

本郷は、両手の親指を花芽《かが》の両側の柔らかいふくらみに押し当て、左右に開いた。フードの内側の真珠と、そうしてその下のクレバスの内側がようやく出現した。

薄桃色の粘膜が蜜液に輝いている。

その新鮮な、みずみずしい色彩は美由貴の男旅の浅さを物語っている。

前庭の下方に、女体の秘洞が小さく口を開いている。これからそこに受け入れるものの過激さと大きさと運命を考えると、頼りないくらい、そこはつつましい秘洞であった。

本郷は百合の芽のカバーを指で剝《む》いたまま、そこを押し捏《こ》ねた。

赤味を帯びたピンクの露頭部が震える。

本郷は、そこへ舌を派遣した。

舌が露頭部を捉《とら》えると、強い電流に触れたように、美由貴は全身を痙攣《けいれん》させた。

本郷は刺激が強すぎないように充分、加減しながら奉仕をつづけた。美由貴の下半身が反ったり、弾んだりして、秘肉からは女の蜜液がトロトロとあふれだした。

透明な蜜液はあわびの吐蜜のように、合わせ貝のはざまから、たえまなく噴《ふ》いてきて、ついに糸を引いてシーツにしたたり落ちるほどになった。

(この女、まだ発展途上中だが、体質的には相当に好色な女だぞ……)

本郷がそう思って、うれしくなり、

「凄い体質だね。あなたは幸せになる女性だよ」

そう言うと、意味が判《わか》ったのかどうか。

「ああ……」

美由貴は、小さく全身を震わせた。

谷間からキラキラと、銀色の、あふれるものが滲《し》みだしていた。あふれるものは、尻の谷間へと粘《ねば》い汁となって、流れていた。

「ダメよ。ダメ……ああ」

美由貴は咽喉《のど》をしぼった。

「あたし、変になっちゃうから」

「いいとも……変になればいい」

「だって……ひどい……ひどい……」

「きつすぎるのかな？　ここ」

「うん。もっと下のほうが落ち着けるわ」

なるほど、クリットは敏感すぎる。

本郷は美由貴の頼みを入れて、再び下の谷間のほうへ舌を移し、直角に唇をあてた。

その時本郷は、クンニの時は女性自身を「耳」だと思え、と性学の達人が説いていたことを思いだした。

耳はいつも優しい言葉や、妙《たえ》なる音楽をきかされると、脳に響いてハートを震わす。女陰もそうである。きみは美しいよ、と秘唇に囁《ささや》きかけるように言うと、ちょうど男の唇のバイブレーションや声や呼吸が、そのままクレバスの花びらを微妙に慄《ふる》わせて、女を歓《よろこ》ばせるという。

本郷は、それを実演してみた。

「美由貴……きみはとても、好きそうな女だよ。すてきなものを持っている……」

――ああッ、とご令嬢は、ますますのけぞる。

「ここ……凄く淫乱《いんらん》だね……きみは黒木香《くろきかおる》よりずっと淫乱女だよ」

――ああン、ああン。

頭上で泣くような声がきこえる。

「もう。……らっしゃい」

美由貴はいらっしゃい、と言ったつもりのようだが、昂《たか》まりすぎて舌がもつれていた。

本郷も蜜液のしたたる媚孔《びこう》を眺めているうち、もう待てない気持ちになっていた。

「本身のままで、いいのかな」

のびあがって聞いた。実は、スキンの用意がなかったので心配していたのである。

「いいわ。私……お姫様の前なの」

美由貴は生理日寸前になると、無性《むしょう》に身体がほてって、真紅のBMWに乗って高速道路をぶっ飛ばしたくなるのだという。

――今日がちょうど、そういう日であるらしかった。

本郷は、二重に神に感謝した。ひとつは、安全日であることに。そしてもうひとつは、美由貴が一番、奔放《ほんぽう》な女になった日に巡りあったことをである。

本郷は女体を押し開いて、位置をとった。

雄渾な男性自身を、秘孔にあてがった。

亀頭部分まではなめらかに、女体に迎え入れられたが、その奥が少しきつかった。

先端がどうしても、狭い関所の壁にさえぎられる。美由貴は処女ではないが、まだ男性自身の通り道は充分、開発されてはいないようである。

いわば、ハーフ処女であろうか。

そのうえ、本郷のものが逸物すぎることもある。

古来、兎《うさぎ》の穴に象のもの、という組み合わせが一番、最高だとインドの聖典は伝えているが、これはしかし、きつすぎて、美由貴は痛そうであった。

「ごめん。痛いんじゃないかな?」

「うン……少し……」

美由貴は、でも、甘美な声であった。

「ズーンとくるわ。大丈夫よ」

本郷はあまり無理をしないよう、一深二浅を繰《く》り返しながら、少しずつ道をつけ、道をつけ、巨物を押し進めていった。

巨根が狭い部分をくぐりぬけた途端、広い部分に出て、内部のぬめりに窮屈《きゅうくつ》さは、すっと消えた。

「あッ」

と、美由貴が小さな声をあげた。

奥の壁に突きあたったのである。

本郷は、自分のリズムで動きはじめた。

すると、痛さがとれて体内に甘い響きが広がってきたらしく、美由貴はしだいに恍惚《こうこつ》の表情をみせはじめた。

奥壁に到着するたびに、あッあッ、と、小さく弾《は》ぜる声を洩《も》らしながら、

「わたし、ヘンになりそう……」

美由貴が口ばしった。

「こんなこと、初めてよ。頭が、ぼうーっとしてきたわ」

指はいやいやをするように、本郷の背中に回されて、引っ掻《か》くように動いている。

そのうち、美由貴は顎《あご》をのけぞらせ、腰をせりだすようにしてきた。

美由貴の口からは、それまで想像もできなかったような野獣の唸《うな》り声に近い声が、洩れはじめている。

実際、それはひっきりなしにつづく、低い野獣の唸り声のようであった。

ゆくゆく、などという言葉は使わない。

唸り声の中に、ああーッという声が甲高くまじって尾を曳《ひ》き、そしてその声は宙の高みで一瞬、途切れたのであった。

女体を激しい痙攣が襲い、収めた男性自身を食いちぎるように締めつけている。

——今まさに、昇りつめているのだ。

けっして派手ではない、ひくい唸り声だけの、無言のクライマックスであった。

そうなると、本郷も遠慮会釈《えしやく》はなかった。一気に本腰を入れて突きまくり、自らの宇宙のリキッドを叩《たた》きつけるように、美由貴の体奥に深々と射《う》ち込んでいた。

――終わってしばらく、息をととのえた。

「凄かったわ……」

美由貴が本郷の胸に、上気した顔を伏せて言った。

「こんなの、はじめてよ」

美由貴の感想は、本当かもしれないな、と本郷は思った。

「でも、男性経験はあったはずだよね」

「ええ。学生時代に、人並みのことはしてきたつもりよ」

「しかし、イクッてこと、知らなかったみたいだね」

「ええ。若いボーイフレンドって、あんなに長くはもたないわ。私の中にはいったら、すぐ終わっちゃうんだもン。――女があんなに感じるなんて、はじめて知ったわ」

身体を繋《つな》いだことで、最初は気位《きぐらい》が高そうだった美由貴の態度が、今はばかに素直に、女らしくなっている。

「きみは体質的に恵まれているんだよ」

「そういうこと、まだわかんない。でも、牝《めす》になったというか……セックスで初めて、動物になった、という感じがしたわ」

美由貴は絶頂感の初体験にいたく感動しているようだが、本郷のみるところ、まだまだ序の口、という気がした。

美由貴はこれから、もっともっと、感じる女、狂う女になってゆくような気がする。

そういう体質である。

本郷がそんなことを思っていると、

「ねえ、これっきりなんて、いやよ」

「ん？」

「東京に戻っても、私が会いたいと思った時には、時々、会ってほしいわ」

本郷はびっくりした顔をみせた。

麻布十番の豪邸に住む不動産会社の社長令嬢なら、男友達も多いだろうし、世界も広い。本郷との今のふれあいぐらい、リゾートホテルでのほんのつまみ食い、いわゆるリゾラバする、という気持ちであっても、本当はおかしくないはずだった。

（一度きりにはしたくない……）

もし、そう思っているとしたら、それは、実は本郷貫太郎のほうだったのである。その点、風向きがますます本郷の都合のよいほうにむいてきた、という気がする。

だが、そんな気配はおくびにもださず、

「あまり初めての男に、夢中になってはいけませんよ。世の中には危険な男がいっぱいいるんですからね」

優しく言いきかせると、うふん、と美由貴は笑った。

「そうね。あなたは危険な男かもしれない。今試したお道具、凶器みたいに私のハートをぐさりと突き刺しちゃったんだもの」

この分だと、東京でまた会えそうである。

本郷の胸には、なぜかこの女が、幸運を運ぶ女になるような予感がしてならなかった。

——谷崎美由貴はその日、自分の部屋で一休みすると、夕方少し前、真紅のBMWに乗って、東京に帰っていった。

帰り際、本郷に麻布十番の住所と電話番号を教えたのは、いうまでもない。

3

ロビーは静かだった。

夕方五時をまわったころ、成城学園の重役夫人、桑野香代子が富士グランド・ビューホテルにやって来た。

「ごめんなさい。遅れてしまって」

「いいえ。かまいません」

本郷貫太郎は彼女を、ロビーの片隅にある応接室に案内した。

桑野香代子は年の頃、三十二、三歳である。和服がよく似合う。夫は貿易会社の重役だそうだが、香代子がこんなに若いというのは、後妻であろうか。

「富士山がすぐ傍に見えて、すてきね」

「はい。ロケーション、交通の便、滞在気分、すべてご満足していただけるように、設計しております」

本郷はパンフレットや説明書を取りだし、香代子に北急リゾートホテル・システムの説明をはじめた。

桑野香代子とは、東京の本社で二度ほど、会っている。

彼女は北急リゾートホテルのオーナー会員になる希望を持っているが、まだ決心がつかず、思案中である。三百五十万円という投資は、たしかに主婦にとっては小さくはないので、慎重に事を運びたいし、現地の物件もしっかり見ておきたいと言うのであった。

「で、いかがですか？　現地に来てみて、決心がつかれましたか？」

「でも、フロントやロビーだけではわかんないわ。お部屋も案内していただける？」

「はい、これは失礼いたしました。早速、モデルルームにご案内いたしましょう」

本郷貫太郎は香代子を従えて、エレベーターに乗った。

モデルルームは八階にあった。

「私ね、株や社債など、人なみに財テクもやってるんですのよ。でも株は、心の憩《いこ》いをもたらしてはくれないでしょ。値動きばかりが気になって、人間をお金の亡者《もうじゃ》にしますわ」

「そうですね。それに海の絶景や温泉や、快適なリゾート生活というものは、株式投資だけでは、満たされません」

「ええ。あたくし、拝金主義って大嫌い。それより手頃なお金でリゾートホテルのオーナーになれるのなら、そこに投資して、資産価値を保証して貰《もら》いながら、楽しい人生を送ったほうが、うんと有意義だと思いますわ」

「はい。私どももそう考えて、真心からお手伝いさせていただいております」

エレベーターが八階に着いた。

「あ、こちらです。どうぞ」

本郷は通路を歩いて、東側の一角にあるモデルルームに香代子を案内した。

「まあ、すてきじゃないの。ふつうのシティーホテルより、ずっと広くて、豪華だわ」

香代子はうっとりと部屋の中を眺め、

「なんですわね。こういう部屋に、若い男性とふたりっきりでいると、不倫の密会をしに来たみたいですわね」

香代子は部屋の隅々を点検していたが、なぜかベッドだけは正視しようとはしない。眼が思わずベッドのほうに行くと、見てはならないものを見たように、急に顔を赤らめてあわてて視線をそらし、そわそわと恥ずかしそうにするのであった。

「お部屋だけでもこれだけ広いし、ホテル内にプールや温泉まであると、一軒の別荘を持つより便利みたいね」

「はい。それはもう――」

本郷は早速、口上をのべた。

「奥様、別荘をお建てになるのもいい。しかし、別荘というものは一度、建てると、動かすことができません。一ヵ所だけですから、二、三回行くと、子供は飽《あ》きて参ります。そのうえ、税金はかかるし、保安管理や建物の維持に、大変手間がかかりますし……」

その点、当北急のリゾートクラブに入会していただければ、税金も、保安管理の手間もいらず、日本全国、どこにでもある別荘やホテルを利用することができます、と本郷は続けた。

「そうね。私、軽井沢《かるいざわ》に別荘を検討しているんですけど、よそうかしら」

「軽井沢なら、旧軽にも北軽井沢にも、私どもの別荘がたくさん、ございます」

「いったい幾《いく》つあるの？　全国に」

本郷は、北急のコンポーネント・オーナーズ・システムというものを説明した。

現在、北急には富士、箱根、伊豆、熱海、伊東、軽井沢、浜名湖《はまなこ》、湯沢《ゆざわ》など、全国三十六ヵ所に、リゾートホテルやヴィラという名の別荘やマンションがある。

一口三百五十万円払って、オーナーになると、登記されて資産は保証され、一年間に四十七枚の会員利用券の配当を受ける。

この四十七枚というのは、アメリカのある経済調査機関が、全国民の一年間のリゾート休暇日数の平均値をはじきだしたところ、四十七日間という数字が出て、日本もいずれ将来はそうなるであろう、という推定のもとに、北急は四十七枚の会員利用券を発行しているのである。

この会員利用券さえあれば、別荘やヴィラなら一泊一千五百円、一室に何人泊まっても同じ料金。ホテルなら一室一泊三千円という格安の値段で、利用することができる。

長期滞在でも安くあがるように、という意志が徹底しているので、グループでのゴルフ旅行や釣り旅行も格安。家族ぐるみで仮に温泉付別荘に一週間滞在しても、平日ならほんの一万円であがる、というケースが多い。

「ま……そういうわけです。奥様のようにお美しくて若くて、翔《と》んでらっしゃる方なら、車と暇さえあれば、ほんのお小遣いで各地のリゾート地を、自由に渡り歩くことができます。商売抜きに、奥様のライフステージを一段とグレードアップすること、受けあいますよ」

本郷は一生懸命、ヨイショをした。

香代子はその説明に満足げに肯《うなず》き、

「でも……そういう生活に一つだけ、足りないものがありますわね。あなたみたいな若い恋人がいれば、もっとすてきでしょうに」

財閥夫人は、身内にひそかに不倫願望を抱いているようであった。

「すてきなベッドですわね」

財閥夫人は顔を赤らめた。

初めてそこにあるベッドに気づいた、というふうに桑野香代子はやがて、椅子《いす》から立ちあがって、ベッドのほうに歩く。

「広くて、気持ちよさそう。スプリングのお具合はいかがかしら」

「それはもう、すてきな具合であることを保証致します」

本郷貫太郎は大真面目に答えた。

「でも、物事はすべて使ってみないと分からない、と申しますでしょ」

「はい、ごもっともで」

財閥夫人はベッドに腰をおろした。

「いかがです？　スプリングの具合は」

「とてもいいわ。でも、一人ではよく分かりませんわね。見たところこのベッド、ダブルでしょうから、二人でないと、……体重のお具合がちょっと、違うでしょ」

「はあ。それはそうですが」

本郷が答えに窮していると、

「ねえ、ちょっとこちらにいらっしゃいよ。そうしたら、二人分の体重がかかって、スプリングのお具合がはっきり分かると思いますが」

「こう……でございますか？」

「もっと傍にお寄りになって」

「こう……でございますか」

本郷は体が触れあうぐらいに近づいた。

これから契約を取ろうというお得意様には何事も逆らってはいけないのである。

「私の眼を見て」

財閥夫人は本郷のほうをむいた。

「じっとよ……私の眼の中に、今、何が書かれているかわかりまして？」

「さあ、どういうことでございましょうか。美しい瞳に星が輝いていますが」

本郷は歯の浮くようなことを、大真面目に言った。

「そんなことじゃなく、もっとハッキリ言ってほしいの」

「はっきりとおっしゃられましても」

「私が今、何を望んでいるか」

「さあ。私は医者ではございませんから、はっきりとはわかりかねますが……何だか奥様は危険な爆発物を抱えて、何かをお求めになっているようですね」

「そうよ。何がほしいかわかる？」

「したい、ということでございましょうか」

「ああ、ぞくぞくしちゃうわ、したい、だなんて！　私が何をしたいか分かる？」

「さあ……それは多分……」

「ね、はっきりおっしゃって……もし、おっしゃれなければ、態度で示せばいいのよ」

本郷は再び、何事も夫人に逆らってはいけないぞ、と自分に言いきかせた。口で言えなければ、態度で示すほかないのである。

本郷が夫人の肩におずおずと両手をまわすと、香代子はそれを外そうとはせず、うれしそうに身体をもたせかけてきた。

こうなってはもう夫人をしっかりと満足させることが、仕事を成功に導く近道に違いないと思った。

本郷は奮闘することにした。

香代子は、和服を着ていた。

いわゆる、和服美人であった。

本郷が抱き寄せると、香代子は身体を預けてきたので、物狂おしい勢いで唇をあわせた。

香代子はため息をついて舌を躍《おど》らせた。なやましい舌遣いであった。くちづけをしながら、二人はベッドへ倒れてゆく。

本郷は接吻をやめないまま、着物の袖《そで》の下から手を入れて、乳房をさぐりにいった。帯でおしつぶされた膨らみに指が触れた。熱い肌だった。ついでに乳房を探しだした。三本の指でその乳首をつまみ、愛撫《あいぶ》した。

「ああ……いい気持ち……」

香代子はうっとりした声で言った。

こんな美しい人妻が今、自分の腕の中にいる、と思うと、あまりの成りゆきに、本郷は眼をまわしそうになっていた。

だが世の中には、色々な女性が存在するものらしい。財閥夫人は案外、これまでに会った二度の機会に、本郷貫太郎をじっくりと観察して、誘惑するのには手頃な男だと、判断していたのかもしれない。

女が無難だと思う相手は、秘密が保てることと、後腐れがないことと、女がつねに優位に立てる相手であることである。それにもう一つ付け加えれば、あまり夢中になって惚れなくても済む相手である。

本郷貫太郎なら、管理された企業のセールスマンなので、つまみ食いする分には、大怪我をしなくて済みそうである。男がもし万一、夢中になって、変にしつこくなったら、反対に会社に怒鳴り込んでやればよいのであった。

香代子は、そう考えたに違いない。

本郷にもそれぐらいはわかる。しかしそれで一度、本郷と身体を繋いだら、その逸物にあてられて女は夢中になってゆくのである。

「ねえ、吸って。お乳を吸って」

香代子は襟《えり》を、苦しそうにかき分けた。

かたちのいい乳房が現われた。財閥夫人はますます生身《なまみ》の「女」を、剝きだしにしてきたようであった。

本郷は乳房を吸いながら、固く結ばれた帯に手をのばしていった。解いて着物と襦袢《じゅばん》を左右に開くと、双つの乳房が白く輝くように現われた。だがまだ、腹部から女の中心部分は、薄紫色の着物と、ピンクの襦袢に隠されている。

着物の裾を一枚ずつ、左右に開いた。白い脚がのびやかに現われた。

谷間に手をすすめた。襦袢の下に、ふっくらとした恥丘が恥ずかしげに息づいていた。

夫人は着物の本当の着方を知っていた。パンティーというものは、つけてはいなかった。

手で触ると、柔らかい恥丘に、柔らかい秘毛が覆《おお》って、若草のような感触であった。

しかしその下に指がすすむと、指はうるみの中に吸いこまれた。そこはもう女の熱帯であった。

「ああ……」

と財閥夫人は喘《あえ》いだ。

本郷の指が、ついに秘部に触れて、ぬかるみの中にわけ入ったのである。

指はすぐに、蜜にまみれた。そこはうごめくように、甘美な誘いに震えている。

本郷はかたわら、乳房に唇をあてがい、吸いたてながら、そこにも奉仕を怠《おこた》らなかった。

「お肌が、とても若々しいですね」

本郷は乳房を愛撫しながら言った。

「ありがとう。うれしいけど、こんな時に言われると、照れるわ」

顔を赤くして香代子は喘いだ。だが、身体を投げだした態度は自信にあふれていた。

「ほんとうですよ。ほらほら、乳も張ってるし、腰もくびれて……未婚女性みたいだ」

香代子は見たところ三十二、三歳である。夫は貿易会社の重役をしているというから、五十歳は過ぎているはずである。

(後妻ででも、あるのだろうか)

本郷がもう一度そう思った時、

「夫に比べると、若すぎる、とおっしゃりたいのでしょ。夫とは年が二十も離れていますのよ。実は長い間独身主義で、結婚が遅かったので、もう年なのよ。あちらのほうも……」

夫人はどうやら、自由に羽をのばしたい状況のようである。言い方をかえれば、慢性的に欲求不満の女のようである。

「あたくしね、今日は成城に帰らなくてもいいのよ。夫は仕事で外国旅行中。子供もいないし、家に帰ってもつまんないし……今夜、ここにステイしちゃおうかしら」

香代子はとうとう本音をだして言った。

――午後二時の約束だったのに、遅れて夕方到着したのは、案外、はじめからそういう魂胆だったのかもしれない。

「奥様。それなら、どうぞ、ごゆっくりしていってください。チェックインは、あとでもかまいませんから」

「うれしいわ。……わたくし、そうする」

本郷の頭を抱きしめて頰《ほお》ずりしながら、

「あらあら、それならお着物、脱いでしまいましょうよ」

香代子はやっと、着物を着たままベッドに倒れこんでいた自分たちの不自然さに気づいたように、そう言った。

「それじゃ、今のうちに、バスをお使いになりませんか」

本郷がそうすすめると、

「せっかく燃えあがったのに、中断するの、もったいないわ。ねえ、一度……このままでよろしいでしょう」

香代子は着物を手早く畳み終えると、薄物一枚になり、待ちきれないように本格的にベッドにもぐりこんできた。

「あなたのも……ね」

本郷の洋服も脱がしにかかった。

「いえ、ぼくは自分で……」

本郷は実は、心配だったのである。つい数時間前、谷崎美由貴とひといくさ終えているので、その着物美人のリクエストに本当に自分が応《こた》えられるかどうか、はなはだ心もとなかったのである。

（ま、成りゆきにまかせてみよう……）

本郷は自分の衣服を脱ぎ、挑んでゆくことにした。

香代子をあおむけにする。

白い両脚を開かせた。本郷はその中へ這《は》い進んだ。着物を脱いだばかりの女というものは、薄ものをまとっている。それをめくりながら進むので、桃色の下ばきの中へもぐりこんでゆく心地だった。

まだ奥へ到達しないうち、香代子はあッというような、狼狽した声をあげた。

「ああ、本郷さんったら」

だが、拒否しているふうではない。

草むらがあった。一本一本の恥毛が、丘辺から下方のまん中の亀裂にむかって、身を寄せあって繁茂《はんも》している。

ふっくらとした恥丘の下に、亀裂はやや深く、タテ長で、赤く濡れ光っていた。

濃い女臭がむっときた。

これをいやがるようだと、一人前の色事師《いろごとし》とはいえない。色事師、すなわち、仕事師のことである。

本郷は、その匂いを麝香《じゃこう》か伽羅《きゃら》のような匂いだと自分に言いきかせ、泉を汲《く》むように、クリットを舌で刺した。

刺して、転がす。カバーの部分を、指先で押し分けた。ローズピンクのクリトリスを剝きだしにした。

芽はふくらみ、吸いやすくなる。

口に含んで、きゅっきゅっと吸った。

「ああ、ああッ」

香代子は鋭い声を洩らした。

「あたしを……狂わせないでっ」

切迫した声であった。

香代子は白いあごを見せて、髪をかきむしり、激しくのけぞりはじめていた。

食べたい時が、美味《おい》しい時とはよく言うが、ちょうど桑野香代子は、男の愛撫に飢えて、ほしいと思っていた時のようである。

砂漠が水を吸い込むようなものであった。

本郷も美由貴との一件があるので、正直のところ、香代子に対する自分のパワーに一抹《いちまつ》の危惧《きぐ》を抱いていたところである。

だが、これなら、まず前戯で香代子をとことん、舞いあがらせることができる。

最後の仕上げぐらい、何とかなるだろう。

こういうことをするのも、仕事のためだ。野望のためだ。本郷貫太郎はせっせと女に奉仕し、色々な女性とのネットワークを作っておくことで、いずれは自分の野望達成に結びつけてゆきたいと思っている。

漣《さざなみ》が、ひろがっていた。香代子は下腹部をうねらせ、のけぞっていた。まだ本行為にはいる前に、もう達しそうになっている。

（よし。このまま、エベレストに登頂させよう！）

本郷は気持ちを奮《ふる》いたたせ、のびあがり、今度は乳房や肩への愛咬《あいこう》を加えながら、新しい戦略に取りかかった。

　人差し指と中指を秘唇の奥に沈め、親指でクリットを押し、三本の指で前庭部の肉を軽くはさむ。はさんで揉んだり、束《たば》ねたりする動作をつづけながら、耳の穴に舌を送ると、

「わあッ！」

　香代子は最初の峠《とうげ》に登りつめてしまった。

　香代子は小休止した。

　本郷の前戯だけで達したのが、よほど恥ずかしかったのか、赤い顔をして抱きついてきて、

「この女殺し……！」

　濡れた眼で睨《にら》んだ。

「いいえ、奥様。奥様の感度がすばらしかったんですよ」

　本郷はぬけぬけとお世辞を言いながら、香代子の乳房のベルボタンに手をやって、軽く揉んだりして、かまいつづけた。

「あ――」

　香代子の口から声が洩れた。

　眼がうっすらと油を帯びてきて、また閉じられる。

香代子は小休止をはさんで、また感じてきているようすだった。本郷は乳首を今度は口に含んだ。舌であやしながら、本郷は股間にのばした右手で、ラビアをかまって、カトレアの花弁を盛んに吐蜜させた。

桑野香代子は、回復力の早いほうだった。

「あん……またよ……んんン、もう……」

花唇をいたぶられるとのけぞり、全身を軽く痙攣させはじめた。

「休もうと思ってたのに……もう」

女性も回復力が早くないと、あれぐらい峠を越えてしまった直後は、男に愛撫されても、くすぐったく感じたり、わずらわしく、邪魔っ気に感じたりするものである。

だが香代子には、長いインターバルは必要ではないらしい。本郷は興に委《まか》せて、そのまま攻めつづけることにした。

「ねえ。生殺《なまごろ》しにしないで……」

香代子は手をのばしてきて、本郷のものを求めるように言った。

「あら、スタンバイしてるじゃないの」

本郷の所在は握られていた。

本郷はその部分が発進状態であることと、自らの回復力の早さにも、感謝した。

本郷の心配は、杞憂《きゆう》だったのである。彼の尊厳は、いまや香代子の白い指に握られ、ますます硬く勇み立っていた。

「ああ……ほしいわ」

香代子は耳許《みみもと》で囁いて、懐《なつ》かしいものを確かめるように、鈴口を上手に指でさすったりしている。あまり上手に愛玩されると、本郷も発射時間が早まりそうだったので、

「参りますよ」

繋ぐことにした。

香代子はいそいそと身体を開いた。

濡れあふれた花弁にあてがう。

「ああッ」

少しだけ攻めると、待ちわびた肉口はグランスを呑《の》みこんだあたりで収縮し、濡れあふれていながら、押し戻そうとする。

本郷のものが逸物すぎるせいもある。

香代子自身、しばらくその部分に男性を受け入れてはいなかったのかもしれない。

人妻熟女にしては、珍しく、

「痛い……張り裂けそう」

眉根《まゆね》を寄せた。本郷の逸物にとっては、女性はその都度《つど》、処女なのであった。

「すこし……痛いわ」

少し進むと、香代子はなおも、眉根を寄せつづける。

「あそこが、張り裂けそう」

こういう時、本郷は一気には攻めない。巨根といっても、本郷のものは牛乳瓶《びん》のような、ズドーンとした円筒形の鈍刀ではない。宝冠部だけが雄々《おお》しく傘張《かさば》っていて、幹の部分は若竹のようにしなやかで固締まりなので、名刀中の名刀なのである。

したがって、はじめは難渋しても、亀頭部分がすこしずつでもいったん割り込み、すべり込みさえすれば、あとは抽送《ちゅうそう》されるたびに、女性は「ひっかかり」を感じて、えもいえぬ快美感を感じるのである。

「ああッ……すこしずつはいってゆくわ」

香代子が声をあげたとおりである。

本郷はすこしずつ、ねじ込んでいった。

一直線ではない。インコース、アウトコース、カーブ、スライダーと、多彩な変化球を織りまぜながら、角度をかえて、すこしずつ女孔の中に道をつけてゆく。

道をつけながら進むうち、シャフトはたちまち甘い蜜にどどっと包まれ、ついに奥まですべりこみ、到着した。

「あーん」

香代子は嬌声《きょうせい》をあげた。

到着感をはっきり感じたようである。

「気が遠くなりそう……」

香代子はしがみついてきた。

根元まで膣口にぴったり収めると、本郷は女体に身体を預けながら、動いた。

今度はゆっくりと出没運動をはじめる。

雁《かり》の部分が、いたるところの膣壁を押し分け、響きかけるので、通路が震えながら欲情し、本郷自身をとらえにくる感じだった。

本郷は香代子が、やや下ツキであることに気づいていた。恥骨のかなり下のほうに、大きな秘洞が熱く開いている感じである。

しかし、本郷の男性は勢いよく直角に上をむいている。だから女孔と男根の角度は、実にしっくり合っていて、自然体で出没運動がスムーズに行なわれる。

何度か抽送を重ねているうち、おや、と思った。香代子の秘洞の天井壁のあたりが、うねうね、ザラザラした摩擦感を増してくる。

もしや、カズノコ天井……？

本郷は、そうではあるまいか、と思った。

膣上壁のザラザラは、ただ静止しているのではなく、香代子の興奮につれて、犇《ひしめ》きあい、押し包み、うねってくる感じであった。

おおう、たまんないぞ！

本郷がそう思った時、

「ね、ね、ね」

しがみつきながら、香代子が言った。

「私の中に、蛇がいるのよ。膣の奥に白い小さな蛇がたくさんいて、それがとぐろを巻いて犇きあい、あたしにいつも男をほしがらせるの」

形容にしても、それはよくわかる。

香代子にしたら、実感かもしれない。それが満たされていればいいが、高齢の夫では充《み》たされてはいないので、蛇はいつもうごめいているのかもしれない。

本郷がみっしりと動くにつれ、香代子は全身でくねくねと巻きついてくる。巻きつくだけではなく、本郷の耳や首すじを手あたりしだいに、ぺろぺろと舐めるのである。

その姿はまるで、猫のようでもあったし、蛇のようでもあった。

舐めながら、クンクン、クンクン、可愛《かわい》い獣のような鼻声を放ちつづける。

「わたし、またへんになりそう」

香代子は本郷の背中に爪《つめ》を立てて、激しく反り返った。

「ね……ね……私の奥の蛇を……蛇を……どんどん突いて……突き殺してッ」

本郷は、膣の奥の白蛇を突き殺す勢いで突いた。

蛇が反対に、うねうねとうごめいて、本郷の巨根にうねりかかってくる感じ。うごめいている感じでもある。

膣の奥の空中戦であった。

女体はのたうっている。

「わ、わ、わ、わ」

そのたびに香代子は泡を吹く声をあげた。

香代子は腰をせりあげ、恥骨の丘を突きだした。

香代子は、獣の声をはなった。

そうなると、本郷のほうはもうたまらない。亀頭をうねくるもので包まれると、いよいよ発射しそうになり、

「奥さん、すてきだ。ゆきそう」

「いやいや、お先になんて」

香代子は、いやいやをした。

「そんなのずるい」

抱きついて、ぺろぺろと耳のあたりを舐めまくる。

「いやよ。お先になんて、許しませんからね」

香代子は、蛇のように巻きついたまま、

「お願い。咬《か》んで」

下半身は繋がれたまま、不意に強い力で、乳房をせりだしてきた。

先刻、愛咬の途中でイッたのである。

咬まれるのがよほど好きな女らしい。

本郷は乳首に軽く前歯をあてた。香代子は「うっ」と息をつめ、胸の上に顔を伏せた本郷の髪を摑み、

「もっと、もっと」

今度は少し強めに、本郷は乳首とその裾野のあたりを咬みながら、腰を打ちつけた。

「ああン……あン」

香代子はのけぞって、下半身をよじった。

下はまだ繋がっている。腰を打ちつけると、香代子はもう、メロメロになった。

本郷もこれまでにすくなからず女性経験を積んできたが、こういう女は体験になかった。

香代子の特徴は、カズノコ天井であるばかりではなく、壺中にたくさんの白い小蛇を飼っていることと、全身を蛇のように巻きつけて、ぺろぺろとあたりかまわず、舐めまくることであった。

それに愛咬、何とも欲ばりな女である。

華麗なる動物、という感じであった。

本郷はその華麗なる動物に仕返しをするように、最後に強く腰を打ちつけた。

「あッ……あッ……あッ」

香代子はみじかい叫び声をあげた。

「いい。強く、打ちつけて」

本郷の腰が躍った。

「摑んで。強く!」

本郷は香代子の腰を摑んで、引き寄せ、烈《はげ》しく打ち込んだ。

繋がれた部分から、汁がしたたる。

「ああッ……いい……死にそう」

香代子がブリッジを作りながら叫んだ。

叫びながら、クライマックスに達し、身体の線を硬直させて、駆けあがった。

本郷も、彼女の膣の奥にいる白い小蛇たちを突き殺す勢いで、発射していた。

二人とも、汗びっしょりで果てていた。

終わったあと、香代子は乱れ髪のまま、死んだように眠った。

——その夜の奮闘が実って、本郷は翌朝、桑野香代子から北急コンポーネント・オーナーズ・システムの出資会員になる契約を一口、取りつけることに成功した。

しかしむろん、その種の奮闘をすることがリゾートビジネスに勝つ秘訣ではない。香代子の場合はあくまで、彼女のほうから求められて、誘惑されたので、怒らせないよう本郷は、涙ぐましい努力をしたのである。

もっとも、根が女好きの本郷貫太郎のことだから、涙ぐましいといっても、そこはちゃんと元は取る。「色即是空《しきそくぜくう》」ならぬ「色即是職《ぜしよく》」——に、大いに励んだわけである。

三章　幸運を呼ぶ女

1

卓上の電話が鳴りだした。

本郷貫太郎は電卓から顔をあげて、受話器を取りあげ、

「はい、第三課――」

威勢のいい声をあげた。

このところ、仕事も体調もあちらのほうも、すこぶる調子がいい。御殿場の富士グランド・ビューから戻った翌週の火曜日であった。

「本郷さん、お願いします」

受話器に女性の声が響いた。

「本郷は私ですが」

「あら、貫太郎さん。涼子よ、しばらく！」

そういう声は、オリエンタル産業の社長室秘書・中原涼子であった。

「あ、ごぶさたしております」

訳ありの女性であっても、会社にいる時はあくまで、取引先の会社の社長室秘書であって、本郷はきっちり、他人行儀な言葉を使う。

「こちらこそ。——例の件、社長に話したら、大変乗り気な返事をしていたわ。詳しい条件や価格などを聞きたいので、近々、お会いしたいと申しておりますけど」

「ありがとうございます。では早速、今日にでも資料を取り揃《そろ》えて、お伺《うかが》いいたしましょうか」

「今日はあいにく、社長は工事現場回りで、昼間は社にいません。多分五時以降なら、あいていると申しておりますが」

多分五時以降、ということは、夜である。涼子は夜の接待を匂わせているんだな、と営業マンなら、すぐにピンとくる。

本郷は経費で一席設けようと、思った。

社長の東田泰助が来るのなら、涼子もお伴《とも》で来るに違いない。接待の後、涼子とどこかに繰《く》り込めるかもしれない。

愛液過多の涼子の身体《からだ》を思いだすと、本郷は急に意欲が湧いてきて、ほしくなった。

「それでは今夜、『柿亭《かきてい》』あたりで一献、というのはいかがでしょうか」

「柿亭」というのは、北急がよく使う青山のビル内の気軽な懐石料亭である。

涼子は社長の承諾をとってから、招待を喜んでお受けします、と返事をした。

「じゃ、六時半に青山の『柿亭』ということにしまして。オリエンタルの社長がお見えになるのなら、うちも誰かしかるべき責任者をつれて参りましょうか」

「いえ、今のところはその必要はないと思います。リゾートクラブのオーナー会員になるかどうかの話しあいなら、営業現場で間にあうでしょう。もしいずれ、北急とオリエンタルとの建材の納入や事業提携《ていけい》の拡大ということになれば、改めておたくも偉い人にご出席いただくことになるでしょうけど」

「わかりました。じゃ、私一人で六時半にお待ちしております」

本郷はそう言って、電話を切った。

(いよいよ、オリエンタルとの間に大口契約が取れるかもしれないぞ)

そう思うと、本郷は身内に新たなファイトと力がみなぎってくる気がした。

その夜、本郷は約束の場所に行った。

敷石に水が打たれていた。筧《かけひ》には水音がして、玄関脇に小さな竹林までがしつらえてあった。

「いらっしゃいませ。北急さんですね」

本郷がその料亭にはいると、仲居が腰を折って、予約していた部屋に案内する。

「オリエンタルさん、来ていらっしゃいますか」

「まだのようですが」

（よかった。先に着いて）

通された部屋は数寄屋《すきや》造り。これが東京のどまん中のビルの中かと疑うくらい、静かである。

料亭といえば、昔は粋《いき》な黒塀に見越しの松であったが、今は都心のビジネス街のビル内高級料亭というのが、はやっている。

伝統的な料亭スタイルでは、高級そうではあるが、閉鎖的なイメージが強くて、若い人がはいらない。最近のオフィス街では外国人ビジネスマンや企業の接待、OL、PTA帰りや趣味の主婦グループまでが平気で料亭を利用する時代になったのだから、ビル内の日本座敷というのが一番便利で、格調があって、好まれるという。

「柿亭」もそういう店の一つであった。通路には竹林、自然石、流水を設け、数寄屋造りの和室の中にまで、床の間に水が流れているという凝《こ》った作りであった。

待つ間もなくオリエンタルの社長、東田泰助が秘書の中原涼子を伴《ともな》って、現われた。

「やあやあ――」

磊落《らいらく》に手を振って、正面に坐る東田に、

「お忙しいところお越しいただきまして、大変恐縮でございます」

本郷は、深々と頭を下げた。

「いやいや、こちらこそお招きいただいて、かたじけない」

東田は六十三歳である。創業社長にありがちなあくの強い男で、中肉中背ながら、その炯々《けいけい》とした眼つきや相貌《そうぼう》、体軀《たいく》には厚味があり、脂《あぶら》ぎっている。

だが、人をそらさない男で、

「まあ、そう固くならずに」

酒肴《しゅこう》が運ばれる前から、てきぱきとした口調で、ビジネスの話を切りだした。

「中原君から、話は聞きました。ちょうど、わが社も創業二十周年記念事業として、箱根か湯河原《ゆがわら》あたりに、社員対策のための寮を作ろうかという案を検討しておりました。そんな時、中原君からおたくのリゾート・システムは業界一であり、オーナーとして加入すると、何かと便利でステータスがあがるという話を聞き、どちらが会社にとって得になるのか、話を聞きながら、そのへんを判断してみようと思ったわけです」

本郷が話を切りだしやすいように、上手に水をむけてくれた。

涼子がうまく吹き込んでくれていたようである。東田の傍《そば》に静かに坐って微笑《ほほえ》んでいる涼子のほうにも目礼し、

「はい。その件でございますが」

本郷は張り切って攻略に取りかかることにした。

ちょうど、席に酒肴が運ばれてきた。

冷えたビールで、まず乾杯をした。座が賑《にぎ》わった頃を見はからい、本郷は早速、東田泰助との話題を、本題のほうにもっていった。

「社長……箱根か湯河原に会社の寮をお建てになるのもいい。しかし寮というものは、別荘と同じで、一度建てると、動かすことができません。社員たちも最初は物珍しがって行っても、二、三回行くと、飽きるものです。その点、わが社のリゾート・ネットワークは、全国に展開していまして――」

東田は上機嫌で聞いている。

今夜の商談のポイントは、こうである。

東田泰助が社長をするオリエンタル産業は、新建材やアルミサッシ、住宅外装機器などを幅広く扱う住宅産業である。近年の住宅需要で急成長した新興会社のため、社員三百六十名を抱えながら、まだ本格的な会社の福利厚生施設というものを持たない。

そこで会社ぐるみ、北急のオーナー会員になって、日本全国に三十六カ所もあるリゾートホテルやヴィラ、別荘などを自社の福利厚生施設として利用すれば、何も自社で高い土地を買って寮を建てなくても、各種多様なサービスを社員に提供することができる。

「――そういうわけです。そのメリットは、計りしれません。オリエンタルが自社独自で寮や別荘をお建てになるコストは、おそらく十数億円になります。それがほんの十分の一くらいで済みます。また会社の寮のたぐいは、いったん所有すると、そこに管理人や料理人を置いてよけいな人件費がかかる反面、社員は案外、窮屈《きゅうくつ》に思ったり、飽《あ》きたりするものです。

その点、北急ならご安心ください。自社でお建てになるコストの十分の一か百分の一で、冬はスキー、夏は海。全国津々浦々《つつうらうら》、社員は自由に選択旅行できるうえ、一年中、温泉が湧いていて、これからの余暇《よか》時代にどのようにも対応したライフステージをご提供いたします」

本郷はそういう具合に熱弁をふるった。

酒も箸《はし》もすすみ、ビールから水割りに変わって、座ははずんでいた。ふんふん、と愛想《あいそ》よく話を聞く東田に、涼子が傍から援護射撃をしてくれた。

「ねえ。社長、とてもいい案ですわね。うちのヤング社員にはスキーやサーフィン。中堅社員にはゴルフや家族温泉旅行。毎年二回ずつ、会社丸抱えで奮発なさいますと社内の士気は大いにあがりますし、社長の人気もぐーんとあがること、受けあいますわ」

東田はこの美人秘書にぞっこんなのだ。

本郷はそれで涼子に先に手を打って、この戦略をすすめてきたのである。

涼子が熱心に勧めるものだから、

「ふんふん。きみもそう思うかね」

東田が相好《そうごう》をくずした。

「わしも北急と組もうかと考えはじめているところだ。何しろ組合にこのところ、突きあげられているからな。一日も早く社員の福利厚生施設を作れとな。それが、この案に乗ると一発で解決する。悪くはないな」

交渉は順調に進んでいるようである。

本郷が事業概要の細部まで説明を終えると、東田泰助はグラスをテーブルに置き、

「乗ろうか、その話」

と不意に、言った。

「で、わが社の社員規模からいうと、その株はだいたい、何株くらい買えばいいんだね」

「はい。株ではございませんが、オーナーになる資格は一口三百五十万円です。これだと年間、四十七日間分の利用券を発行いたします。この四十七日間というのは、アメリカにおける一家族の年間の平均的なリゾート生活の日数でございまして、日本でもいずれ、こうなるであろうことを見越して、設定しております」

「しかしそれは一家族の分じゃろう。わが社は三百六十人の社員がおるんだぞ」

東田が心配そうに言った。

「はい。しかし、日本ではまだ四十七日間もリゾート生活を送る家庭は、どこにもありません。ですから、会社のように大勢で利用したほうがお得なわけです。オリエンタルさん

の場合、社員一家族あたり年二回、土、日曜日の二日間を使うといたしまして」

――ざっと三十ロ。つまり一億五百万円の投資を覚悟すれば、マンションやホテルの共同所有権の登記をしたうえ、半永久的に全国の施設を全社員が利用することができる。

本郷はそういうふうに説明した。

「なるほど、一億円か。安いな。今年のわが社の予算では、二億円を社員の福利厚生対策に計上して、寮を作ろうということになっていたから、その半額で済むわけだ。――のう、中原君。儲《もう》けたな」

東田が涼子のほうをむいて、意味ありげに笑った。

「そうでございますわね、社長」

涼子が相槌《あいづち》を打つ。

「そのうえ、これをきっかけに北急さんへの資材納入がふえて、提携のパイプが大きくなるのなら、もっと安くつくわけだ。本郷さん、そっちのほうもよろしく頼みますよ」

東田はさすがに、抜け目がなかった。

敵の狙いは、北急リゾートの会員になるとともに、それよりも、本来の事業を北急グループに売り込もうとしているわけであった。

むろん、それであっても本郷はいっこうにかまわない。いずれ、北急の開発部門は、これからも各地にリゾートホテルやヴィラを、どんどん作ってゆくのだから、安く導入できる建築資材は大量に必要なのである。

本郷は資材納入の件についても、上層部に図《はか》って、大いに努力する、と確約した。

「仲居さん。しゃぶ鍋、もう火をつけてもいいよ、それからお酒、どんどん持ってきてください」

たちまち、一億円商談成立——とあって、本郷貫太郎は大いに意気あがる思いであった。

これで今夜、涼子とどこかにしけこむことができれば、なお言うことはない。涼子のほうにそれとなく視線を送ると、腹立たしいことに、彼女は東田にしなだれかかっているのであった。

それから三十分くらい座がはずんだ時、

「ちょっと電話——」

東田泰助が廊下に出て座をはずした。この時とばかり、本郷はすかさず涼子ににじり寄って、膝《ひざ》を握って、

「今夜、どう？」

小さな声である。

涼子にも意味がわかったらしく、

「だめよ。今夜は……社長を送ってゆかなければならないんだから」

「二人で轟沈《ごうちん》するのかい?」

「おばかさん。今夜は奥さん孝行の日だそうで、吉祥寺《きちじょうじ》のご自宅までお送りするだけよ」

「安心した。それなら、そのあとは?」

「どうしても?」

睨《にら》んだ涼子の首に軽くキスをし、

「うん、ほしいんだよ。きみのラブジュースともだいぶ、ごぶさたしてるじゃないか」

涼子は首筋までまっ赤に染めて、

「困った人ね。わかったわ。あとでそっと、落ち会う場所をメモして渡してちょうだい」

と、素っ気なく言った。

あまり素っ気なく言われたので頼りない思いがして、

「ありがとう。やっぱり天使だよ、涼子は」

本郷は涼子の唇に軽くキスをし、胸の膨《ふく》らみに羽毛のようにさっと手をやった。

「あッ」

と涼子が小さな声を洩《も》らした。

「だめ。だめ早く席に戻って」

怒った眼に女の息づかいと炎が揺れた。

「いいこと。社長の前ではこういう素振りは、ゼッタイにしないでちょうだい」

涼子は宣言するように言った。

「わかっているつもりだよ。ごめん」

本郷は素早く元の席に戻った。

閉めきられた個室。仲居もいなかったからこそやったまでのことで、本郷もむろん、東田社長に涼子とのことが悟られてはまずいことは、百も承知している。

そこへ電話とトイレへの用事を終えたらしい東田が戻って来て、どっかりと自分の席に坐り、わざとのように涼子の膝のあたりに野太い手を置いた。

「のう。中原君。今夜はわが社にとってもいいショッピングができたな。契約が済めば早速、本郷さんにどこか一ヵ所、伊豆あたりのすてきなリゾートホテルに案内してもらおうじゃないか」

「はい。それはもう喜んでご案内します」

本郷は揉《も》み手をすると、

「ホテルではどのみち、一泊ということになろう。私はこの中原君をつれてゆく。きみも誰か、若い女性を選んでつれてきたまえ。二対二の同伴旅行というのは、オツなもんだよ」

「は——？」

はい、と改まって返事はしたが、本郷はまだその時、粋人《すいじん》の東田泰助が何を提案しているのか、真意をはかりかねていた。

ともあれ、その夜、本郷は東田泰助と涼子を店の表で黒塗りのニッサンプレジデントに乗せて送りだしたあと、一人でタクシーを拾った。行き先はむろん、名刺にメモを記して涼子に渡した合流地、新宿のインペリアル・ホテルであった。

2

ドアにノックの音が響いた。

本郷貫太郎がドアをあけると、

「ごめんなさい。遅くなっちゃって」

中原涼子がはいって来た。

彼女は後ろ手にドアを閉めると、本郷の腕の中に飛び込み、顔を上むけにし眼を閉じる。

「ご挨拶《あいさつ》がわりに、キスをして」

臆面もなく、そう言うのであった。

吉祥寺まで社長を送り届けたあと、息せききって駆けつけたという勢いであった。

本郷は腕をまわして、キスをした。

軽い、そよぐような接吻《せっぷん》だった。それでも区切りをつけて顔をはなそうとした時、不意に涼子が両手をまわして本郷の首ったまを抱いて、力を入れた。

当然、濃厚な接吻となった。涼子の下腹部で盛りあがった恥骨の高みがはっきりと押しつけられて、心地いい。

やっと顔をはなすと、

「悪い人たちね」

「誰のことだい？」

「私たちよ。あらかじめ示しあわせて、貫太郎さんのお仕事のお手伝いをしているんだもの。二人、共謀して社長を乗せているようなものよ」

「しかし、きみの社にとっても悪いことではない。大いに得して、事業の発展に役立つことだと思うよ。あとは片棒かついでくれたきみへのリベートだけだな」

「リベートなんかいらないわ。今夜、袖の下はちゃんとむしってあげるから」

「うれしいね。袖の下ではなく、股の下かもしれないけどね。ぼくはいつも相互扶助、共存共栄の博愛精神をビジネスと人生の、モットーとしていてね」

言いながら、本郷はいきなり、涼子の下半身の急所に手をやった。スカートの上からではあったが、

「ああんッ」

涼子は不意に恥丘から下に触られたので、反射的に股を閉じた。

「こういうことも共存共栄の博愛精神というのかしら」

下肢を閉じたのは、女性の本能的な防衛反応であった。

しかしすぐに、迎える姿勢になった。

本郷はスカートの腰のジッパーを引き、なかに手を入れた。パンティーの布地ごしではあったが、涼子の濡れ具合の凄さは、例のごとくすぐに本郷の指先に伝わってきた。

べっとりと、パンティーが喰い込んでいる。

「いやあ、お行儀がわるい！」

身をよじったはずみに、涼子のパンティーの横あいから、指をすべりこませた。

こういう芸当ができるから、パンストをはかない女性を、本郷は好きなのである。

クレバスの両側に盛りあがった秘肉の畝《うね》に沿って指をすべらせながら、割れ口をくつろがせて、ラビアの濡《ぬ》れ具合を楽しんだ。

指を沈める。ぬるりと、濡れた感触が、本郷の指先にまとわりついてきた。

二枚のびらつきを、丹念にさする。

「ああ……」

涼子の腰が震え、抱きついた本郷の耳許《みみもと》で吐く吐息が熱くなって、艶《なま》めいてきた。

涼子は立っていられなくなっていた。

「ねえ。お風呂にはいらせて……」

涼子はバスを使った。

本郷はすでに済ませていたので、ベッドにはいって待っていた。

ほどなく涼子がバスタオルに身体を包んで、浴室から戻って来た。部屋が明るすぎるのを見て、

「灯《あか》り、消して」

ベッド際で佇《たたず》んで言った。

「おいおい、初めてじゃあるまいし、いいじゃないか」

「だって……ムキムキだなんて……女はいつも恥ずかしいものよ」

「ふーん、そういうものかねえ。じゃ、これぐらいなら」

枕許のスタンドに手をのばし、ほんの少しだけ照度を落とした。

まだベッド際に佇んでいる涼子を見ると、バスタオルを胸にだけ巻いて、下半身はすれすれのところまでしかない。ちょうど下腹部の黒い茂みがきわどいところまで覗《のぞ》いていた。

「いい眺めだよ、勢いのいい黒艶《くろつや》ぶりが」

「ああら、エッチ！」

涼子はあわてて前をかばいながら、ベッドに腰をおろして、そよぎかかってきた。

本郷は半身を起こしている。涼子を抱いて、唇をあわせた。風呂上がりの女体《にょたい》のぬくも

りが、指先に移ってくるのを楽しみながら、バスタオルを剝《む》いていった。

乳房は固締まりに張っている。そこに唇を降ろしながら、本郷は涼子の全身に手を這《は》わせて、肌湿りの感触をたどってゆく。

するうち、涼子と接した部分がじっとりと汗ばんでくるのを感じた。風呂上がりのせいもあるが、それだけではない。本郷の手が動いてゆく部分が順次、毛穴が開いて白い乳が滲《し》みだしてくる感じ。

全身が乳房のような女であった。

本郷が股間に手をのばしかけると、

「あたしにも、やらせて」

涼子が掛布《かけふ》をはいで、本郷の下半身に手をのばしかけた時、

「あーら、失礼ね」

本郷はまだブリーフをはいていたのだ。

「あたしだけ、裸にしちゃって」

「きみに脱がしてほしかったんだよ」

「女の子みたいなこと言ってる」

「いや、そうじゃない」

今夜の涼子は、東田社長を裏切っている、という罪の意識と戦っているはずだ。逆に言

えば、背徳のスリリングな緊張感の中にいるわけであった。

フランスの香水に「ジュ・オゼ」というのがある。「私はあえてする」という意味だ。女性は時として、この香水の名のように背徳の匂いのする情事に、激しく反応することがある。

人妻の不倫願望が、そうである。涼子は不倫ではないが、東田社長を裏切って、本郷とそうなることにおいて、本郷はもっともっと、ハレンチな悪女にしたいのである。

「な、脱がしてくれ。そうして、そこにひざまずいてほしい」

「わかったわ。こうするの、好きよ」

涼子の指は、もう本郷のブリーフの上から膨らみを撫《な》でていた。打ちあわせの隙間《すきま》から猛《たけ》り立つものを躍《おど》りださせ、

「貫太郎さんのって、いつ見ても逞《たくま》しいのね」

感情のこもった声であった。

「貫太郎さんのって、どうしてこんなに大きいのかしら」

そう何度も貫太郎さん、と言われると、脇の下がこそばゆくなるが、その声があまり真にせまっていたので、

「東田社長のものは、こんなに固くならないのかな」

本郷は追い打ちをかけてみた。

「わかるでしょ。事業欲は旺盛でも、もうお年だもの。だから、繋《つな》いだあとも、あまり激しく動きすぎないようにしているの」

涼子はあけすけに告白した。

「いったん抜けると、今度はなかなかはいらなくなるわけか」

「そうよ。前折れ、中折れ、後折れ……というらしいけど、やっと前折れだけは私がヘルプして奮《ふる》いたたせてキープしているけど、中折れ以降は、もうだめね。それに、お時間もあまり長くないわね。早漏かしら？」

「お年寄りにはふつうは、早漏はいないよ。年をとると、遅漏になるもんだよ。だいたい、早漏というのは厳密に時間があるわけではないんだ。ふつう、二分や三分間以内のことを言うらしいけど、相手の女性を満足させないうちに果てることを、一般的に早漏と言うんじゃないかな。だから、収めなくても前戯《ぜんぎ》だけで女性をクライマックスに達しさせれば立派なもので、早漏とは言わないと思うけどなあ」

「ばかに社長をかばうのね」

「図星なんだな。前戯できみはいつもアクメを迎えているわけか？」

「涼子は汐吹きだと言われるわ。不満はないけど、前戯だけでは完全燃焼とはいえないわね。時々、やっと繋いで納めるけど、魅魔羅《ふまら》ではそっと大事に味わうだけよ。貫太郎さんみたいに、はいったあとも長い時間をかけて、ストロング級のパンチでしてくれるほうが、うーんと、燃えるわ」

涼子は言いながら、本郷の巨根を押しいただくようにして、かしずいてきた。

ブリーフを脱がせ、口にふくむ。先端を舐《な》めたり、舌を閃《ひらめ》かせたりするのも堂に入っていて、うまい。かたわら、シャフトの毛むらから袋のあたりまで指ですくって、感覚を湧《わ》きたたせ、練《ね》りあげてゆく手つきは、やはり、東田社長仕込みのもののようである。

本郷は、激しい嫉妬《しっと》を覚えた。男性を預けたまま、かたわら手をのばし、涼子の股間に手をやった。

「あっ」という声が洩れた。

「ひっ」という声のようでもあった。

涼子がそういう声をあげて息をつめたとおり、そこはもう濃いラブジュースが隠しようもなく、あふれていたのである。

湿っていたとか、潤《うる》んでいた、などというものではない。

涼子はいつも、愛液過多の女なのである。

「おいで。楽な姿勢を取ろうよ」

本郷は茂みに右手をのばしたまま、左手で肩を抱いて涼子をベッドに横にした。

本郷はそのまま涼子を押し伏せてインサートしたい誘惑にかられたが、それをぐっと我慢して、大人の時間をはさむことにした。

相互愛撫。二人はゆったりベッドに添い寝するように楽な姿勢で向きあって、相手の身体の充実ぶりをたしかめあっている。

本郷は時折、乳房に接吻しながら、涼子の秘唇に手をやって、久しぶりの愛液過多の女芯を楽しむことに励んだ。

どうかすると、指が躍るにつれ、

——チャップン……。

という水音がする。

「いやらしい音だわ」

涼子が自分の秘唇で鳴る湿音に、恥ずかしそうに顔を伏せた。

「いやいや。そんな音、ださないで」

「ださないでといっても、出てるんだよ。きみのここからさ、ほらほら」

——チャップン。

「いやったら」

——チャップン。

愛液の多い女は、どうしても何らかの湿った音が出る。膣鳴りという。指の動きの具合にもよるが、それはピチャピチャ、という音だったり、ぺったんぺったん、だったり、じめじめじゅく、という具合にさまざまに変化する。

本郷は自分の指で感じる感覚と合わせて、それを耳にするのが楽しいのだが、女性にとってはたまらない羞恥《しゅうち》と屈辱のようだ。

自分がずい分、いやらしい女に思えるようにも思える。

自分が男にずい分、ばかにされているようにも思える。

そのくせ、本能の深いところでは自分がたまらなく淫蕩《いんとう》な女になったような解放感も覚えて、妙な刺激音ともきこえる。

「あぁッ……やめてったら……その音、いやらしいんですもの」

本郷が二枚の花びらのまん中を、指でぺたぺたと叩《たた》くと、本当にそこはぺたぺた、ぺったんという音を発するのである。

ぬかるみはどこも同じなのだ。男の子はぬかるみ遊びが好きである。服を泥だらけにして帰って来て、親に叱《しか》られる。男が子供の時からぬかるみの感触やその音を好きなのは、案外、出生以前の母なる羊水への遠い郷愁《きょうしゅう》に結びついているのかもしれない。

「ねえ、その音、いやったら。ほしい……」

ぬかるみ遊びの幼児体験の記憶を思いだしている場合ではない。涼子はもうそれほどあふれさせて、待っているのである。

本郷は起きあがり、涼子を押し開いた。

太腿《ふともも》の間の紅《あか》くひらめいた肉芯に、本郷は己れのたくましく聳《そそ》り立ったものを、遠慮会《え》で、割れ目を指で開かずに、そのまま突き立てたものだから、亀頭が半《なか》ばまで埋もれた段階で、釈《しゃく》なく、ズブッと突き立てた。

「あぁッ」

涼子は衝撃を感じたようにのけぞった。

身体を弓なりに反《そ》らせ、腰をしなわせる。

男にとって、女体を押し分けてゆく瞬間というものは、相手が誰であれ、いつも充実した気分で、最高にいいものである。

本郷のものは今、三分の一ほど涼子の中に埋まっていた。

涼子の構造部分は、本郷のそれを押し返そうとする微妙な味わいをみせていた。

先端が、蜜液でなめらかになった入り口を突破すると、押し返してくる力はゆるやかになり、反対に肉がまといつき、奥に引き込もうとする作用にかわる。

「あ、ああーンッ」

涼子はのけぞった。

いつも知っている通り道でも、いつも驚くべき化物《ばけもの》に出会って放つような声であった。

本郷のものは、ついに根元まで没入する。

「あー、届いたわ」

涼子が深々とした到着感を表わす言葉を洩らして、うっとりとしたように眼を閉じた。

本郷はひとつになると、ゆっくりと動きだした。

涼子の構造は、入り口がきつくて、なかは広い。締めつけも、奥はそれほどきつくはなかった。

が、そのくせ、涼子の入り口の締めつける力は、蜜液のぬめりがなければ抜けなくなるのではないかと思われるほど、強かった。

そんな具合だと、入り口が締まるので本郷のものはちょうど、袋の中に納められている感じで、それに愛液も多いので、本郷は射出感までに、長く持ちこたえられる感じであった。

締めつけるばかりが能ではない。これはひとつの、名器ではないかと思う。本郷は遠慮なしに、袋の中の男性自身を、いやらしくうごめかせた。涼子は蜜口いっぱいに男のものを容《い》れられ、袋のなかをこねくりまわされて、ますます驚いた顔になり、

「貫太郎さんのって、いつも大きいわあ。びっちりで、張り裂けそう」

「東田社長と、比べてるんじゃないのか」

「そんなの……比べものにならないわ」

「でも、比べてるんだろう」

「変な言い方をしないで」

本郷と東田では、ものが違う。

ものだけではなく、愛情行為のやり方や質や濃淡まで違うはずである。

本郷が思うに、東田には一撃の強烈さがないかわりに、全身愛撫は巧緻《こうち》に長《た》けて、ねっとりと相手の女性と、二人の時間そのものを、練りあげてゆくような密度に彩《いろど》られているかもしれない。

本郷もその点では、努力しているつもりだが、やはり若いから、いまいちどこかで手を抜いて、淡白である。それより、一発の強烈さで売り込んでゆくしかない。

涼子ほどの知的な女が、本郷に傾いてきたのは、伊豆の旅行先で、ほんのつまみ喰いのつもりで寝た本郷の一発が、生涯で最高、と思ったくらいに、よかったからである。

本郷は、たった一回で涼子の身体に「男」の印象を刻みつけてしまったわけであった。

その意味では、今夜、一億円の商談成立まで漕《こ》ぎつけることができたのは、本郷の男の武器の功績に負《お》うところが大きい。

裏返すと、中原涼子はいわば、幸運を運んでくれた女であった。

そう思いながら、本郷は女体に励んでいた。

だが、収めた女体である中原涼子には、東田社長という大物の男がいると思うと、柄《がら》にもなくジェラシーを感じて、心穏やかではないのであった。

行為にも、むきになる部分があって、言葉使いも自然、露骨になる。

「なあ涼子、はっきり言えよ。社長のより、おれのほうがいいって」

「ばかおっしゃい。そんなこと、女の口から言えますか」

「じゃ何かい。社長のほうがおれより、ずっといいというのかい」

「そんなこと言ってません。貫太郎さんったら、あたしを困らせないでよ。男と女って、それだけで結ばれてるわけじゃないでしょう。心や、フィーリングがあるんだし」

「そんなキレイごと言って、逃げるなよ。じゃ、社長とは心やフィーリングでぴったり結ばれてるって言うのか」

「えーえ。社長も貫太郎さんも、どちらもすてきよ。ベッドの中でも、それぞれ、味わいが違うもの」

――おやおや、女もずいぶん分、欲張りになったものである。むかしの女なら、一人の男しか愛せなかったが、現代の女性は色々なパフォーマンスが、楽しめるのかもしれない。

そうなると男というもの、うかうかできない。選挙におけるマドンナ旋風だけではなく、万事にわたって、女に選択される時代が来たのである。

釣った魚に餌《えさ》をやるバカはいない、と言ったのはむかしのことで、今は通用しない場合もあるのだ。現にこの涼子のように、すでに交際中の、手に入れたつもりの女の後ろに、自分より大物の男がいると知ると、本郷は俄然《がぜん》、対抗意識を燃やして、ハッスルするのである。

腰にぐいと腕をまわして、ズンと突いた。

「ああーッ」

のけぞる涼子を無視し、またズンと突いた。

まっすぐの剛速球に攻めまくられて、手もなく涼子はのけぞり、賑やかに乱れた。

「わ、わ」

「ヤだ、ヤだ」

本郷の逸物に、涼子は腰も魂も抜けたような表情になって、本郷の背中を引っかきまわした。

涼子の身体は、弓なりに反っていた。その腰を抱いて、乳房を吸った。みなぎったものは、深くはいっている。乳房を吸われ、たくましいもので膣の奥深く突きまくられ、涼子はあっあっと、身をよじって弾《は》ぜている。

(おれの男の味を、もっともっと身体に刻みつけておこう。涼子を幸せの絶頂に駆けあがらせておけば、これからもオリエンタルとの間に、もっともっと美味《おい》しい取引の話が転がりこむかもしれない)

本郷は、そう思い、自らも性の冒険者としてその夜も励んだ。

終わって、ひと休みしている時であった。

「ねえ、起きてる?」

涼子が声だけで、聞いた。

「ああ、起きてるよ」

「うちの社長の印象、どうだった？」

「なかなかのやり手だね」

「それだけじゃないのよ。社長は変な趣味を持っているの」

「どういう趣味だろう？」

「スワップや二対二が好きなの」

「ほう、ずい分欲張りだねえ。他人のを見ながらやるのが、好きだなんて」

「そうなのよ。それで今度の伊豆行き、困っちゃうわあ」

なるほど、そういえば先刻、東田は妙なことを言ってたな、と本郷は思いだした。

「私は中原君をつれてゆく。きみも若いすてきな女性をつれてきたまえ」

（あれは、そういう意味だったのか）

しかし、それはまた楽しい趣向になるかもしれない。いずれ、折をみて東田のために、そういう機会を作ってやらねばならない、と本郷は思った。

四章　社内の冒険

1

「貫太郎さん、ちょっと！」

飛鳥まゆみに声をかけられたのは、その週の金曜日の昼下がりであった。

振りむくと、まゆみがドアの陰から手招きしていた。

北急本社の三階資料室である。まゆみはそのドアを細目にあけて顔だけをだし、

「ちょっと、ヘルプ。あすの会議用のデータ揃《そろ》えてるんだけど、わかんないことがあるのよ」

「きみは統計数字に弱いからな」

どれどれと、本郷貫太郎が資料室にはいると、まゆみはドアを閉めて、内側からロックまでおろした。

ただ事ではない。資料室には貴重なコンピュータ・データ・バンクまで設置してあるの

で、厳重に鍵《かぎ》がついているのであった。

逆に言えば、内側からロックすると、外からははいれないので、完全な密室となる。その密室で、二人きりになったのである。

「このところ、冷たいのね。よそで浮気ばかりしてるんじゃないの」

まゆみが腕組みをして、睨《にら》んだ。

「そんなことはないよ。ぼくは宗教的フェミニストで、完全一穴主義さ。まゆみ以外、ゼッタイに浮気なんかしていないからな」

見えすいた大嘘《おおうそ》でも、それを大真面目《おおまじめ》に言うところが本郷貫太郎なのである。

「ドーだか。検査してあげる」

まゆみが右手を本郷の股間にのばした。

ズボンの上から、股間をまさぐる。そこはまだ平常の状態だったが、まゆみに触られているうち、際立った状態を呈してきた。

「おいおい。データ調べの手伝いじゃなかったのかね」

「私が調べるデータは、ここにあるのよ」

まゆみが際立ったものを布地越しに、うれしそうにまさぐっている。

本郷は意図がわかって、まゆみの腰を抱きキスを見舞った。

唇と唇がふれた瞬間、まゆみの身体《からだ》はぴくんと固くなった。が、すぐに貪《むさぼ》るようにまゆみは本郷の舌を迎え入れた。

紺《こん》色の制服の下に、ちょっと汗ばんで息づく女体《にょたい》があった。女体は今、ほしがっているようであった。最近のＯＬは社内でも恐ろしく大胆で、積極果敢なのである。

しかし、男子社員はそうはゆかない。生涯賃金をかけた神聖なる職場だと、かえってびびってしまう。本郷とてそれぐらいの節度はもっているから、ひとしきり接吻《せっぷん》を終えると、

「社内だよ。もうこのへんで——」

放そうとすると、いやいやと抱きついて、

「本当の社内情事って、社内でやるからそう言うんでしょ？」

まゆみが恐ろしい真実を述べた。

「ここなら大丈夫よ。鍵をかけているから」

「凄《すげ》えなあ。本気なのかい」

「あなたの男性も、このままでは気がすまないみたいだわ」

まゆみの指が握っている。

そうなると本郷も収まりがつかなくなる。制服を着たままのＯＬと社内でシークレットラブを交《か》わすことに、大いに冒険心をそそられ、

「じゃ、もう少し行ってみようか」

まゆみの身体を抱き、ソファに運んだ。

資料室には新刊雑誌類から図書類、各種データファイルまであり、閲覧するための机やコピー機と並んで、大きなソファもある。

そのソファにまゆみをおろした。

「本当に、誰も来ないだろうな」

「大丈夫だってば。鍵をかけているから」

「もし外から、ノックされたら？」

「本棚の奥に隠れて、知らぬ顔の半兵衛《はんべえ》を決め込めばいいでしょ」

「そうしたら、諦《あきら》めて立ち去るかな」

まゆみをソファに坐らせて、制服の前ボタンをはずした。

北急の女子社員の制服は、スーツ式なので、上衣の下にブラウスがある。本郷の指先はそのブラウスのボタンをはずし、中に這《は》い込んで、ブラジャーの上から乳房を握った。

大きくはないが、ちょっと固めで弾力のあるふくらみが掌《てのひら》の中で揺れた。

ブラは幸い、フロントホックだった。それをはずすと、ぷるんとまゆみのパパイヤが現われた。

（美味《おい》しそう……！）

本郷は、そのパパイヤに吸いついた。むっと甘酸《あまず》っぱい匂いが立った。乳房を吸いながら、まゆみの下腹部に手をのばした。

そこはまだタイトスカートに包まれている。

しかし、本郷はまゆみの構造が前つきであり、茂みの中に潜《ひそ》む一点の真珠を押されると、ベルボタンのように感じる女であることを思いだした。

陰阜《いんぷ》が高い。こんもり盛りあがった丘の下に、すぐクリットと大陰唇がせりあがっている。だから、スカートの上からでも、充分、まゆみの女体を愛撫《あいぶ》することができる。

本郷は指先を、肉芽にあて、柔らかな大陰唇のあたりにさすらわせ、グラインドさせた。

「あッ……ああ……」

まゆみが切なそうな声を洩《も》らした。

本郷は、興を催《もよお》した。今度は二指で、クリットのあたりを揉《も》み込んだ。コリコリと揉まれるたび、まゆみは眉根《まゆね》を寄せて、あごを反らせて熱い声を洩らした。

「ああッ……感じちゃう……！」

「シッ、声が高いよ。洩れるじゃないか」

「だってえ」

まゆみは肌色の、ストッキングに包まれた美しい足を、突っぱるようにして伸ばしている。ハイヒールの爪先《つまさき》を床に立てて、腰を浮かすようにして、快感を受けとめている。

「ああ……お上手」

お上手なのは、まゆみのほうだった。腰を浮かせて、円を描かせるのである。

本郷は、布地越しではやはり満足できなかったので、スカートを脱がせようとした。

するとまゆみが、その手を押さえ、ホックに動いた。

「待って。スカートだけは脱がせないで。いざという時、困っちゃうわ」

「そんな殺生《せっしょう》な。……ここまでくるともう」

「ね、こうすればいいでしょ」

まゆみは上手に、スカートを上にまくりあげた。

あっと思うような、見事なまくりだった。

なるほど、昼下がりの資料室では、さすがに女性心理として、スカートまでは脱げないかもしれない。しかしそれを腰の上までまくりあげると、あとはパンストとパンティーをヒップから下に、ずり下げるだけでいいのである。

そういうことなら……と、本郷は、まゆみに思いっきり、卑猥《ひわい》な恰好《かっこう》をさせることにした。

スカートの中に手を入れて、パンストとスキャンティーを一緒に、ひきおろした。片足だけ、足首から脱がせ、片一本は膝《ひざ》のあたりにたくしておいて、両脚を大きく広げさせた。

まゆみの秘密の部分が、不意に赤裸々《せきらら》に現われた。ふっくらと皮下脂肪のついた、白い腹部の下に黒々とした恥毛が繁茂している。

肉の芽の先端が、谷あいの赤い割れ目に僅《わず》かに顔を覗《のぞ》かせている。

昼下がりの会社の中で、美人ＯＬがそのようなエロチックな乱れたポーズを取っていると思うと、本郷は息苦しいほど、興奮してきた。

ソファの高さといい、開脚具合といい、口唇愛の大盤振る舞いをするにはうってつけである。本郷は床に腰を折って、まゆみの両腿に手をあてて押し広げながら、顔を秘園のほうに寄せた。

茂みが唇に触れ、毛根から発するアポクリン腺液の匂いと、秘唇から発する女の香気が強い。

ＯＬはふつう、午後も三時頃をすぎると、きつい体臭を発しはじめる。仕事の緊張感、若い肉体の新陳代謝から、けっこう肌着の下には汗をかいているし、そのうえ、異性との会話や接触で、人には見えない女性の局部には、けっこう汗や分泌物が出て、性交寸前のように濡れたりもしているのである。

今のまゆみがちょうど、そういう具合であった。本郷は、女臭をけっして嫌いではないが、これは少し強すぎると思ったペッティングの経験を思いだすと、男性なら誰でもわかるが、指に沁《し》みついた女臭は、かなりあとまで尾を曳《ひ》く。時には石鹸《せっけん》をつけて洗っても、落ちない時がある。

これからまだ仕事を残している会社で、あまりクンニをやりすぎて、顔じゅう女臭まみれになっては、エレベーターの中でまわりから見られて、大変なので、本郷はクンニを軽く切りあげ、指を秘密のあわいに差しこんだ。

「あッ……」

と、まゆみが反《そ》った。

まゆみの秘裂は美しい。大陰唇の中に小陰唇がまくれこむようになっていて、秘唇はそれ自体、幾重《いくえ》にも重なりあって薔薇《ばら》の花弁を思わせた。

その指の隙間《すきま》から、汁があふれた。

本郷の指先が、固く尖《とが》った芯芽を掘り起こすと、

「ああ……」

まゆみは熱い溜め息を洩らした。

芽をつまんでしばらくかまったあと、指がするりと通路に出入りする。

「あッ……」

まゆみが小さく叫んだ。肉壁は、まだうねくってはこない。しかし、指はゆるゆると神秘のホールに吸いこまれ、それに応《こた》えるようにまゆみの下腹部が力感をみなぎらせ、突っ

張るように波打った。

ハイヒールをはいたままの女というものは、男心をいたくそそるものである。ハイヒールにはオフィスの中という現実性のイメージがある。しかし剝《む》きだされた白い、むっちりしたヴィーナスの丘や草むらには、それを超えた女の生身の息づきがある。

「ああん……ああん……」

まゆみは秘所を濡《ぬ》らして、甘い声を洩らしつづけ、両手を本郷の首にまわして、しがみついてこようとした。

本郷は今度は、ソファの横に坐った。乳房を吸いながら、秘所もあわせてかまいつづけた。まゆみの欲望の器官からは、たえまなく甘い蜜があふれつづけ、乳房を吸われるにつれ、まゆみの体がぴくン、ぴくンと、間歇《かんけつ》的に反るように、動いた。

「あたしたち……会社でやってるわ！」

まゆみはひどくふしだらな悪女になった気分を、楽しんでいるようであった。

「入れようか……」

本郷は囁《ささや》いた。実のところ、もう挿入したくてたまらなかったのである。

「ええ。入れて……」

ズボンをはいたままでも取りだして行なえるが、それではいかにもあわただしい感じで、まゆみに対して失礼である。

資料室には鍵をかけている。本郷は、毒くらわば皿までという覚悟を決め、ズボンとブリーフをぬいで、下半身を晒《さら》した。

勢いよく反りを打ったものが、空気の中で躍《おど》りだして、しなった。

本郷は床に膝をつき、中腰で挑むことにした。

まゆみをソファに浅く坐らせ、思いっきり開脚させる。

それを押し広げながら、本郷は、まゆみの腰を抱くようにして、はざまにあてがう。

粘り強いうるみが、肉びらと肉びらのあわいにひろがっていた。そこに黒光りする男根が吸い込まれ、押し込まれてゆく。

「あっ……あーッ」

まゆみはソファの上で上体をくねらせた。

「だめだよ……声をだしては……」

「だって……出るんですもの……」

まゆみは早くも眼を閉じ、うっとりした表情を浮かべていた。

半分まで、没入した時、まゆみはわなないた。

だがまだ、本郷の男性自身は根元までは挿入されてはいなかった。

男根が、まゆみの中に半分ほど進入した状態のまま、本郷はその昼下がりのソファセットの情景を、頭の半分にある醒《さ》めた眼で見おろしながら、楽しんでもいるのである。

「お願い……」

まゆみは身悶《みもだ》えして訴えた。

「あたしをいじめないで」

「いじめてはいないよ」

「ちゃんと、奥まで入れて」

「ここは会社の資料室なんだよ。有能なOLが、こんなことをしていいのかな」

「意地悪……意地悪……何でもいいから、奥まで、ちゃんと、入れて」

何であれ女性は、半殺しの状態というものを、一番いやがる。屈辱を受けている気分もあるし、また、完全燃焼できない苛立《いらだ》たしさもある。それはまわりの環境がどうあれ、いったん発進した情況は、最後まで到達させてもらわなければ収まらない、という本能に忠実な女性の体質と精神構造からきているもののようだ。

男なら、いざ敵、いざ一大事となると、すぐチャンネルを切りかえなければならないし、切りかえることができる。

反対にいえば、男はいつの場合も、社会的動物なので、こういう場所だと頭の半分は醒めていて、没入することができない。

その点、不幸である。女体は火がつくと、中途半端では消すことができない。それがわかっているので、本郷は半分、挿入したまま、そんなありようをするまゆみの女体の悶えぶりを、贅沢《ぜいたく》にも眼で楽しんでいるのであった。

まゆみの秘洞は狭くて、ぴっちりと本郷を押し包む感じであった。

「ねえってば……」

促されて少し進んだ。でもまだ、奥壁には突きあたらない。まゆみの腰を両手で摑《つか》み、入ったまま少し前後させると、カリ首が窮屈《きゅうくつ》に摑まれる感じが訪れてきた。

「いいわ……もう少し……ちゃんと……」

まゆみは求めるように、腰を動かした。

まゆみの通路の天井に、ざらつきがある。

それを押し分けて進むといった具合に、力を入れて一気に進むと、ズーンと本郷の先端が奥壁に届いた。

「ああッ……」

まゆみがのけぞったとたん、ぐるぐるッと奥壁に押し返される感じが訪れ、それでも、まゆみの構造はそう浅いはずはないので、男根は根元まで女芯の中に収まっていた。

「はいったのね……うれしいッ」

そう言いながら、まゆみはそのくせ、両手で自分の顔を隠した。

「見ないで……こんな破廉恥《はれんち》な顔……」

その仕草があまりにも可愛《かわい》かったので、本郷はまゆみの両腿《もも》を抱いて、しっかり励むことにした。

2

資料室の行為は進んでいた。

本郷のそそり立ったものは、うるみの中の微妙なあわいのすべての部分を、こすってゆく。根元まで没入すると、まゆみの毛むらと本郷の毛むらが交じりあい、焦《こ》げ臭い匂いをたてた。

本郷は、まゆみの腕を上にあげさせ、腋窩《えきか》をさらさせた。すっきりとむだ毛を除毛した腋に唇を押しあてる。

まゆみはくすぐったがった。

「そこを……いっそ咬《か》んで」

歯をあて、愛咬《あいこう》してやると、まゆみの上半身が湾曲するように、反り返った。

それでいて、結合した部分で、しっかりと本郷のものを摑んでいる。膣鳴りがするほど、その部分から愛液があふれはじめていた。

噴出する勢いの愛液であった。

秘唇の傍《そば》の毛むらがぐっしょり濡れている。

それはまゆみの、内腿までを濡らして、ソファの布地に染《し》みを溜めはじめていた。

そういう中を出入りする男性自身が、今、どのように灼熱《しゃくねつ》感をもって、いやらしく脈動しているか。

「ね、触ってごらん」

本郷はまゆみの手を結合部に導いた。

ソファセックスなので、本郷は中腰で挑んでおり、前面は空《あ》いていて触りやすい。

まゆみは恐る恐るという感じで、結合部を触っている。

「わあ、べたべた。貫太郎さんの長いのが、すっぽりと私の中に出入りしてるわ」

まゆみは上気した顔で、声を洩らした。

「ね、卑猥だろう。会社の中で、こんなところに出入りする男のものに触った女子社員いるかなあ。いないと思うよ」

「そんなことないわよ。応接室でやってたカップル、見たこともあるもの」

「へえッ。誰と誰だい……！」

「専務と総務課の娘よ」

「専務がぁ……？　参ったなあ。俺たちだけじゃないのか」

今や社内情事、花盛りらしい。

それならもう少し、がんばらなくっちゃ。

「ね、まゆみ。そのまま、両脚をおれの背中のほうに巻きつけてごらん」

「こう……？」

まゆみが双脚をはねあげ、本郷の太腿に、それを絡《から》みつけてきた。

そうやると、どうしても牝《めす》カマキリが男を吸い尽くす、という姿勢になる。

ソファではまたそれが、よく似合う。本郷も力を入れやすい。絡みつけられた双脚を支点に、本郷は腰を摑み、打ちつける。根元まで没入したものを、深々と味わい、

「あっ……あっ……あっ」

とまゆみは、あえやかな声を洩らす。

それはいいのだが、その姿勢だと角度がよすぎて、本郷の男根は、まゆみの奥壁を直突することになるのであった。

直突するたび、竿《さお》の先に微妙な反応が生まれていた。それはひとくちにいって、なまこのような軟体動物が、ワギナの奥でうねくる感じなのであった。

「あッ……きたわ」

まゆみが声を洩らした。

きたわ、というのは、本郷の男性自身の先端が、ワギナの奥で軟体動物のようにうねくる感覚をさすらしい。

まゆみにとっても、その直突感がたまらないようである。直突するたび、うねくるものは、まゆみの子宮底であった。

ふつう、子宮は鈍《にぶ》いものといわれる。鈍いからこそ、子供を孕《はら》み、育てることもできるのである。しかし、ワギナの奥まで男根が届くと、その子宮の底にあたる感じが、女体の中心部をズーンと直撃する感じがして、たまらないという女性が多い。

鈍くても、子宮はやはり女の中心なのだ。

しかもまゆみのものは、直突するたび、ぐるぐるッと、うごめくのであった。

本郷はいったん、結ばれたままの女体の奥で、うねくる軟体動物のようなものに、野太い先端をつよく押しつけてみた。

こつん、と押し返すような反応がきて、ぐるぐるッ。一拍おいて、王冠部がワギナの柔肉にぎゅっと掴まれる感じがくる。

「ううっ。たまんないぞ」

と、本郷が感じた瞬間、

「ああッ。感じるッ」

まゆみも狂おしくのけぞるのである。

まゆみとの交わりでも、これまでには感じたことのない領域であった。

やはり正常位より、ソファでの膝立位のほうが、角度が深くはいるのかもしれない。

「あたるわ……貫太郎さんの、長い……」

まゆみはびっくりしたような顔で、

「きたわ……きたわ……ほらほら」

——こつん。ぐるぐるッ……。

うねくるものがはっきりとわかる。

そうして、「ああッ……」という声。

——困った事態が発生していた。

まゆみの声が高すぎるのである。

資料室は壁と鍵に守られた密室とはいえ、すぐ外は廊下だし、右隣りは第三応接室と壁を接している。もし来客でもあると、この怪しげなる声はいかなる声かと、他社の人に聞き咎《とが》められるであろう。

(まずい。それはまずい)

「おい。あまり声をだすなよ」

本郷は注意したが、まゆみのうねくりはますます盛んとなっていて、それにともない、声も盛んに放たれるのである。

本郷は掌《てのひら》でまゆみの口を封じた。

しかし、行為はやめられない。本郷のものを入れたまゆみの通路のいたるところに蔦《つた》のようなものが這《は》っていて、その柔らかいつるで男性を縛ってくる、という具合である。

それはまゆみが、意識してやっているのではない。膣の構造が、勝手に賑《にぎ》わい立ってい

るようなのだ。そうして折々、

「あぁッ……」

掌の隙間から、声が洩れる。

(まずい。大いにまずい。体位を変えよう)

本郷は、まゆみの脚を持ちあげ、肩のほうへかついだ。そうやって、男性自身の角度を、上から下に突きおろす感じにした。

「脚をそうやって持ちあげられるの、とても好きよ」

まゆみはそれさえも、よいという。

やはり、よすぎるようである。

「どのみち、貫太郎さんの長いのが、深くはいるんですもの」

「わかったよ。どんなに工夫しても、同じだというんだな。それじゃとにかく、声をだすなよ」

本郷は念を押して、動きを再開した。

(あまり資料室で長時間プレーも、できはしないな。このまま、フィニッシュに取りかかろうか)

本郷は、そう思った。

幾分、動きを激しいものにした。

本郷はあわや抜けそうになる寸前まで引いておいて、それから、腰を叩きつけるようにして一気にぶつけた。

根元まで没入したのである。

ズキューン、ぐるぐるッ。

「あーッ」

まゆみのワギナの中で蔦がうねくり、まゆみは脳天から抜けるような高い声をあげた。

「声を……あげるなってば」

あわてて、掌で塞《ふさ》いだ。

本郷は、気が気ではない。しかし同じその情況が、まゆみを昂《たか》まらせているようだ。発見されたら大変なはずの会社の資料室という情況が、いっそうスリリングなのである。自分では声をあげずに、我慢しようとする。抑えて、唸《うな》るような声にとどめて、全身で我慢しようとする。

その我慢が、本能の希望する歓喜の爆発の圧力をぎりぎりまで受け抑えつけて、気が狂いそうになっているようであった。

「あッ……あッ……いいわ……気が狂いそう」

本郷はまだ歓喜の一瞬を与えてはない。

与える能力は持続しているが、発射にむかってがむしゃらに攻めると、恐《こわ》いのである。

最高の歓喜を与えられたら、まゆみがどのような声をだすかを考えると、実に恐ろしい。

廊下はもとより、隣りの第三応接室や、むかいの総務課にまで、筒抜けになって轟《とどろ》きわたるかもしれない。

(今の声は、いかなる声ぞ――)

(何としても、それは阻止《そし》しなければ)

本郷の心配をよそに、

「あッ……あッ……奥がとても変よ」

「声をだすなと言ったら」

「だってぇ」

「ここは、オフィスだぞ」

そんなに心配なら、早く発射して終えればいいのに、本郷もあまり具合がよくて、すぐにはやめられはしないのである。

あの時の声を防ぐには、ふつうは枕を女性の口にあてがう。しかしここには、枕なんかはない。本郷が手でおさえようとすると、いよいよ指を嚙《か》み切られそうな按配《あんばい》になった。

「だめだよ。何か口に入れなくっちゃ」

きつく叱ると、まゆみは手あたりしだいに傍にあった布きれを掴んで、口に入れた。

見ると、それは本郷のブリーフだった。洗濯したばかりのものだから汚なくはないが、それを丸めて口に押し込んでいるまゆみに、官能の凄みといとおしさを感じた。

本郷はやっと安心して、一気に攻めた。

ひくひくとまゆみのワギナがうねくり、まゆみは「うぐ……うぐ……」と喘《あえ》ぎながら、何度目かの頂上に駆けあがろうとしていた。

(よし、ちょうどいい。おれも……)

本郷はまゆみの両脚を肩にかついだまま、突端が一番、奥深くまではいる角度にもっていって、一気に終局へむかった。

「うぐ……うぐ……うぐ……うぐッ」

ブリーフを咥《くわ》えたまま、まゆみの身体がのけぞって、痙攣《けいれん》した。

どうやら、クライマックスに達したようである。本郷も深々とリキッドを発射してから、ぐったりとまゆみのほうに倒れた。

数分後、ワイシャツをととのえながら、

「おれの浮気検査、どうだった?」

「顕著《けんちょ》なる反応があったけど、許してあげる。あたしにも、こんなに優しくしてくれたんだから」

「ところで九州のお父さん、元気かい」

「まだ矍鑠《かくしやく》としているわ。でも、相続税対策で苦慮しているみたい。長男に何もかも譲渡すると、税金払うために、広大な山林や土地をたくさん、手放さなくてはならないんですって」

（もったいないな……）

と、本郷貫太郎は思った。

まゆみの父親はもう八十六歳だが、九州の大山林地主であり、湯布院周辺の財閥としてまだ隠然たる勢力を持っている。

いずれ、その広大な山林や財力を、自分のプログラムのほうに取り込みたいという野心を持っているので、本郷はこうやって、飛鳥まゆみの機嫌を取っているのである。

「おい。おれのブリーフどこにやった？」

さてズボンをはこうという段になって探すと、ブリーフが見つからないのである。

「あーら、そこにないの？」

「ないよ。きみが先刻まで、口に咥えてたんじゃないか」

「あたし、最後の段になってどこかに放り投げてしまったのかしら。……まあ、大変。どこに行っちゃったんでしょうねえ」

まゆみがきょろきょろとしている時、ドアにノックの音が響いた。

「おいッ。とにかく身づくろいをして、本棚の後ろに隠れろ」

おかげで本郷はブリーフをはかないまま、ズボンをはく羽目に陥《おちい》ってしまった。

——そのブリーフがのちに、思わぬ事態を引き起こすのである。


その日の退社時間だった。

「本郷さん!」

ぽんと肩を叩《たた》かれた。

エレベーターの中であった。ふりむくと、総務課の姫野亜希《ひめのあき》が乗ってきて、

「帰りにお茶でもつきあわない?」

「珍しいことも、あるもんだな」

「あなたにプレゼントしたいものがあるのよ」

亜希はケーキ箱のようにきれいに包装してリボンをかけた箱を、目の前にかざした。

「ほう。月遅れのバレンタインデーというものは聞かないが」

「チョコレートよりも、ずっといいものよ。ねえ、つきあいなさいよ」

本郷は贈り物に釣られるほど浅ましくはなかったが、亜希の誘い方に妙に気になるものを感じて、一緒に近くの喫茶店にはいった。

姫野亜希は社歴四年の美人OLである。本郷とは廊下ですれちがう時に挨拶《あいさつ》を交わすぐらいで、これまで親しく喫茶店などにはいったことはなかった。

その亜希が席に坐るとすぐに、

「本郷さん、風邪ひかない？」

「別に……。どうして？」

「だって、ブリーフはいてないでしょ」

（――あッ……！）

本郷はいきなりカウンターパンチを喰らったような気がした。今日の昼下がり、資料室で飛鳥まゆみと一戦に及んだあと、どう探してもブリーフが見つからないと思っていたら、こんな女に拾われていたのか。

「口止め料、高いわよう！」

亜希が楽しそうに舌なめずりしながら、包装紙に包まれたケーキ箱をテーブルの上に載せた。

「はい、拾得物《しゅうとくぶつ》。お返しするわ」

「しかし、このブリーフがどうしてぼくのものだとわかったんだい？」

「だって、見ちゃったんだもン。まゆみとの凄いところを」

「ええーッ！」

二撃目のパンチであった。

「しかし、鍵かけていたはずだけどなあ」

「おあいにくさま。廊下側のドアはロックされてたけど、隣りの第三応接室との境目のドアは、鍵をかけてなかったわよ」

(そういうことだったのか。あの不埒《ふらち》な社内情事を総務課の姫野亜希に目撃されてしまったということは、大変だぞ。なぜなら、姫野亜希は専務のお手つきという噂《うわさ》がある。告げ口されたら、大変である)

本郷がそれを心配していると、

「ねえ。口止め料、幾ら払う?」

「そう言われてもなあ……給料前だし」

「わかってるわ。現物支給でもいいのよ」

「現物支給……?」

「そう。興味あるんだよなあ。貫太郎さんのって……まゆみをあんなにイカせていたし、社内の女子社員の間で噂になってるぐらいだから」

(あっ……そういう意味か。やれやれ)

「しかし今日はもうダウンしているよ」

「あたしも今日は危険日なの。ねえ、あさってあたり、お約束しない?」

五章　専務の愛人

1

夕方から雨になった。

雨はでもそう強くはない。

「ここ、はいろ」

「あ、こんなところ」

新宿の明治《めいじ》通りから少しはいった路地が、ラブホテル街になっていた。

路地が濡《ぬ》れて、うっすらと原色のネオンを映《うつ》して光っている。その雨をよけるように、本郷貫太郎が手近のホテルに飛びこむと、姫野亜希も無言でついてきた。

でも亜希は少し緊張している。

「いい雨宿りね」

エレベーターに乗って、初めて緊張を解いて、笑い返した。

「帰る時はもっとどしゃ降りになっているかもしれないよ」

「そうしたら、朝まで泊まるわ」

「うン。いい度胸だ」

二人はエレベーターの中でキスをした。

接吻《せっぷん》しながら固い弾《はず》みを返す胸を触ると、亜希は息を荒らげて、喘《あえ》いできた。

あまり最初から気を入れすぎて、腰を抜かされでもすると、歩くのが面倒になるので、本郷は軽いタッチだけにとどめた。

部屋は四〇六号室だった。

本郷が浴室にはいって蛇口をひねり、湯をだしながら部屋に戻ると、亜希が座卓の前でお茶を淹《い》れていた。

専務の愛人、という評判の翔《と》んでるOLだが、意外に家庭的なところもある手つきに、本郷は感心した。

「はい。お茶——」

差しだしながら、

「ね、白状なさい。まゆみとは、いつからなの？」

「初めてだよ。あの日——」

「うっそう！　初めてなのに、資料室でイタしたの？」

「仕方がないだろう。調べものをしているうちに、二人ともやりたくなったんだもの」

「あたしともやりたいと思った？」

「そりゃ、違うよ。尻尾《しっぽ》を握られて、あんなふうに脅迫されたんじゃ、応じるしかないじゃないか」

「まあ、脅迫だなんて――」

「だって、そうじゃないか。ブリーフを拾われて、突きつけられたんだもの。ありゃ、脅迫だよ。しかも亜希は専務の愛人。その亜希とこんなラブホテルにはいったことがばれると、おれは会社をくびになりかねない」

本郷は、それだけの覚悟ではいったんだぞ、と、言外に匂わせてもいる。

「うふん」と、亜希は笑った。

「私を味方につけておくと、何かの役に立つわよ」

「おれは欲得では、動かないからね」

でも結局――と、本郷は思う。理屈はどうあれ、おれはこの亜希の妖精的な魅力に参り、抱きたくなったというのが本音だろう。

本郷は茶碗を置くと、亜希の手を引いた。

「あ、待って……」

亜希は抗《あらが》いながらも、熱い身体《からだ》を投げかけてきた。

座卓の前であった。亜希の伸びやかな肢体が畳の上になやましく投げだされている。

本郷は接吻しながら、亜希の腰から太腿《ふともも》へと愛撫《あいぶ》の手をすすめていった。

亜希はぴくんと身体を震わせて、足を閉じ合わせようとした。本郷の指が、太腿から女の谷間へと伸びたからである。

「ダメ……触らないで」

「触らないでは、コトが進まないよ」

「ああン、ダメよ……こんなところじゃ、いや。恥ずかしいもの」

「どうしてさあ。もう二人っきりじゃないか」

言いながら、本郷はスカートのホックをはずし、遠慮会釈《えしゃく》なく脱がしていった。白い下半身がうねるように現われると、亜希は悶《もだ》えながら、

「ああ……だめってば……」

ますます、しがみついてくる。

亜希は絹のように流れる美しい髪をしていた。同じロングヘアでも、洗いすぎて脂《あぶら》っ気《け》のないものや、裾《すそ》にパーマをあてたものが多いが、亜希のは漆黒《しっこく》の艶《つや》と光沢《こうたく》の乗り具合が、カラスの濡れ羽色そのもので、実に艶《なま》めかしいのであった。

(そうだ。この絹のように流れる髪で、黒いリボンのように、おれの偉大なるペニスを結んだらどうだろうな……)

本郷はとてつもなく突飛《とっぴ》なことを思いついて、くっくっと内心で、笑った。

そうして容赦《ようしゃ》なく、パンストとパンティーを一緒にして、腰からずり下げていった。

亜希は身をよじり、太腿をばたつかせる。本郷は一つの輪にした布きれを、片脚の先から、するりと脱がしてしまった。

現われた恥丘。眩《まぶ》しい。黒々としたヘアが、恥骨が盛りあがった部分に、パンティーに押さえつけられた形で密生しつつそよいでいて、本郷はその艶めかしさに、ごくりと唾《つば》をのんだ。

北急ドリーム開発は発展途上企業なので、秘書課というものは独立してはいない。総務課の一部女子社員が、役員室の面倒をみていて、社長や専務の出張時の航空券の手配から渉外、接待などのセッティングに当たっていた。

姫野亜希は、その専務係である。

専務と一緒に出張することもあった。

それで、専務のお手つきの女、という噂《うわさ》もあるのだが、真偽はさだかではない。

ともかく今、社内でも神々《こうごう》しい存在の亜希が、本郷に女体《にょたい》を晒《さら》そうとしている。

本郷はすぐに、亜希が恥じらう原因を、指先でたしかめた。ヘアに覆《おお》われた秘裂に沿わせて指を埋めこむと、そこはもうどうしようもないくらいに、濡れていた。

「なんだ、このことだったのか」

「ええ……だって……お部屋にはいったばかりなのに……」

亜希は恥ずかしそうに顔を伏せた。

本郷は急所を突いていた。

小抱きにした亜希の股間に、ずっぷりともう指を入れている。その秘唇が濡れすぎていて、亜希はそのことを恥ずかしいという。

「まだ、いじられはじめたばかりでしょ。自分でも濡れすぎているのがよくわかるの。女の身体って、自分ではどうにもならないことがあるのよ」

亜希は本郷の首に両手をまわしてきて、ひとしきり自分からキスを見舞い、身体を楽にして畳によこたわった。

性器に触られて、亜希はやっと落ち着いて、自分のペースを取り戻したようだった。

もう、なすがままになっている。本郷は、邪魔になった座卓を少し押しのけて広げ、亜希のブラウスをまくりあげて、乳房を剝《む》きだしにした。

本郷の恋はいつも冒険的である。

危険な女にばかり手をだしている。

今度もまた、そうであるような気がする。亜希が専務の女だとするなら、本郷貫太郎は今、この最中、自分が勤務する会社の重役の愛人を寝盗っていることになる。

二人の仲が発覚したら、ただでは済むまい。亜希はもし専務に愛されているのなら、お叱《しか》りぐらいで済んでも、平社員の本郷は即刻、懲戒免職になるかもしれなかった。

その危険を冒して寝盗る。

だから亜希の肉体はこよなく香《こう》ばしく、すてきなのであった。

本郷は、つんと突き出た乳首を吸った。

亜希も不義密通に昂《たか》ぶっていたらしい。

乳首に絡まる男の舌を感じただけで、反応して、可愛《かわい》い顎《あご》を反《そ》らしてのけぞった。

柔らかな乳房は汗ばんでいて、両方の乳房の谷間に、汗が光りはじめている。

本郷は、乳房を舌であやつりながら、秘壺に収めた右手の指もしっかり動かす。

「あ、あーッ」

中指をくるっと上にむけた。

秘洞の天井側にザラつきがある。

入り口からそう遠い距離ではなかった。

中指が、そのあたりをさぐりつづけた。時折、手前に引っ掻《か》いた。そのたびに、亜希は、はじけた。亜希のワギナは、ぐっしょり濡れていたが、それでも本郷の指を絞《し》めつけてくる。

本郷は、親指をその局所愛撫に、参加させた。中指で秘孔を内側から、親指でクリットのあたりを外側から、双方、はさみこむようにして、動かしはじめた。

谷間をつまむ感じでもあった。

「あっ」

と、亜希がのけぞった。

外陰部を這《は》う親指が、クリットの莢《さや》をはいで、芽を剝きだしにした。

亜希の身体がぴくんとする。ぴくんぴくんとする。とてもクリトリスが敏感らしい。

そこのフードを剝くと、ますます女の生身《なまみ》を剝きだしにしたようで、本郷はそそられた。親指の腹でリズミカルに押すと、

「あ、あーッ」

亜希はもう軽く達しはじめていた。

亜希は感じる女である。

本番はまだなのに、前戯《ぜんぎ》だけで達しそうになって、

「あン……入れて……」

そう言って求めた。

「入れてるじゃないか。こうして」

本郷はずっぷりとはいっている指を、秘洞の奥でうごめかせた。

「意地悪ッ……指より、貫太郎さんの本物がほしいのよ」

「今、部屋にはいったばかりだよ。あとでベッドで、たっぷりあげるよ」

「あたしを……焦《じ》らさないで……」

「座卓の前の畳でっていうのは、いかにも飢《う》えてたみたいで、性急すぎるよ」

そう言いながらも、本郷はしかし、自分でも気持ちをおさえきれなくなって、ほんの少し、入れて味わってみることにした。

「じゃあ、ちょっとだけゆくよ」

「ええ、ちょうだい」

亜希を開脚させた。

本郷はその中に位置を取った。

濡れた花芯にインサートすると、

「ああッ……やっとくれるのね」

亜希がのけぞって、眼を閉じた。

本郷はゆっくりと動きだしながら、

「ぼくがまゆみと関係があることを知っていながら、なぜ誘ったのかな」

本郷は意地悪な気分になっていた。

挿入して、奥壁を突きながら、自白を強要している。

亜希は、それどころではない。眼を閉じて、今、インサートされたばかりの肉棒の快感にひたろうとしているところである。

「さあ、白状しろ。どうして黙ってるんだい。ぼくとまゆみの秘事を目撃したくせに、どうしてぼくを誘ったりするんだ？」

「あたしも抱かれてみたかったのよ」

「ただ、それだけか？」

「そうよ。あたし、ほしいものは手に入れる主義なのよ」

「まゆみにばれたら、まずい、とは考えなかったのかい？」

「別に」

亜希はけろりと答えて熱中している。

今の若い女性は、案外、そういう感覚なのかもしれない。本郷はそれなら……と安心して亜希の女体を楽しんでいる時、ふっと背中のあたりに、松尾《まつお》専務の視線を感じたのである。

はっと、顔をあげた。むろん、部屋には誰もいない。ドアは固くロックされているはずだし、部屋は密室のはずである。

専務の女を……犯している。

その意識が、松尾専務の視線を意識させたのであろうか。

（それとも……？）

鏡の向こうが、覗《のぞ》き部屋にでもなっていて、松尾専務にこちらの様子を窺《うかが》われているのではあるまいか。

本郷は、頭を振った。だってこのラブホテルは、おれが選んで這入《はい》った場所じゃないか。

（まさか……！）

（それにしても専務が覗いているなんて……ばかな……！）

それは思いすごしだよ、と本郷が亜希の女体に意識を戻した時、

「あらあら、お湯があふれているわ」

亜希が突然、素《す》っ頓狂《とんきょう》な声をあげた。

そういえば、浴室のほうからジャー、ジャーと水音が聞こえる。

「大変、階下に洩《も》れたら怒られるわよ」

そういえば先刻、部屋にはいって早々、湯をだしっ放しにしたまま、亜希と一戦に及んでいたのであった。

その騒ぎで本郷はいったん亜希から離れ、大急ぎで浴室に走って、蛇口を止めた。

「ちょうどいい湯加減だよ。来ないかい」

本郷はそのまま、湯を使うことにした。

本郷がバスタブにはいって、手足をのばしている時、ガラス越しに亜希が更衣室にはいってきて、脱ぐ姿が見えた。

先刻までの第一ラウンドは、座卓の前だったので、亜希はまだ服や下着を、全部は脱いではいなかったのである。

亜希の白い裸身は、なかなか見栄《みば》えがする。肌が白い分、股間のヘアはもっさりと、そこに闇がたむろしているように際立って黒々と、豊かに見えた。

でも、ガラスの仕切をあけて浴室にはいってくる時、亜希は珍しく淑《しと》やかそうに、その部分を上手にタオルで隠してしまった。

亜希は思ったより、淑やかで、お上品な性格のようだ。湯を使う時も、後ろむきになって、汲《く》みだした湯を肩から背中に、つつましそうな仕草でかけるのだった。

最近の若い女性は、浴室にはいってもタオルで前を隠さずに堂々と歩いたり、男のほうに大股開きをしたまま、どぼーっと肩から湯をかけて、どぼーん、と飛びこんできたりする。

その点、本郷は亜希のようにつつましやかな女のほうが好きである。背中から腰にかけての白い線を見ているうち、本郷は一層、男性自身が猛《たけ》ってくるのを覚えた。

亜希は湯をかけ終わると、浴槽《よくそう》の縁で、

「あっちをむいてて」

「どうしてさあ」

「バスタブの縁をまたぐ時、見えるでしょ。いやなのよお」

「パックリはタオルで隠せばいい」

「そうしたら、乳房が隠せなくなるわ」

「厄介な女だなあ」

本郷が眼を閉じて身をずらすと、亜希がはいってきて、女体を寄り添うように並べた。

本郷は湯の中でいつになく昂まっていた。

「みなぎってるわ」

亜希が本郷のを触りにきた。

風呂の中で、本郷は亜希を後ろ抱きにしていた。そんな具合だと、亜希はほんの少し、右手を後ろにのばすだけで、男性自身と出会う。

「握っているだけでも、ハッキリわかるわ。大きいのね。貫太郎さんのって……」

柔らかい指使いで、本郷の男性の形状をすっぽりと包みこみ、大きさや長さを、楽しんでいるようであった。

本郷は、亜希の首筋にキスをした。

「あン……キスマーク、つけないで」

「むろん、つけやしないよ」

唇を這わせるだけで、亜希は感じた。

本郷は一枚ずつ、亜希の中から生臭い女の素顔が出てくる変身ぶりを楽しむように、片手で乳房を揉《も》みしだき、首筋にも熱心に接吻を見舞った。

亜希はたしか、以前は化粧気もなく、眼鏡《めがね》をかけていたはず。いかにも職場女性、という感じだったが、今はかけてはいなかった。

コンタクトにしたたにしろ、最近は化粧も一段と濃くなって、容貌《ようぼう》に冴《さ》えが出てきた。専務に手をつけられてから、急に女臭くなってきたのであろうか。

本郷は乳房を揉みながら、片手を亜希の股間のほうにのばした。

秘唇は、湯の中で潤《うる》んでいた。

濃く潤んで、蜜は陰唇からとろり、と水銀のように外に流れだしていた。

亜希は欲情に潤んだ眼でふりかえって、本郷の悪戯《いたずら》を睨《にら》んだ。

「ああん……しないで」

声が少し、かすれを帯びている。

亜希にたしなめられたにも拘《かか》わらず、本郷の指が動くたび、亜希はもう眼を閉じて、ああっと、首を反らせた。

息もたえだえ。情況もきわどい。

本郷の雄渾《ゆうこん》にみなぎったものは、彼女の臀部《でんぶ》にあたっていて、どうかすると、するっと秘孔にはいりそうである。

本郷は意図的に、それを膣口にあたる角度にもっていった。

「ああん……あたるわ」

「入れようか？」

「先刻、入れたばかりなのに」

「あれは途中までだったよ」

「あたし、風呂の中ではのぼせるたちなのよ」

「まあ、そう言わずに」

本郷が挿入しようとすると、亜希が少し腰を浮かして、いい角度に協力した。

本郷は、下から突きあげた。

ぬるり、と男根ははいった。

「ああッ……」

亜希が湯の中ではじけた。

本郷はゆっくりと動いた。

動くたび、湯のおもてが亜希の白い乳房にあたって、たぷたぷと波紋を広げた。

「いやらしいことをしているわ。私たち」

亜希は自分で自分の恰好《かっこう》に、ひどく催《もよお》しているようである。

もぞもぞと、腰をおとしてくる。軽く、上下にスライドさせたりもした。

迎えるアクションなのであった。

風呂の中で、繋《つな》がれた部分の感覚を、自分で楽しんでいるのであった。

しかしその体位だと、本郷のほうは亜希の体重を支えているので、動きにくい。

「ね、正面からむきあおうよ」

促《うなが》すと、わかったらしい。

亜希はくるっと、むきあってまたがってくる恰好をとった。

湯の中の対面座位に近かった。

位置を調節して、収めてくる。

「あッ……奥まではいったわ」

本郷のものが、子宮底に届いたようだ。

亜希も自分で調節して、腰を動かした。

「あッあッ……奥にあたるわ」

そのたびに、波はざぶざぶ。

ハリケーンのようであった。

そのうち、亜希の様子が変になってきた。

時折、ぼうっと眼がかすんで、本郷が両手でしっかりと支えていないと、身体がくねくねと芯を失って、倒れそうになり、湯に溺《おぼ》れそうになるのであった。

「ああ……目まいがするわ」

「のぼせるたちと言ってたね」

「ええ、そうなの。お風呂でのセックスって、私、本当は弱いのよ」

「じゃベッドに移ろうか」

「お願い……そうして」

風呂の中で亜希に卒倒されたら、ことである。本郷は場所を移すことにした。

(それにしても、今夜は何と変化に富んでるんだろう)

と、思った。

はじめは座卓の前で。二番目は風呂で。そうして三番目はベッドで……というふうに、初めての女とこんなにバリエーションを変えて楽しむのは、初めてである。

本郷は風呂からあがると、バスタオルで身体を拭《ふ》きながら寝室にはいった。

すぐに亜希がやってきて、灯《あか》りをいとわずに掛布の中にもぐりこみ、

「うれしいわ。私の頼みを聞いてくれて」

絡みついてくる。抱きあうと、亜希の胸の白い双《ふた》つの隆起がはさまれて、こぼれるような感じであった。

「ね、あたしにやらせて」

亜希は突然、掛布《かけふ》をとって、本郷の股間にかしずいてきた。

「いいことしてあげる」

本郷は当然、みなぎったものへ口唇愛をふるまわれるのかと思っていたら、そうではなかった。

「ね、あたしの髪って、長いでしょ。貫太郎さんのペニス、結んでみるわね」

おかしな愛撫の仕方もあるものだ、と思ったが、緑なす黒髪に結ばれてみるのもわるくはない。自分も、さっき、そう思ったことを思いだした。亜希はそこに自分の黒髪を結びつけて、それからフェラチオをやるつもりのようであった。

本郷は大の字になって、股間を広げた。亜希はそのシンボルの傍《そば》の太腿に顔を寄せ、上をむいていきり立っているペニスに、長い髪の束《たば》を幾重《いくえ》にも巻きつけた。

そうして一ヵ所を結びあわせると、黒い見事な草結びのリボンがつけられた具合であった。

「気持ち、いい?」

「ああ、さらさらとして、いいよ、純毛だもンな」

「よーし、舐《な》めあげちゃおう」

髪の毛を結んだまま、亜希は顔を伏せた。

2

舌をのばす。髪の毛で縛られたペニスの先の部分を、亜希は口にふくんで、舐めあげたりする。

そうすると、長い髪全体が、本郷の腹部から股間にもふりかかって、異様な快感がざわざわっと、湧《わ》きたってきた。

かたわら、亜希は男根を摑《つか》んでいる。

上手に指をスライドさせるのだった。

男性の袋のあたりを、左手ですくいあげたり、蟻《あり》の戸渡りのあたりを指の先で、軽くいじってきたりする。

（まるで、プロじゃないか……！）

「お……おい……危ない。出そうだよ」

「だめよう。まだ、出しちゃあ」

「しかし、亜希が巧《うま》いからさあ」

「やっぱり若いのねえ、貫太郎さんって。もう少し、我慢して。今に、ちゃんとしたところに迎えてあげるから」

亜希は、男性のペニスが可愛《かわゆ》くて仕方がない、というふうにいじくりまわしながら、自分のそんな姿を、横の鏡に映して、眼で楽しんでいるのであった。

（会社ではおとなしそうなＯＬのくせに。ずい分の露悪趣味じゃないか……！）

本郷はいよいよ待ちきれなくなって、

「お、おい、亜希——」

髪をほどいて、押し伏せにいった。

位置をとって、挿入しようとしたとたん、

「あ、ちょっと、待って」

亜希があわてて、さえぎった。

「どうした？」

「あたし、危険日かもしれないわ」

「今日なら安全と言ってたじゃないか」

「周期がずれちゃったのよ。こんなに興奮して濡れてるんだもの。きっと、今夜あたりは危ないに違いないわ。貫太郎さん、あたし、子供産んでいい？」

「ま……待ってくれよ！」

亜希はわがままを言って本郷を困らせる。

亜希も殺生である。いざインサートという段になって、危険日なので予防策がほしい、と言いだしたのである。

「じゃ、スキンつけよう。今、取り寄せる」

本郷が枕許《まくらもと》の受話器に手をのばして、フロントに電話しようとすると、

「やっぱり、スキンはいや。貫太郎さんのナマがいいわ」

「子供ができたら、困るよ。オレ、責任とれないからな」

「じゃ、できないようにすればいいじゃん」

「膣外射精……？」

（それだけは、いやだな……）

と、本郷は思った。

人によって好みは違うかもしれないが、本郷はあれだけはいやだった。一番、最高潮に盛りあがった時に、スポッと女体から抜くのは、感興をそがれる。外に発射してシーツを汚しても、あとに索漠《さくばく》たる感じが残るだけであった。

「ご心配なく。奥の手があるわ」

亜希がはじめて、ニコッと笑った。

「お願い……」

亜希が恥ずかしそうに、何か言った。

「え？」

「お願い。マイルーラを使って」

亜希は女性用避妊具の名を口にした。

「どこにあるんだ？　そんなもの」

「あたしの、ハンドバッグの中」

本郷はバッグからそれを取りだした。なるほど、女性の必携品として、男性用スキンなら見つかったら恥ずかしいかもしれないが、ピルやマイルーラなら、その心配がない。

本郷は教えられたとおり、オブラートのような避妊具を指先でたたんだ。

「ごめんなさい。こんなことさせて」

「ぼくは助かる。スキンや膣外よりずっと具合がいいよ。亜希は今夜、こんなに興奮してるんだ。きっと、危険な日だと思うよ」

本郷は中指にマイルーラをのせ、亜希の膣口にすべりこませた。亜希は作業をしやすいように、両手で自分の膝を抱えるポーズをとり、大胆に太腿を開いた。

悩ましい恰好だった。指先のマイルーラが、ちゃんと子宮底に届いて、貼りつくようにするには、大きく開脚してぎりぎりまで陰裂を開いたほうがいいのである。

まさに、秘唇にものを収納する姿勢。正面に大陰唇がぽってり膨《ふく》らんで、カトレア色の清潔そうなワギナが、口をあけているのだ。

(こんなことなら、何度でもマイルーラを挿入してやってもいいな……)

中指を押し込むと、膣の奥に届く感じがあった。こりっと固い、子宮底にマイルーラを軽く押して、貼りつけた。

「もう、いいのかな?」

「アン。指を抜かないで」

亜希が、甘えた声をあげた。

避妊具がはずれないためには、大事をとって四、五分くらい、指でそっと押さえておいたほうが安全なのだという。

「それにあたし……指も大好きなのよ」

でも、あまり入れておくと指がふやけてしまいそうだったので、指を抜こうとすると、

「そのまま四、五分、そっとしてて。あたし、指を入れてもらってるの、大好きよ」

そういうことならと、本郷はまたあらためて、人差し指もずっぽりと、挿入した。

秘洞の中にはいった中指は、いつのまにか天井のざらつきの中を探っている。

あるポイントで止まった。

指にふれるびらつきを、軽く押す。びらつきをこすりつける感じであった。すると、亜希の身体が、思いっきりのけぞった。

「ひっ……！」

という悲鳴をあげた。

「ここだな。亜希のGスポットは……」

「あう……！」

みる間に、あふれてくるものがある。乳白色の液体が、甘露《かんろ》のように湧出《ゆうしゅつ》してくる。

いつのまにか、亜希の足首が、反っている。下半身に力を入れて、快感を少しでも外に逃すまいとしていた。

本郷は、亜希が避妊具を貼付したことで安心して、イキたがっていると思った。

谷間に埋もれたクリットのフードを剝き、半透明の真珠を露出させて、舌を近づけて、ぺろぺろと舐めた。

ちょっときついぐらいの刺激が、亜希にはあいそうだった。ピンクに尖《とが》った真珠を舐められるにつれ、亜希は乱れてゆく。

(もう、よさそうだな)

本郷は真打ちに移ることにした。

乱れる亜希の身体を、乱れたままにこじあけるようにして、開脚させた。

本郷はいきり立ったものを、あふれる蜜の中に挿入した。迎え入れる時、亜希は緊張していたが、本郷のペニスが深くはいると、恥骨をせりあげて身体を震わせた。

「ああーッ……何だか、目がまわるわ」

本郷は仕上げにむかって動きだした。

腰を進めるたび、亜希は昂まる。

「お願い。咬《か》んで」

亜希は右の乳房をせりだした。本郷は慎重に、乳首に前歯をたてた。

亜希は「うっ」と息をつめ、胸の上に顔を伏せた本郷の髪を摑み、「もっと」と言った。乳首は敏感で、あまり強く歯をあてないほうがいい、と本郷は思っている。だが、亜希は強い愛咬《あいこう》を好むたちらしい。

すこし強めに、門歯《もんし》で乳首とその裾野をはさみ、こりこりと締めてみた。

「ああッ……あン」

亜希はその両所攻めで、一気に駆けあがりはじめていた。本郷もいよいよ発射しそうだったので、亜希に合わせて抽送《ちゅうそう》を速めた。

と……その時もやはり、本郷は壁の鏡のむこうから何とはなしに、松尾専務に覗かれているような気がしてならなかったのである。

六章　好色騎士道

1

翌日、出社早々であった。

「本郷君——」

ぽんと肩を叩《たた》かれた。

ふりむくと、松尾専務であった。

「あ、おはようございます」

「おはようじゃない。もう昼に近い。外回りだったのかい？」

「はい。取引先を二、三、回っていたものですから」

「だいぶ、精がでるね。このところ、きみの成績はめきめき向上してきているじゃないか。役員室でも注目の的《まと》だよ」

「はあ」

二人は廊下で立ち話をしていた。

今、目の前にいる松尾専務こそ、ゆうべの亜希の〈男〉なのである。本郷はゆうべのことがあったので、内心、あわてふためいていて、身体《からだ》を小さくしていた。

「ところでどうだ。昼には少し早いが、お茶でも飲みに行かないか」

珍しく松尾専務が誘っている。

今まで本郷とは、ゆっくり話をしたことさえなかったのに。

「はあ。この書類をちょっと――」

「あ、そうだったな。きみは今、外回りから帰ったばかりだったね。いいよ、私は先に行ってコーヒーを飲んでるから、あとでエンブレムに来たまえ」

行きつけの喫茶店の名前をあげた。

本郷は、三課の自分の机に戻っても、しばらくは胸の動悸《どうき》が鎮《しず》まらなかった。

（これはいよいよ、亜希とのことがばれて、引導を渡されるのかもしれないぞ……）

そう思った。

サラリーマンがその人生で失敗する場合は、だいたい三つある。

仕事上の失敗か、酒か女。その中でも後者二つのうちのどちらかが多く、思わぬことから揚げ足を取られたり、失点になって窓際に追いやられたり、破滅したりする。

（みろ、よせばいいのに……）

わかっていてもやめられないのが、酒と女である。それはまた、うまくやれば最大の活力源にもなり、情報源ともなり、成功の近道にもなるからである。

本郷貫太郎は、覚悟をきめた。

(何だ、専務の女を抱いたくらい。てめえだって、やってるんじゃないか。おれは逃げも隠れもしないぞ。何なら亜希に、どっちがよかったか選ばせようじゃないか。矢でも鉄砲でも、持ってこい)

本郷が二十分後、胸を張ってエンブレムに行くと、松尾専務はすっかり待ちくたびれて、首を長くしていた。

「やあ、忙しいところ、悪いね」

ばかに柔和《にゅうわ》な顔をむけた。

「しかし、それにしてもきみはタフだねえ。ゆうべ、あんなにハッスルしたのに、どこにもやつれたところがないじゃないか。いや驚いたよ、きみ」

(専務はやはり、知っている……!)

さすがに本郷は、どっきりした。

松尾専務は、なぜ知っているのだろう。

疑問に思った。もしかしたら、ゆうべのうちに、亜希のやつが通報したのだろうか。

(いやいや、亜希が知らせるはずがない。亜希にとっても、本郷との浮気がばれること

は、まずいはずであった)

それなら、やはり専務は二人が流れこんだあのラブホテルに押しこんでいって、隣りのマジックミラーの陰から、おれたちの情事を覗《のぞ》き見でもしていたのではないか。

あるいは、亜希と専務は内通していて、亜希のやつがこっそりドアの鍵《かぎ》をあけたままにしておいて、専務を呼び込んででも、いたのであろうか。本郷がそんな猜疑《さいぎ》の思いに駆られた時、

「どうだった？　黒いリボンの味は？」

ますますの追い討ちである。

黒いリボンの味というのは、亜希の髪の毛で男性のシンボルを結んでもらって、フェラチオしてもらったことを指しているはずであった。

「はあ。あれはなかなかのものでしたね」

本郷はくそ度胸をきめて、そう言った。

「専務はいつも、あのような歓待をお受けになっているのですか？」

「うン、まあな。可愛《かわい》いだろう。あの子にはいつもあんな妙な癖があってね。しかし亜希はどうも、強すぎて困る……」

専務は困り果てた、という顔をみせた。

どうやら、それは本音らしい。

しかし現実問題、愛人を部下の社員に寝盗られたとなると、専務は怒るはずである。本郷はまだ、心をゆるめてはいない。次にどのような制裁の、超特大パンチが飛んでくるか、わからないのである。

「本郷君。そう硬くなって、かしこまることはないよ。私は女子社員を寝盗られたくらいで、きみを叱責《しっせき》してクビにするなんてことは、考えてはいないよ。いやそれどころか、感謝しているくらいだ。今も言ったように、亜希は何しろ強すぎてねえ。身がもたなかったところだからね」

(ホーッ……)

本郷の脇の下に冷や汗が流れた。

「ところで、きみに来てもらったのは、ほかでもない。折り入って頼みがある」

「はあ」

「本郷君、わが社のために、ひとつ、きみのその輝かしい男性的実力を存分に発揮してもらえんだろうか?」

「実力……と申しますと」

「鈍《にぶ》いねえ、きみ。亜希をメロメロにしたあのパワーじゃよ。——何を隠そう、きみはゆうべ、私のテストに見事に合格したんだ。あのパワーをフルに発揮して、一人のあるやんごとなき貴婦人を、エスコートしてほしい。それがつまりは、わが社の窮地《きゅうち》を救い、大いに発展させることになるんじゃ」

意味はよくわからなかったが、本郷はハイ、と言うしかなかった。

松尾専務はポケットから一枚のチケットを取りだし、本郷に差しだした。

「明晩六時半から、赤坂のオリエンタル・ホテルのレストランで、あるシャンソン歌手のディナーショーがある。受付にこのチケットを差しだせば、係が席に案内してくれる。その席には、妙齢のあるご婦人が坐ってらっしゃるはずだから、その女性のお相手をしてほしい」

松尾専務の頼みというのは、そういうことだった。しかし、本郷は、

「シャンソンですか。どうも、弱いな。ぼくではそんなに上手にお話し相手がつとまりませんよ」

「なに、ディナーショーだから、ワインを飲んで、フルコースのうまいフランス料理をくえばいい。あとはそのシャンソン歌手の歌を聴いていれば、それでいいんだよ」

「本当に、それだけでいいんですか？」

「ああ、それだけさ。とりあえずはね。ディナーショーのあと、そのご婦人がきみをどこに誘うかまでは、保証できかねるがね」

（なるほど……）

そのあとに意味があるのかもしれない。

専務の頼みとあれば、密命ともいえる。

その密命には、どうやら男と女の微妙な機微《きび》も含まれているようである。

本郷は気になって、

「で……その女性というのはいったい、どういう方なんでしょう?」

「きみは何も知らなくていい。黙って、その女性のナイトに徹すればいいんだよ」

「しかし、そう言われましても、女性の正体がわからなければ、話の継《つ》ぎ穂《ほ》も探せません。けっして他言はいたしませんから、教えてください」

「ふむ。——それも一理あるな」

松尾専務は腕組みをした。

そうして思わせぶりに、

「今、わが社は全国六ヵ所で新しいリゾート開発のプロジェクトに取りかかっている。そのうち、北海道の大雪山の大規模リゾート開発構想は、四十七万四千ヘクタールという巨大構想だが、見積りや工事の手当てに諸々《もろもろ》の狂いが生じ、かなり大きな資金計画の変更を余儀なくされていることは、きみも知っているね?」

本郷もそれぐらいは知っている。他の開発地域と合わせて、事実上、数百億円の増資や資金調達が焦眉《しょうび》の急となっているが、メーンバンクからは限度額いっぱい借り入れているので、なかなかよい返事がこない。

そのメーンバンクというのは、最大手の帝国銀行《ていこく》である。帝国銀行の会長、九頭竜寛《くずりゅうかん》平《ぺい》と松尾専務は、家も隣り近所で、ゴルフ仲間で仲がいいという話を聞いていた。

そこまで考えて、本郷はあっと思った。

思いだす噂の女性が、一人だけいる。

メーンバンクの会長の一人娘、沙也華《さやか》のお守《も》りをさせられるのではないか……？

本郷がそう思ったのは、わけがある。

沙也華というのは、大変なじゃじゃ馬らしい。親の勧めで一度、大蔵省のエリートと結婚して横浜《よこはま》の緑ケ丘《みどりがおか》に住んでいたが、亭主が気にくわないと言って、家を飛びだして、一方的に離婚した。

離婚したのはいいが、その後二年、いわば未亡人暮らしをしているうち、どういうわけかテニスやディスコ熱も冷めてしまい、鬱《うつ》病気味。家にひきこもってばかりいて、時々、ヒステリーを起こして鏡を割ったり、男がほしい、男がほしい、とうわ言を言ったりするそうである。

いわば、欲求不満からくる内分泌異常と心因性鬱病。そのくせ、再婚を勧めてもウンと言わない。それで一人悶々《もんもん》としている娘をみかねて、父親の九頭竜寛平は娘を幸せにする何かいい方法はないかと苦慮している、という噂を聞いたことがある。

（きっと、その沙也華のことだな……）

本郷貫太郎はもう見破っているのに、松尾専務はまだもったいぶって、

「そうだな。年の頃二十七、八歳か。上流家庭のご令嬢だから、美貌、気品、感性の豊かさは言うまでもない。ただ少し、この感性が豊かすぎて、ま、何だな。ありていに言って滅法《めっぽう》じゃじゃ馬なところがあったり、喜怒哀楽が激しいところがある」

「専務、もってまわった言い方は、よしてください。その女性というのは、うちのメーンバンクの会長のお嬢さんのことでしょ？」

「うむ。――わかったかね？」

「それぐらい、わかりますよ」

「頼む。事情は、もう見当がつくだろう。九頭竜会長は一人娘のお嬢さんが可愛くって仕方がない。だから、ひどく悩んでおられる。今、そのご令嬢の病気を全快させてやると、わが社は弓削道鏡《ゆげのどうきょう》のような立場に立つことができる。そしてそれができるのは、わが社ではきみをおいて、他にはいないんだ。な、本郷君……！」

松尾専務は、まさに平伏せんばかりの頼みようであった。

（弓削道鏡とはうまく言う。しかしその実態は、おれに、男芸者になれということではないか）

本郷貫太郎は内心、大いに憤然《ふんぜん》とする心情である。

しかし、武士道は厳しい。サラリーマンも、武士道であることに変わりはない。本郷が

心酔する九州の葉隠《はがくれ》武士なら、こういう時、どうするだろうか。

——武士道とは、耐え忍ぶことなり……。

（ウン。葉隠武士たるもの、その女性攻略、やるっきゃないな）

「わかりました。その話、お引き受けいたしますよ」

本郷は、きっぱりと返事をした。

2

（おッ、意外に清純派）

本郷貫太郎は足を停めた。

赤坂のオリエンタル・ホテルの十二階。「ヴァン餐会《さんかい》」というレストランで開かれているディナーショーのテーブルに案内された時である。

お相手の九頭竜沙也華は、すらりとした身体にベージュ色のワンピースを着ていた。胸許《むなもと》には黒真珠のネックレスが輝いている。黒真珠は普通パールより十倍高いが、粒の大きさから、それはさらに高価なものだということがわかる。

髪はアップ。細い眉《まゆ》の下に黒眼がかった大きな瞳。鼻すじが涼しく通っていて、唇が肉感的で、長身。さすがにあたりを払う美貌ぶりであった。

ディナーショーはもうはじまっていた。そこは、白いピアノの傍《そば》の二人掛けのテーブル席であった。

「失礼します」

本郷は沙也華のむかいに坐った。

沙也華はスプーンを置いて、

「どうぞ」

と、にっこり笑った。

会長の娘は、噂《うわさ》されていたほどじゃじゃ馬でも、病的でもない。離婚妻という印象さえしないほど、爽《さわ》やかな現代娘であった。

本郷が坐ると、彼の前にも料理とワインが運ばれてきた。

どういうセッティングになっているかは分からなかったが、本郷はまずは手順を踏んでゆくことにした。

「はじめまして。ぼく、北急の本郷です。お近づきのしるしに、乾杯しませんか」

「ありがとう。今夜はお相手をしていただけて、うれしいわ。あなたのことは、父からうかがっておりました。とってもすてきな方ですってね」

何が、どう〝すてき〟だという意味なのかはわからなかったが、とにかく、

「乾杯」

「カンパーイ」

二人はグラスを合わせた。

「シャンソンはお好きですか？」

本郷は運ばれてきた鮎《あゆ》のムニエルにナイフとフォークを動かしながら、聞いた。

「ええ、とっても」

「いいですね。シャンソンには青春と人生の哀歓がある。パリのマロニエの匂い、恋人たちの嘆き、セーヌ川の流れ、そうしてモンマルトルの哀愁《あいしゅう》が漂っていますね」

本郷はあらかじめ仕入れてきた言葉をショーウインドーの飾りつけ商品のように並べたてていって、思いつく限りのシャンソン讃歌をやってのけた。

沙也華は本郷の話を、うっとりと聞いているようであった。

やがて、ピアノのイントロが流れ、照明が薄暗くなって、ステージが始まった。

「ほら、芹川《せりかわ》さんよ。私、金子由香利《かねこゆかり》よりこの人のほうが好きなの」

芹川洋子《ようこ》というシャンソン歌手が、「恋は一日のように」を歌いはじめた。

歌い手が正面に見えるよう、本郷は椅子《いす》をずらして沙也華と並ぶ角度に、調節した。

そうなると、沙也華と肩や肘《ひじ》がくっつくぐらいに近くなった。客席は薄暗いから、頰《ほお》を寄せあうようにして、話すこともできる。

「すてきだわ……。今夜は、夢のよう」

ステージの歌が盛りあがるにつれ、沙也華は肩を心持ち、本郷のほうに寄せてきて、うっとりと囁《ささや》いた。ワインの酔いが、じわっとまわってきたようでもあった。

本郷はレギュラーコースでウエイターが注《つ》ぎにくるワインのほかに、特上のモーゼルの白を一本、注文した。

伝票は松尾専務に回すことができるので、財布の心配はないし、この時とばかりに、飲みたいものを飲んでやろう。

「お酒も音楽も、最高よ」

「あなたも、最高ですよ」

「こんなにロマンチックな気分になったの、久しぶりだわ」

沙也華は酒も飲める口らしい。

ワイングラスを何度も重ねている。

そればかりではない。感傷的な曲がつづくうち、沙也華は不意に、涙を流しはじめたのだった。

なるほど感傷的すぎるお嬢さんである。

本郷はハンカチを差しだした。

「あら、ごめんなさい」

沙也華は恥ずかしそうに笑った。

(彼女は今、感情が爆発しそうになっている。涙腺《るいせん》と性腺は、同じ大脳皮質で司《つかさど》られて

いる。こんなに涙を流す女性は、きっとあちらも感性豊かで、潤沢《じゅんたく》であるに違いない）

本郷はそう思った。しかしあまり感傷的になられても具合がわるいので、ワインを注いでやりながら、かたわら、左手を沙也華の太腿《ふともも》の上に置いた。

ぴくり、と慄《ふる》える感じがあった。しかし、太腿を動かそうとはしなかった。

芹川の歌のリフレーンにあわせて、

「ジュテーム……ジュテーム……」

本郷は恥ずかしげもなく、沙也華の耳の傍で囁いた。

耳朶《みみたぶ》をねぶるような囁き方だった。

沙也華はグラスを取り落としそうなほど感じたらしく、ぴくりとした。

本郷は太腿の肉を軽く揉《も》んだ。沙也華は自分の手を、本郷の手の上に重ねてきた。

「私たち、もう何年にもなる恋人同士みたいね」

「そうですよ。ぼくたち、肌が合いそう」

本郷は太腿の肉を軽く揉みながら、強弱をつけた。指先が少し股間の奥に進んだ時、

「あ、だめ」

沙也華はその手を強く握って、押さえた。

今にも卒倒しそうな反応だった。

「今夜は、あなたは薔薇《ばら》の女王様です。ぼくはどのようにもお仕《つか》えします。けっして、一

人では帰しませんからね」

「ずい分、大胆なことをおっしゃる……」

沙也華が本郷の手を、何度もぎゅっと握り直した。それはまさに、すべてを承諾している、という返事のようであった。

ディナーショーが終わった時、本郷は立ちあがった。

「そろそろ出ましょうか」

「はい」

沙也華は軽くワインに酔っているらしく、立ちあがったはずみに、上半身が揺れた。

本郷はさりげなく、腰に腕を回して歩いた。

レジで会計をすませて、エレベーターに乗り、ホテルの表に出た時、

「あら、タクシーを拾うの？」

「ええ。ぼくの知った店があります。もう一軒、寄りませんか」

「私、お酒はもうダメよ。今、ここに車が参ります。ねえ、寄り道をしないで、まっすぐに参りましょうよ」

（――まっすぐ、どこへ……？）

と、聞くのはこの際、失礼である。

今夜のデートはすべて、沙也華の気分を中心に営《いとな》まれてゆくべきであった。

待つほどもなく、二人の前に黒いベンツがすべりこんだ。

九頭竜家の自家用車らしい。沙也華の外出は、お抱え運転手つきなのであった。

後部シートのドアがひらかれ、

「ね、一緒に乗って」

沙也華が囁いて、先に乗った。

本郷は、言われたとおりに従った。

運転手は恭《うやうや》しくお辞儀をしたきり、何も言わなかった。

ベンツは絹のような音をたててすべりだした。この分では高輪《たかなわ》の沙也華の家にでもむかうのだろうか。それとも、沙也華はどこかに密会の場所を決めているのだろうか。

本郷は、すべてを成りゆきに委《まか》せることにした。

車に揺られたはずみ、というふうに、本郷は沙也華の肩に手をまわし、抱き寄せた。

沙也華は甘い声を洩《も》らして、柔らかくもたれかかってきた。

唇を寄せた。逃げなかった。この分では、運転手を気にすることはないようである。

本郷は接吻《せっぷん》をしながら、右手をワンピースの裾《すそ》から入れて、太腿の奥にのばした。

「ああ……あなた……」

沙也華は切なそうな喘《あえ》ぎ声を洩らす。

ワンピースの裾から入れられた本郷の手は、もう太腿の奥に届いていた。

沙也華はパンストをはいてはいない。小さなビキニのパンティーの隙間《すきま》から、指が熱く湿った秘部にくぐりこんだ。

「あッ」

沙也華は火傷《やけど》をしたような声を洩らした。

初めは強く締めつけて本郷の手をはさみこもうとした双脚が、しだいにゆるんで、膝《ひざ》が大きく開いてゆく。

秘唇には、みるみる潤《うるお》いがました。

「ああ……私……どうしたんでしょう」

沙也華は恥ずかしそうに上気した顔を、本郷の胸に伏せてきた。本郷はますます勇気を得て、指戯を見舞った。どうやら、好色騎士道は順調に進んでいるようである。

3

——三十分後、二人は沙也華の部屋にいた。

「優しく脱がせて」

沙也華はしなだれかかった。

ベッドの傍であった。本郷は立ったまま、沙也華のワンピースの背割りのファスナーをおろし、肩を剝《む》きだしにさせた。

「ああ……乱暴にしないで」

スリップの肩紐《かたひも》と、ブラをはずすと、白い双《ふた》つの隆起がこぼれた。

本郷はそこに、唇を寄せた。甘酸っぱい乳房の匂いがした。ぐみの実のように熟《う》れた乳首を含んで、吸った。ひっという声を洩らして、沙也華がのけぞったので、ますます恥骨を押しつけるような恰好《かっこう》となった。

本郷は乳房を吸いながら、腰にかかっているワンピースを脱がせた。スリップも、パンティーも、みんな一緒に下にずりさげた。

沙也華の裸身が、くっきりとスタンドの灯《あか》りに浮かびあがった。衣類が、輪になって足許に丸まっている。

「あなたのも……ね」

沙也華の手がのびて、本郷のネクタイをほどきはじめた。本郷も手伝って、手早く自分の衣類を脱いだ。

「あら、ハンガーを」

「かまわない、かまわない」

猛《たけ》っているわけではないが、こういう時は間髪を入れないほうがいい。本郷は沙也華を抱きあげて、ベッドの上におろした。

窓から、黒々とした森が見えた。そこは高輪にある広大な沙也華の屋敷の中であった。

もっとも、本館は三階建ての明治建築ふうの古風な館だが、沙也華の寝室は、離れの建物の二階があてがわれていた。

本郷は歩いて、カーテンを閉めた。

ベッドに戻ると、沙也華はまっ白い裸身を、うつ伏せにして顔を隠していた。

本郷はごくん、と生つばを飲んだ。

いよいよ、沙也華のような高貴な女性を抱けるかと思うと、がらにもなく本郷は喉《のど》が渇《かわ》き、気持ちが猛った。

本郷はその傍に横になり、女体の背中から臀部《でんぶ》にかけて、舐《な》めるように手でなぞった。

「ああ……」

沙也華は大きく溜め息をつくと、ゆっくりと仰《あお》むけになった。

そのはずみに、黒々とした股間の茂みが艶《つや》やかになびいて、光った。

本郷は切ないほどの昂《たか》まりに駆られ、抱き寄せて、沙也華のくちびるを吸った。真紅《しんく》の鮮やかな口紅が、ほのかに匂って、ぬめるような沙也華の舌が絡《から》みついてきた。

左手を長い髪の中に入れ、右手で乳房を揉んだ。掌《てのひら》の中でねっとりと肉球がはずむにつれ、沙也華は身をのけぞらせて喘いだ。

本郷はすぐにも攻めこみたい欲望の昂まりを覚えながら、自分が今夜は、ナイトに徹しなければならないことを思いだした。

（そうだ。足の爪先《つまさき》から舐めてゆこう）

本郷はぱっと身体をずらして、沙也華の片脚のほうにひざまずき、足首を取った。

「あれええッ……。何をなさるの！　お願い……そんなこと……」

本郷が沙也華の足首をすくいあげた時、沙也華は大変な狼狽《ろうばい》ぶりを示した。

「お願い……やめて……恥ずかしい。そんな……」

足をすくわれて、股間の秘所が丸見えになったことと、爪先からの奇襲に、ひどくあわてたのであった。

沙也華は股間をしめて足を縮《ちぢ》めようとする。

しかし、本郷はやめはしない。今こそ、好色騎士道の真髄《しんずい》を発揮する時である。

本郷は足首を眼の高さに摑《つか》みあげ、ペディキュアを塗った沙也華の美しい足の親指の爪先を、軽く口に含んでキスをした。

かすかに靴の匂いがしたが、本郷は気にならなかった。

キスのついでに、親指をすっぽりと口に含んだ。舌で舐めて吸うと、沙也華は跳ねるように上体をぴくん、ぴくんと波打たせた。

「わッ……やめて……くすぐったい」

足の親指をすっぽりと口腔《こうこう》に入れられて、吸われた時の感触は、やられた人間でないとわからない。

強烈なくすぐったさに、ぞぞぞっと鳥肌が立つような、戦慄《せんりつ》的な性感が走るのである。

人間が直立するためにだけ必要な足の指先が、なぜ、こんなに鳥肌立つ感覚をもっているのか、不思議なくらいである。

ヨーロッパの古い映画で、紳士が淑女の前にかしずいて、左手にキスを見舞う場面がよくある。時にはもっとへりくだって、王座の王女の足の爪先をとって、キスを見舞うシーンも、よく物語の中に出てくる。

それらはふつうは深い愛情や、忠誠心を表わす仕草と思われているが、爪先ねぶりは本当は、性技の発達した西欧の人々の、密室での性行為から発現しているのである。

爪先や足の裏などは、ふだんは接触の対象にはならない。それだけに、処女地である。奇襲効果は、抜群である。

しかもこれがひどくよく感じるのである。

そのうえ、女性にしてみれば、好きな男性がそうまでしてへりくだって、奉仕してくれているという精神的な満足感もあるかもしれない。

今、沙也華はそういう状態であった。

本郷は爪先から足の裏を丹念にねぶった。

「あぁッ……あああ……もう」

沙也華はベッドの上で裸身をくねらせて、逃げようと、悶《もだ》えまわった。そのたびに下から見ると、濃い恥毛がよじれ、谷間の赤い花びらがよじれたりして、そそる眺めだった。

本郷は足の甲からふくらはぎへと、唇を上方に移した。膝、その裏。そうして太腿の内側へと舌を移してゆくにつれ、

「あッ……そんなことされたら、もう……」

沙也華は生々《なまなま》しい声を洩らした。

本郷はついに香《かぐわ》しい秘毛を分けて、ピンク色の肉粒を露出させ、指先でフードを剝いたのである。ツンと、芽をいたぶると、

「あッ、そこ……そこッ……気持ちいいッ」

沙也華が、甲高《かんだか》い声で呻《うめ》いた。

沙也華のクリットは桜色に、勃起していた。表面の粘膜はローズピンクに濡《ぬ》れ光っていた。

本郷は舌で、その突起を舐めた。

「あッ、あーッ」

沙也華はそこに舌が訪れるたびに、なやましくのけぞった。

そのたびに、秘孔から蜜があふれた。

沙也華は吐蜜する女であった。

本郷はその秘孔の中に指をさし入れたくて、たまらなくなった。しばらくクンニで奉仕

したあと、本郷は沙也華を横抱きにしながら、デルタのほうに手をのばした。

陰阜《いんぷ》はこんもりと小高い丘を形成していて、恥毛が若草のように覆《おお》っている。

秘唇はもう蜜にまみれていた。

蜜まみれの恥じらいの花であった。

指を少し入れると、その花が急に閉まって、締めつけてくる感じが訪れ、

「あーッ……」

沙也華が切なそうな声を洩らした。

引きつったような声であった。

だがけっして、痛さや嫌悪感からではない証拠に、沙也華の手がシーッを摑んで、何かに耐えようとしている。自分の感度の深さに、惧《おそ》れを抱いたような表情であった。

「ああ……ああ……お指をそんなに……いやらしく動かさないで……」

本郷はまだ浅場をかまっているだけである。時折、ラビアを二指ではさみつけて、ぬるぬると、こすったりする。

「あ……やーよ。変なことしないで……」

指をすこし、奥にすすめてみた。吸盤に吸い込まれてゆくような感触が訪れた。

そのうごめきのままに、指をさらに奥へさまよいこませてみた。

何匹もの虫たちが潜《ひそ》んでいた。その虫たちがうごめきだしている。

そういう感じであった。

（これはミミズの冬眠中のところを、突っついて、覚醒させたようなものだな……）

蜘蛛《くも》の子を散らす、とはよく言うが、ミミズを散らすとは、普通は言わない。しかし、沙也華の秘孔内はミミズが散って、うごめいて、また集まってくる感じである。

本郷の指先に触れてくるのは、うねうねであったり、ぴちぴちであったり、ぬるぬるといってもよいものであった。

（これはヤバイぞ。こんな中に挿入したら、たちまち昇天させられてしまうな……）

本郷は、そんな予感がした。

それなら、挿入する前に、うんと沙也華を昇らせておかねば、と思った時、

「ああ……好き虫が……私の好き虫が……私の中でうごめいているわ」

沙也華は貪欲《どんよく》に指を吸い込んでいる。

「わかるんですか」

「わかるのよ、……好き虫たちが、私の中でうごめいて、私を毎晩、眠れなくさせるんだもの」

かなり的確に、本人にもわかっているようである。本郷はますます騎士道精神を発揮し、

「ようし。それなら、いじめてあげよう……こんな女王様を困らせる好き虫め、懲《こ》らしめ

てあげるよ」

秘孔の奥深くにはいった指で、うねうねや、ブツブツや、ザラつきをいじめぬいた。

するとミミズたちはますます怒って、孔の中を逃げたり、うねくったりするのだった。

「あッ……あッ……そんなふうに……お指をくねくねさせないで……いや、いや……ああッ……やめないで……もっとして……」

沙也華はわけのわからないことを言って、おなかを波打たせている。

悩ましい乱れ方であった。

「ああっ」

沙也華の声が高くなった。

右の手は、シーツを掻《か》きむしり、左の手はおのが乳房を摑む。指が乳房をひとりでに揉みしだく。眉間《みけん》を寄せ、唇を噛《か》んで沙也華はいやいやをするように首を横に振る。

そのたびに、沙也華の首に巻かれている金鎖《きんさ》が、キラキラ光って揺れるのであった。

沙也華は耳に、金のイアリングをつけていた。首には金鎖。まるまるの全裸より、その裸身に一部、日常性を代表する物品がついていたほうが、はるかに女の生身を対比的に浮きあがらせて、淫《みだ》らであった。

これは、本郷の持論だが、男ならためしに、挿入したあとで、その相手の女性に、教壇の女教師のような知的な眼鏡《めがね》をかけさせて、やってみるがいい。

猥褻度《わいせつ》、抜群である。これは本郷だけが感じる欲望の変形かと思っていると、同僚に聞くと、だいたい同じ答えが返ってきて、安心したものである。

ただし、最初からだと色気を感じなくて、タタないむきもある。あくまで挿入したあとが、効果的である。

今、沙也華は金鎖をキラキラ光らせていて、秘孔の中にはいった本郷の指が、壁面をひっかく感じで動くにつれ、金鎖がべっとり汗ばんだ肌の上で、跳ね躍《おど》るのである。

それだけ、悶えているのである。

濡れ方が、いっそうひどくなった。

本郷は、あいているほうの乳房を吸った。

「ひどい……ひどい……両方だなんて……やよ、やよ」

そう言いながらも、腰が持ちあげられはじめていた。シーツを摑んだ沙也華の手が、ますますシーツを手繰《たぐ》り寄せていた。

本郷は沙也華に、指弄《しろう》を見舞っていた。

何かのはずみで、沙也華の右腕が跳ねた。

その拍子《ひょうし》に、手が本郷の硬く直立したものに触れたのである。

「わッ……」

と、声を洩らして、沙也華はあわてて、その手をのけようとした。

本郷はその手を摑んで、直立した肉棒のほうに引き寄せた。

「いや……いや」

逃げようとする掌に押しつけた。

掌は恥ずかしそうに、逃げようとする。

そこをまた摑んで、押しつけた。

無理矢理、花の掌《うてな》を犯す感じ。

沙也華の手が恥じらいに震えて、強要されて、開かれた。そうして五本の気品のある指で、太く脈打つものを握ってくる。

「わあ、大きい……」

声が顫《ふる》えていた。

「こんなの、はじめてよ」

「そうですか。別れたご主人のは？」

「こんなではなかったわ。恐いわ……こんなの、はいるのかしら」

「大丈夫ですよ。ちゃんと、はいるに決まってますから」

「だって……私の、こわれてしまいそう」

沙也華は離婚歴があるのに、まるでハイティーンの処女のようなことを言った。

本当に恐がっているようでもあったし、カマトトぶっているようでもあった。

　だが、ぶっているのではなく、本郷は案外それが彼女の地であり、本音ではないか、と思った。

　沙也華は大銀行の会長令嬢として、箱入り娘だったので、あまり遊んではいなかったのかもしれない。男もしかしたら、別れた夫しか知らなかったのではないか。

　本郷は試しに、聞いてみた。

「ぼくのと、他の男性のと比べて、どう思います？」

「わたし、主人しか知らなかったもの」

「じゃ、ぼくで二人目ですか」

「そうなの……だから……恐い……こんなの入れられると、ホント、こわれてしまいそう」

「心配なら、握りしめてごらん。ぴくぴくしているから」

　沙也華は、握りしめた。

　かたわら、本郷は秘唇に指戯を見舞っているから、沙也華はもうメロメロという感じだった。

「どう。ほしいですか」

「ほしいけど……恐い……」

「今に、動きますよ。ほら」

本郷が男性自身を司る括約筋に力を入れると、雄大なものは、ぴくんぴくん、と動いた。

「あ、動いたわ」

沙也華の声がはなやいだ。

「ぴくんぴくんとしているわ。あらあら」

沙也華は待てなくなってしまったように、本郷に催促しだした。

「ね。あそこに……」

とうとう、その時がきた。

本郷は挑むことにした。気配を察して沙也華がなやましく、女体を開いた。

開脚されたなかに位置をとると、沙也華の絶景が見えた。

恥毛はあまり濃くはなく、うっすらとけぶったよう。ヴィーナスの丘は高く、その下の秘裂が淡い桜色に、ほころんでいる。

本郷は指先で、膣口を開いてみた。

怒張したものをあてがう前に、入り口付近をしっかり眼で、たしかめてみたいのである。

何しろ、会長令嬢の秘められた場所は、そうめったに拝《おが》めるものではない。

指でラビアをめくると、ピンク色の粘膜が覗いて、濡れ光っている。肉唇は発達しているが、色素が少なく、若々しかった。

膣のまわりは早くも、透明な肉汁を出して、求めるようにうごめいている。

「いや、いや……見ないで」

恥ずかしそうに両手で顔を覆っていた沙也華が、いつまでも訪れないグランスに、そっと、片目をあけて覗いて、消え入るように身をよじったところである。

そのはずみに、秘唇もよじれて、じゅっと肉汁を出すのが見えた。

「ああ……お願い……」

沙也華は、腰をうごめかせた。

「見ないで……それより……早くう」

望んでいるようである。

それでも訪れないグランスに焦《じ》れたように、沙也華の手がすっとのびてきて、本郷の雄大なものに触れた。

「握って、どうするんですか」

「入れるのよう……お願い」

「どこに入れるの？」

「そんなこと、女性に言わせないで」

「聞きたいんですけど」

った。

「いやいや、貫太郎さんの、意地悪ッ」

沙也華が腰をせりだしてきて、握ったものをあせったように、みずからの膣口にあてがった。

本郷はグランスを押しあて、ゆっくりと体重をかけてゆく。

「あッ……ああ——」

野太いグランスの圧力に押し分けられながら、沙也華が顎《あご》を反《そ》らせてのけぞる。

めりっ、という肉の割れる感触が伝わってきた。

なるほど、沙也華は使ってはいなかったのだ。そこは二枚ぴったり合わさった貝の肉のように、固く締まっている。

本郷は一ミリずつ、感触を味わった。

めりめりッと、いま、会長令嬢の秘唇におのがものを押し入れてゆく感動が襲う。こういう機会は、そうめったにあるものではない。

初めての女性と接する時の感触は、人生最高の醍醐味《だいごみ》といっていい。その感触を一瞬一瞬、味わってゆくつもりだった。

(これこそ、生き甲斐《がい》……！)

本郷貫太郎は、そう思うのである。

沙也華の秘孔は、やや窮屈だった。

だから、めりめりっと、二枚の合わせ貝が割れるような音をたてるのである。

その沙也華の肉が今、本郷の巨根に割られつつある。

沙也華が久しぶりに、男を迎え入れているのが、はっきりわかる。

本郷は、半《なか》ばまで埋没させたところで、一ミリずつ進み、固い肉の感触を味わっていた。

男には、色々な欲望がある。物質欲、出世欲、権力欲、名誉欲……など数々あるが、帰するところ、この一瞬の歓びを手に入れるために、古来、英雄、豪傑は、この地上のたくさんの美女を集めるために、もろもろの戦いを演じてきたのである。地球の歴史は、男のこの征服欲の戦いの連続といっていい。

そういうことを一瞬、ややオーバーに考えたほど、本郷は今、美姫《びき》の中におのがものをめりこませてゆきながら、凛々《りんりん》とした気分であった。

「あッ……ああッ……」

と一ミリずつ、のけぞっていた沙也華が、

「お願い、もう少し奥に……」

恥ずかしそうに、そうせがんだ。

歯痒《はがゆ》そうな響きもあった。

「奥に……どうするの？」

「入れてほしい……奥まで……ちゃんと」

沙也華はせがんだ。

本郷はその拍子に、一気に突っ込んだ。

「あう……！」

沙也華が呻いた。

喉の白さが、眩《まぶ》しい。

二度三度、本郷は突きを入れてみた。

「ぐうう……」

沙也華が妙な声をだした。

目をまわしたような顔になっていた。

「ああッ……初めてよ。こんなの」

沙也華は生まれてから二人目の男を、受け入れたのである。そうして、それだけではない。怒脹しきったものを受け入れた局所の感じが、初めてといっていいほどの、深い性感をもたらしているのだという。

本郷は、ゆっくりと抽送《ちゅうそう》した。

ストレートの合間に、「の」の字を書くように動かした。沙也華は膣の円周のいたるところに宝冠部の刺激を受け、

「あッ……あッ……」

切なそうに喘いだり、

「だめええ……もう堪忍！」

早くも、そんな声を洩らしている。本郷が挿入したまま、乳房を吸いたてると、頬を紅潮させ、

「だめええ……沙也華、もうイキそうよ……！」

沙也華、もうイキそう……という悲鳴のあげ方が、とても真にせまっていて、本郷には新鮮に聞こえた。

そのたびに、沙也華は下半身に、小さなひくつきを起こしていた。

そのひくつきは、彼女の花壺にも及んだ。

本郷を包み込んでいるワギナの円周が、瞬間的に、ひくひく、とひくついて、収縮してくるのである。

（わっ……たまんないぞ）

本郷は、けっして早漏ではない。

これまではむしろ、何人もの女性を何回も、最高峰に登頂させないと気がすまなかったくらいである。

それなのに、その本郷が早くも射精しそうになっている。

ワギナのいやらしいひくつきがよくない。

しかもその中で、好き虫がミミズのようにうごめいているのだ。

その上、可憐《かれん》なる声であった。

「ああッ……沙也華、もうイキそうよ……」

美少女のような、いかにも絶え入るような声が耳にはいると、本郷はますます励んで、我慢がならなくなりつつある。

「ね、ね……沙也華、おかしくなってきたわ。あッ……あッ……いきそう」

「ぼ……ぼくもだよ……」

とうとう、言ってしまった。

「ね、いらっしゃい……一緒に」

本郷はそれでも必死に我慢した。

沙也華のひくつきが激しくなり、ミミズ千匹がひしめいてくるのを感じるたび、本郷はいよいよ昇天しそうになった。

(ああ、惜しい……惜しい!)

こんな貴重な時間を、終わりにしたくはない、と本心では思っている。しかし、

「ね、ね、一緒に、ね」

そう言われると、さしもの本郷も、とうとう制御のしようがなく、

「うぅッ……沙也華さん！」

叫んで、抱擁《ほうよう》して、叩きつけるように熱い液体を、沙也華の奥深くで発射していた。

「あッ……イッたのね、うれしいッ」

沙也華はひしと抱きついてきて、自分でも迸《ほとばし》るような感動的なフィニッシュの瞬間を迎えにゆく。

――三十分後、まどろみから醒《さ》めると、沙也華はまだ本郷の腕の中にいた。窓の外に、九頭竜家の屋敷の森が揺れていた。

「すてきだったわ、貫太郎さんって……。あたし、うれしかったわ」

沙也華が本郷の胸に顔をよせて、胸毛のあたりを愛撫《あいぶ》している。

「ね、今度、いつ会える？」

「ええーッ？」

「どうして、そうびっくりするの？」

「だってお嬢さんは、ぼくなんかを相手にしちゃ、いけませんよ」

そうだとも、今夜は、松尾専務に頼まれて、エスコートしただけなんだ。それなのに、その沙也華が、また会いたいといっている。

これは本郷にとっては、意外な展開であった。

「ね、また電話するから、逃げたりなんかしちゃ、いやよ」

駄々をこねるように、沙也華はそう念を押すのであった。

それから、沙也華は、寝物語に自分のことを語った。

大蔵省のエリート官僚だった夫とは、性格が合わなくて、二年で離婚した。自分でも、

「わがままでお嬢さん育ちの、幼な妻だったかもしれない」と反省する。

人妻だった頃は、夜な夜な求めてくる夫が煩《わずら》わしくてたまらなかった沙也華も、いざ離婚してみると、癖になっていた夜の行事がなくなって、身体が急に寂しくなったのである。

でも、それを紛《まぎ》らすものがない。鬱病ぎみになった。父親が気を利《き》かして、自分の銀行の行事やパーティーに同伴してくれて、若い男子行員を紹介してくれるが、誰も沙也華をガラスの人形のように大事に扱ってくれるばかりで、一人の生身の女として、正面からアタックしてくれる男はいなかった。

「みんな遠慮してたのね、きっと。私をお姫さまみたいに扱うばかり。そんな時、ディナーショーであなたに触られて、いやらしいことをいっぱいされて、口説かれた時、ぞくぞくしちゃったわ」

そんな話を聞いているうち、本郷は再び、猛然と意欲が湧《わ》くのを覚えた。

さっきは返り討ち同然だったが、今度は余裕をもって、長持ちする自信があった。

その自信どおり、本郷は二回目のアタックでは沙也華を四回もイカし、ついにメロメロ

にさせてしまった。

「ああ、困ったわ……壁に手をつかないと歩けやしないわ」

沙也華は腰を抜かして、そんな状態になってしまったのである。

おかげで数日後、本郷は会社の廊下で、上機嫌な松尾専務に、ポンと肩を叩かれた。

「凄いねえ、きみ！」

「は？」

「芸は身を助く、というが、きみの場合はいったい、何と言えばいいんだろうね。逸物《いちもつ》は身を助く、とは言わんが、ま、きみは性豪だよ。お嬢さんの様子があれ以来、すっかり快方にむかってね。会長もいたく喜んでおられるよ」

「そうですか。そりゃよかった。で、帝国銀行との商談のほうはどうですか？」

「あ、そうそう。その件さ。おかげで会長のお声がかりで、難航していた三百億円の大口融資がポンと本決まりとなってね。わが社も万万歳《もも》だよ。そのうち、銀座あたりできみにも一杯おごるから、これからも沙也華さんのお守り、しっかり頼むよ」

メーンバンクの会長に大いに面目を施《ほどこ》した松尾専務は、本郷に亜希を寝盗られたことも忘れて、どこまでも上機嫌であった。

七章　美しき牝《めす》

1

――おや……？

本郷貫太郎は足を停めた。

（見憶《みおぼ》えのある女だぞ）

取引先の会社の創立記念パーティーの会場であった。大勢の参加者の人波にもまれて歩いているうち、本郷は白いシルクのドレスを着た一人の長身の若い女性の顔に、目を留めたところである。

着飾った女たちの中でも、ひときわ目立つ。レオタード姿で飲みもののサービスをしているコンパニオンたちより、ずっと冴《さ》えた容姿ではないか。

（誰だったかな――）

と思った時、本郷はすぐに、

（そうだ。谷崎美由貴ではないか！）

遠目ながらも、やっと思いだした。

いつぞや、富士グランド・ビューホテルのプール更衣室で出会った女だ。あの時、更衣室で裸のイブのところを本郷に目撃されながら、少しも悪びれず、

「いらっしゃい。あなたのも見せて」

と誘った天真爛漫《てんしんらんまん》な麻布の令嬢であった。

本郷は人波を分けて、そちらに歩いた。

美由貴は一人らしく、グラスを手にして壁ぎわに立っていた。本郷はその前まで歩き、

「お久しぶり」

「あら」

美由貴はびっくりして、

「まあ。あなたでしたの！」

急にうれしそうな、懐《なつ》かしそうな顔になったところをみると、美由貴にも話し相手がいなかったのかもしれない。

「お一人？」

「ええ。父の代理なの」

「そう。ぼくも代理ですよ。部長がこれなくなっちゃってね」

パーティーは都内に幾《いく》つもの貸ビルやマンションを経営する大銀《だいぎん》観光の創立記念パーティーであった。たまたま、大銀観光とはリゾート戦略で相互乗り入れ部分があって、北急を代表して営業部長が出席する予定になっていたのだが、部長に急用ができて、本郷にお鉢がまわってきたのであった。

「お父さんの代理というと、おたくも大銀さんとは縁があるの？」

「ええ、ちょっと。大銀は父の不動産会社を通して、都内のマンション用地の手当てをしているのよ」

なるほど、美由貴の父、谷崎繁三《しげぞう》は、都内有数の不動産会社の社長であった。

「それにしてもきれいになったね。どこの女優さんかと思ったよ」

「貫太郎さんに仕込まれたせいよ」

「それならうれしいけど、ぼくとはたった一回じゃないか。他の男に磨《みが》かれたんじゃないのかい」

「ご冗談を。あのあと、封印したままよ」

「本当かなあ！」

「ほんとだってば」

「じゃ、今夜あたり、試してみようかな」

そんな軽口を叩《たた》きあっているうちに、本郷は本当に今夜、美由貴の味を賞味したくなってきた。幸い、パーティーは新宿の京急《けいきゅう》ホテルなので、地の利はツイてる。

パーティーは華やかだった。

会場はぎっしりである。

やがて、乾杯の発声があり、来賓《らいひん》の祝辞に移った。もとより代理人として出席している本郷と美由貴は、遠い壇上の来賓の祝辞などに、いちいち耳を傾けてはいない。たいていの参加者たちも、同じようであった。グラスを片手に、お互いに談笑しあっている組ばかりである。

谷崎美由貴は久しぶりの再会を喜びながらも、本郷にむかってすねてみせた。

「それにしても貫太郎さんったら、ひどいわ。どうしてあのあと、電話をしてくれなかったの」

「一度、電話したんだよ。そうしたらきみは留守で、会社の秘書風の男が電話口に出てきたんだ。お嬢さんに手をだすな、とけんもほろろに断わられたんだよ」

それは、本当である。

本郷とて御殿場での美由貴との鮮やかな出会いを忘れるはずはない。できればもう一度、あの女体《にょたい》にありつきたいと、御殿場のあと二週間ぐらいして、貰《もら》っていたメモのところに電話を入れたのである。

すると、電話口には横柄《おうへい》な男が出てきた。本郷の身分や用件を質《ただ》し、遊びでお嬢さんにちょっかいをかけるのなら、二度と電話をするな、と脅されたくらいである。

（美由貴はガードが固いな……）

その時、そう思ったものである。

それを思うと、今夜は絶好のチャンスかもしれない。チャンスは万人に平等に訪れるが、それを摑《つか》むか摑まないかは、本人の心掛けと、腕次第である。

本郷は水割りを重ねながら、折をみて、

「最後まで、いるつもり？」

「ううん。退屈だもの。潮どきをみてあたし、引きあげるつもりよ」

「それじゃ、ちょうどいい。ぼくたち、早目に出てあと一軒、寄りましょうよ」

「寄るのもいいけど……お料理はもうたくさんいただいて、お腹いっぱい」

「じゃ、こうしよう。高いところから夜景でも眺めながら、窓辺で二人だけで乾杯――というのはいかが？」

――本郷は、このホテルの上層階で部屋をキープする、ということを暗に匂わせたつもりである。美由貴にもわかったらしく、

「あつかましい方！」

睨《にら》んだ眼は、でもうれしそうに笑っていて、拒否しているふうではなかった。

「じゃ、ここで少し待っててください。今、確かめてきます」

本郷は会場の外のロビーから、フロントに内線電話を入れた。さいわい、空室あり、の返事であった。

予約し、本郷が会場に戻ると、あいにく美由貴は知りあいの中年男につかまって、立ち話をしていた。なかなか終わりそうになかったので、本郷は名刺を渡して先に出た。

「三〇一二号室。先に行って待っています」

――名刺には、そう走り書きしておいた。

ところがその美由貴が、なかなか現われなかった。

（遅いな……）

本郷は先にホテルの部屋にはいってシャワーを浴び、冷蔵庫の中からブランデーを取りだして飲んでいるのに、美由貴は三十分以上待っても、現われないのであった。

（まさか、すっぽかすつもりでは？）

黒い疑念が湧《わ》く。それとも、パーティーの会場で誰か別の男に声をかけられて、他に行ったのではあるまいか？

あらぬ妄想も湧く。男も女も、待たされる時間というものは、いやなものである。

カーテンを引くと、夜景が見えた。

新宿の夜景は、眼下に宝石をちりばめたようである。

そういう地上の光景を、高いところから見おろす時間というものも、たまにはいい。いや、むしろ大切なことかもしれない。

本郷は、地べたを這《は》うふだんの自分の姿を、鳥の目になって、高いところから見おろすことができる今のこの時間を、むしろありがたいと思うことにした。

(たった一人の男の時間。ウン、こいつこそ本当に、贅沢《ぜいたく》な時間というべきだな)

ブランデーグラスを片手に、夜景に顔を晒《さら》していると、最近の女性遍歴の数々が、いやでも脳裡《のうり》に映像を結ぶ。ある見方をすれば、浅ましいという気もするが、しかし本郷はそれを、自分の野望のステップというものに結びつけて考えてみることにした。

これまでに出会った女性のうち、一番、心を許しあって頼りになりそうなのが、同じ社のOL、飛鳥まゆみである。湯布院に広大な山林を持つ九州財閥の娘なので、いずれ本郷が独立してリゾート開発の事業を興《おこ》した時、役に立ってくれそうである。

二番目に気になる女性は、帝国銀行の会長令嬢、九頭竜沙也華である。離婚歴はあるがまだ二十七歳の若さなので、本郷との間もこれから、どう転ぶかわからない。

そしてもう一人、気になっているのが麻布の不動産王の娘、谷崎美由貴である。今夜、この部屋で待ち合わせているのに、まだ現われない。出会いの瞬間から、何となくドラマチックな予感を孕《はら》んでいたので、本音でいえば美由貴が一番気になる女性であった。

本郷が半《なか》ばほろ酔い心地で、夜景を見ながら、そんなことを考えている時、

——ピンポーン。

ドアのチャイムが鳴った。

（美由貴だッ……！）

現金なものである。チャイムの音とともに他の女のことはもういっさい忘れて、本郷はドアに走った。

「あ、……今、あけるよ」

ドア・チェーンを外してあけると、

「ごめんなさーい。遅くなって」

美由貴が勢いよく飛びこんできて、本郷に抱きついた。むさぼるように接吻《せっぷん》をする。

「浮気でもしていたのかね」

「違うわ。父のお友達と話していたので、なかなか抜けられなかったのよ」

本郷は半ばまで聞いたが、美由貴を抱いて、ベッドに運んだ。

「まあ、せっかちね」

「きみがあまり待たせるからさ。一刻も早くほしかったんだよ。ほら」

本郷は美由貴の手を握って、ズボンのある部分に導いた。そこは硬く猛々《たけだけ》しい意欲をみなぎらせて、際立っている。

「パーティーの会場から、こうだったの？」

「そうさ。美由貴の顔を見た瞬間から、ジュニアが勝手に起きあがってきちゃってね」

「まあ、頼もしいジュニアだこと」

美由貴はそう言っていつくしむように、ズボンの上から形状を撫《な》でさすった。美由貴はまだ、本郷は美由貴を裸にするよりも、盛装のまま犯したい意欲に駆られた。

パーティーで着ていたシルクのドレスのまま、ベッドに横たわっている。

本郷はそのドレスの裾《すそ》を膝《ひざ》のあたりまで、まくりあげた。現われた白い、すっきりしたふくらはぎにキスを見舞った。

本郷の唇はふくらはぎから、上にむかった。ドレスの裾をまくりあげるにつれ、むっちりと肉の詰まった内股が現われた。その内股にも唇は進んだ。美由貴はくすぐったがって足を縮《ちぢ》めたが、それが少しずつ快感に変わっていくようである。

「ああ……着たままだなんて」

本郷の手によって、ドレスは腹までまくりあげられた。太腿がくっきりと服の前に現われ、本郷はその谷間にキスをした。

「あッ……そんなところを不意討ちされたら、たまらないわ」

美由貴は悲鳴をあげて、のけぞった。

女性自身はまだ、黒い薄手のスキャンティーに覆《おお》われている。布地ごしに唇をつけて押すと、唾液《だえき》と内側からの蜜液で、割れ目の形が、くっきりと浮かびあがった。

布地の端から少しはみ出た黒い恥毛が、なまめかしい。割れ目はうごめいている。

本郷は、太腿に角度をもたせ、両手で握って大きく開かせた。

「あッ……」

美由貴が弾《はじ》けた。

今や、ドレスを着たまま大股開き。盛装のまま、そうやって女の恥部を本郷にあけ渡したことがよほど恥ずかしいらしく、美由貴はのけぞっていやいやと、片肘で顔を隠した。

それでも、太腿は震えながら、痙攣《けいれん》している。内股を丹念に舐《な》めながら、秘所へと攻めあがる回数がふえるにつれ、美由貴はぶるっと身体《からだ》を震わせて、歓びの声をあげた。

本郷はスキャンティーの上から、美由貴のプッシーを指で触った。絹地はぬるぬると生《なま》光《びか》りしている。指で押さえてみると、布地が割れ目に食い込んでゆく。

ますます性器の形が露《あら》わになった。

「貫太郎さんの意地悪。脱がして」

美由貴はせがむように腰をゆらめかせた。

本郷はスキャンティーに手をかけ、一気に引き下げた。広い面積に密集した茂みが現われた。その秘毛がこれからの恥じらいの時間に戦《おのの》くように、そよいでいる。

最後の布きれが取られて秘部が空気に晒された瞬間というものは、女性には必ずわかるものらしい。あッ、と驚いたような声が、美由貴の口から洩《も》れた。

美由貴の秘毛には黒艶《くろつや》があった。勢いもいい。本郷はその毛並みを撫でて、茂みの下の谷間にそろりと指をおろした。

秘孔の入り口には蜜液があふれ、桃色に濡れ光っていた。

指はすぐに吸いこまれてゆく。

中指の第二関節のあたりまでずっぷりうずめて、なかを掻《か》きまわした。

「あぁッ……」

美由貴はぴくん、と跳ねた。

「そんなふうに、いじらないで」

肉の芽の先端が、谷あいに僅《わず》かに顔を覗《のぞ》かせている。

本郷は、花園に舌を伸ばした。

女臭はそれほどきつくはない。指を秘孔の下方にあてがい、花弁の合わせ目を掻き分けるようにして、舌で内側を探った。

「ああ……変になってくるわ……。そんなことされると……」

美由貴はのけぞって、呻《うめ》いた。

本郷は舌でクレバスから蜜液を汲《く》んで、クリットの突起部にペイントした。舌があまり強く触れないように、注意する。

それでも、ペイントするたび、

「あうッ……」

美由貴は呻き、女体を弾ませた。

「痛い。……くすぐったいッ……」

美由貴は両足を閉じようとした。

そうはさせじと、両腿に手をかけて押し広げたまま、クリットの頂点を今度は動かさずに、舌で強く押した。

「あッ……それ、感じるッ……」

圧迫感は女体を一番、じいーんと深く、ゆるやかに痺《しび》れさせるものだ。そのまま、押しつづけていると、美由貴がだんだん昇りつめてゆくのがわかった。

軽い峠《とうげ》を越えたあと、本郷は指でフードをはさみつけるようにして、淡紅色の核を包みこんだ。包んで、フードの上からはさむようにして軽く押し捏《こ》ねる愛撫《あいぶ》を加えると、

「あ……それ……それもいい……」

美由貴は女体をくねらせた。

美由貴はやはり、発展途上中なので、フードを被《かぶ》せてしごかれたほうが、安心度の高い快感を得るようである。

「遊んでばかりいないで、貫太郎さん……もうきて……お願い……」

美由貴は求めてきたが、本郷はまだまだ、美由貴の女体の構造を知りたいと思った。

本郷は指を構造の探検にむかわせた。

第二関節のあたりまでずっぷりと埋めこんでいた中指を、少し奥まで進めると、ひくひくっと摑む感じが訪れた。

摑む感じは環《わ》のようになっていて、奥に吸いこもうとしている。本郷はその吸盤のような吸いこみ名器の感触に、夢中になった。

「あッ。そこ――」

美由貴の女体が跳ねた。

「そこ……はさまれると、ちびりそう」

本郷は美由貴の奥の院を開いて、内部の構造を探索しているところである。

美由貴がちびりそう、と言ったのは、秘孔にずっぷりはいった本郷の中指と、膣口部をさすらう親指との二指が、クリットのあたりを内外から強くはさんで、リズミカルな圧迫を加えたときである。

「わッ……わッ……いやッ」

美由貴はその強弱のリズムのたびに驚いたような声をあげ、腰をうごめかせた。

「これなら、もっといいかな」

「あッ……あッ……ちびりそう」

どうやら、秘孔の天井のどこかに、Gスポットに近い感覚帯があるようである。その部分と、表のクリットを挟撃されるたび、両者が反応しあって感度が増幅される。その結果、あまりよすぎてちびりそうになる、という形容になるらしかった。

（うーん。よく響くバイオリンだ）

本郷は図にのって、秘洞内の幾筋かの山脈のあたりを探検した。中指で押したり、はさんだり、軽く引っ掻いたりした。

「あッ……だめえッ……そんなことされると……変になるう……ああ、やめて。お願い」

美由貴は感きわまった声をあげた。

「ちびってもいいよ。思いっきり、気分を楽にしてごらん」

そう言ったとたんであった。

ひくひくっとする収縮が訪れた。

膣口部から少し奥にはいったところの湾が、ひくひくっと指を摑むように収縮し、吸盤のように吸いこもうとする。そうして反対に、どばーッ——、という具合に、指にどこやらから蜜液が噴《ふ》きだすのがわかった。

「ああッ……」

美由貴は軽く、達したようである。

（凄いカズノコ・バイオリンだ……！）

確認は深い歓びをもたらした。

「知っているかい。君の構造——」

聞くと、美由貴はうすうすは知っていたらしく、天井がザラザラするんでしょ、と答えた。

「うん。ただのザラザラじゃない。バイオリンの糸が束《たば》になって山脈をなしている、という感じだ。すごーく、音色《ねいろ》もいい――」

「まあ。恥ずかしいことを言わないで」

「恥ずかしいことはない。愛液の多いのも、感じるのも、音色のいいのも、みんな名器の条件のひとつだからね。きみは自慢していいんだよ」

「じゃ、もっといい音色をださせてね。ね、お願い。貫太郎さん自身が、ほしいんだけど――」

美由貴は、いつのまにか本郷の男性自身に指をそえて、おねだりをしているのであった。

本郷も、そろそろひとつになる潮時かな、と思った。

「でも胸、苦しい……。その前に、脱がして」

そういえば、美由貴はまだドレスのままであった。上半身、盛装。下半身だけ、裾をめくられて牝獣《めじゅう》。本郷はそのアンバランスでひどく猥《みだ》らがましい恰好《かっこう》にいたくそそられたので、そのまま進めることにした。

「でも……困るわ。皺《しわ》になるから」

「大丈夫、大丈夫。ドレスの一枚や二枚で困る美由貴さんじゃ、あるまい」

本郷は委細かまわず、位置をとってグランスを秘唇にあてがい、腰を進めた。

「あうッ……」

のけぞった美由貴の頤《おとがい》が、なやましい。本郷は一気に根元まで埋めることはせずに、ゆるゆると進めた。

通路が少し窮屈《きゆうくつ》だったからである。

「あ……はいってくる」

美由貴が喘《あえ》いだ。

侵入する具合が、よくわかるようである。

「ああ……私のあそこ……張り裂けそう……貫太郎さんのって、大きいんですもの」

喘いでいる美由貴の姿というものは、女性が開発されてゆく段階をありのまま映《うつ》していて、非常に男心をそそるのであった。

美由貴の秘局はまだ男性を、そう多くは受け入れてはいない。したがって、通路はやや軋《きし》みがちであり、窮屈さを残していた。

そこを、本郷の巨根が押し入ってゆく。

「あ……届きそう……」

美由貴には到達度までが痛いほど、よくわかるらしいのである。

「痛いほどわかる」という言葉は、案外、処女が男性を受け入れる時の形容から生まれたのかもしれない。

喘いでいる美由貴の顔は、どうかすると、苦しそうな表情であった。

しかし、その苦しさの中には、受忍の喜悦があった。

喜悦はやがて、爆発的な歓びに変わる予感をはらんでいる。

本郷は、一気に奥まで押し込んだ。

ぐるぐるっと、うごめくものに当たった。

奥の院の子宮を直撃したようである。

「あぁーッ」

美由貴は、のけぞった。

「そう。そこよ。もっと……」

美由貴はもっとその奥を突いてもらおうと、迎えやすい姿勢をとった。

脚を思いっきり、広げたのである。

美しい牝《めす》そのものであった。

牡《おす》は、つらぬきやすくなる。

本郷は、ますます硬く充実した巨根で、ドレスをめくった美しい牝をつらぬきつづけた。

　本郷は斜めに巨根を押し込む。

「いいかい?」

　先端がとんでもないところの壁にあたったようで、美由貴はのけぞった。

「変なところにあたるわ……そこ、いやらしく感じる」

　かなり経験のある女性でも、男性の進入してゆく角度によって、女体はいくらでも未知の領域をきわめることができる。

　それも一回より、何度も同じ角度を狙って、癖をつけたほうが面白い。繰《く》り返していると、その部分が開発されて、いわゆる快感多発地帯となり、ツボになってゆく。

　そういうツボをたくさん作ってゆくのも、男性としての楽しみの一つである。女体に地雷を仕掛けてゆくような按配《あんばい》である。

　また時には、初めての女体に出会った時、ツボを探すのは、ちょうど見知らぬどこかの男が、その女体に仕掛けて残していった地雷を探し、掘りだすようなスリルと興味がある。

　もっとも、美由貴はまだそこまでは到達してはいない。今、本郷がせっせとツボ作りに励んでいるところだ。斜めに抜きさしする角度は、男性にも先端と根元のあたり具合が妙によじれて、新鮮な感興を催すものである。

　本郷はそうやりながら、美由貴の上体を両手で抱きよせ、耳の傍《そば》に唇を寄せた。

「すてきだよ、美由貴。今夜はパーティーでたまたま出会ったわけだけど、これからは時々、電話をして外でゆっくり会おうよ」

「うん。いいわ。私のほうから貫太郎さんの会社に電話をする」

「外出が多いけど、朝夕ならいるよ」

「でも、会社に恋人がいるんでしょ？」

「いやしないさ、そんなもの」

「本当かなあ」

「本当だよ。きみこそ、約束した日にすっぽかしたりするなよ」

「そんなことしないわ。もうこんなに貫太郎さんに仕込まれてるンだもン。あなた色に染まったって、ところかな」

「じゃ、もっとご褒美《ほうび》をあげる。両脚を、ぼくの肩にあげて」

美由貴は、本郷の肩に両脚をあげた。そうやると、臀部《でんぶ》がますますせりだして、深い挿入が果たされ、子宮が最短距離で男性を迎えうつことになる。

本郷は深く静かに、突き立てた。

「あたる……あたる……貫太郎さんの先っぽがあたってるわ」

開脚して、宙に浮いている美由貴の足が、なまめかしくひくついたりする。

美由貴はのけぞってゆき、ベッドのサイドボードに頭をぶつけたりした。痛くないよう、本郷はそこに枕をあててやった。

「優しいのね、貫太郎さんって」

「なに、こんなの――」

正直に答えた本郷は、バカである。

美由貴は、もうそんな返事を聞いてはいない。全神経を、男性を受け入れた性器に集中していた。

今夜の美由貴は、火がつくのが早かった。体調がよくて、他に邪念がない時は、一点に集中できて、早くクライマックスに達してしまう傾向がある。

今の美由貴が、そうだった。

「ごめんなさーい！」

美由貴は本郷の首に両手をまわしてしがみつきながら、突然、口走った。

「ごめんなさい。ごめんなさーい……」

背を曲げて海老《えび》責めになっているのが苦しくなったらしく、両脚を肩からはずした。

そうやって美由貴は、今度は本郷の身体の下で、ピーンと両足を揃《そろ》えてのばした。

膣に挿入された男性を、両側からはさみつけるような恰好である。強い刺激がある。本郷がそのまま、深く抜き差しをつづけると、

「ああっ……もう、だめ」

美由貴は顔をくしゃくしゃにして左右に打ち振り、両足を揃えてますますピーンと全身をのばしながら、女体を痙攣させた。

美由貴は、あっという間にハードルを越えてしまったのである。

ごめんなさい、と言ったのは、先に達してしまうことの許しを乞《こ》う言葉だったようである。

美由貴はクライマックスが終わると、ぐったりとなり、満足しきった顔をして、目を閉じた。微《かす》かに波打っていた腹部が収まると、

「ごめんなさいね。勝手に見切り発車してしまって」

美由貴は、申し訳なさそうに言った。

「ドレスのまま犯されるのって、すごーくハレンチな感じがしたの。それでわたし、ついブレーキが利《き》かなくなってしまったみたい」

「うれしかったよ。まだ夜は長い。さあ、その窮屈なものを脱いで、風呂にはいろうよ」

2

シャワーの音がやんだ。

バスタオルに身体を包んで、美由貴がベッドに戻って来た。

本郷は先に風呂を使っていたので、ベッドの端に腰をおろし、飲みかけのブランデーを

ちびりちびりとやっていた。

部屋の電気は消していた。そうすると、暗い窓から新宿の夜景が見えて、超高層ホテルの雰囲気が、ぐっと強調される。

「すごーく、ロマンチックだわ」

仄《ほの》かに石鹸《せっけん》の匂いをさせて、美由貴が並んで坐って、その夜景を見た。

「わたしにも、飲ませて」

本郷は、口移しにブランデーを美由貴に飲ませた。

美由貴は、ごくりと、ふた口も受けて飲むと、本郷の肩に顔をもたせかけ、

「このまま、貫太郎さんとどこかに行ってしまいたいわ」

夢みるように、そう呟《つぶや》いた。

「おやおや、億万長者の娘らしくないことを言うね」

「わたしだって、家がいやになる時だって、あるのよ。飛びだしてやりたい」

「何か不満でも、あるのかな」

本郷が聞くと、それには答えず、

「ね、お願いがあるの」

美由貴がいきなり、顔をむけた。

「うん？　何だい？」

「私、今夜から麻布の家には、帰りたくない。しばらく、私を匿《かくま》ってほしいの」

「ますます、おだやかではないな。事情を話してごらん」

「私、まだ結婚なんかしたくないのよ。それなのに、パパったら、自分の取引先の社長の息子を押しつけるんだもの。その結婚話、とってもいやなの」

美由貴は、そう訴えた。

彼女の話によると、見合いをした相手は、若月紀彦《わかつきのりひこ》という不動産会社の社長のひとり息子。父親の取引先でもあり、いささか政略結婚の趣《おもむ》きもある。

それは、仕方がないとしても、何しろ若月紀彦という相手の男が、覇気《はき》のない坊ちゃんで、マザコン息子なので、どうしても好きになれないのだというのだ。

「ね、貫太郎さん、協力してよ。私、その結婚話を、ぶちこわしてやりたいのよ。今夜から私、本当に家出するわ」

美由貴は、過激なことを言いはじめた。

「まあ、待ちなさい。家出までしなくても、縁談をぶちこわす方法ぐらい、いくらでもあるよ」

言いながら、なるほど、縁談のぶちこわし屋か……と、本郷は心の中で呟いた。

離婚屋、アリバイ屋、揉《も》め事屋と、最近、男女のトラブルにつけこむ新商売は、いろいろふえているらしいが、破談屋というのは初めて聞く。

しかし、美由貴がもしそれを本当に望み、その方法が美由貴にとって、一番幸福になる道なら、協力せざるを得ないかもしれんな、と本郷は考えるのであった。

美由貴の両親はすでに、先方に結婚承諾の意思表示をしており、いやだといっても、事態は好転しない段階にきているらしい。そこで、本郷の知恵をかりて、何とかこの縁談をぶちこわす方法はないだろうか、という美由貴に、同情も湧く。

そうして同時に、待てよ、と本郷は今夜の会社創立記念パーティーの主催者のことを思いだした。

たしか主催者は大銀観光だった。大銀観光なら、東京でも大手のマンション分譲不動産会社である。

「もしかしたら、君の結婚相手というのは、大銀の社長御曹司《おんぞうし》のことじゃないかね?」

ほとんど、直感であった。

そう聞いてみると、

「ええ、そうなの。それで私、今夜も父の代理で出席していたのよ。本当はパーティーのあと、若月紀彦さんとデートすることになっていたんだけど」

婚約者の父親が経営する会社の創立記念パーティーに出席した女性が、会場で顔を合わせた別の男と、その同じホテルの上層階の部屋で、示しあわせてベッドインしている——。

この情況は、これだけでも先方に知られたら、相当なパンチである。まして、美由貴がパーティーの夜から「家出」「失踪」でもしたら、両家は大騒ぎになるだろう。

美由貴は、その大騒ぎを起こすために、本郷に匿ってくれ、と相談しているのだが、本郷はもう少し、大人だ。目的が破談だけなら、そこまでする必要はないのである。

「むこうにもメンツがあるだろう。騒ぎが大きくなって、世間に知られると、顔に泥を塗られたとなって、あとでお父さんの仕事にも響く。それより、いい方法がある。その若月君という青年と近々、デートする日があるんじゃないかね?」

「ええ、あるわ。今週の土曜に、国立劇場に歌舞伎《かぶき》を見にゆくことになっているわ」

「それそれ、そのチャンスを生かそう」

本郷はそこで、一計を授けた。

それは当日、本郷も国立劇場に行っていて、幕間《まくあい》に偶然、ロビーでばったり出会うように仕組む。その際、美由貴は若月と連れ立っているはずであり、本郷は男を眼中にないように振る舞い、美由貴を恋人扱いにする。美由貴もわざと本郷を秘《ひそ》かな恋人のように相手にさとらせ、先方から苦情が出て、破談に持ち込ませよう、という作戦であった。

「このほうが、穏便《おんびん》で効果的だよ。な」

破談屋作戦の相談が終わると、本郷はふたたび、美由貴の身体を思いっきり抱いて、いじめぬきたいという欲望に、駆られた。

一盗二婢《いっとうにひ》、とはよく言ったものだ。人妻を盗むのが一番の醍醐味《だいごみ》なら、婚約中の女性や縁談が進行中の美人というのも、もっと強烈で新鮮な「盗み」の対象となる。

「美由貴、触ってごらん」

美由貴の手を、男の股間に導いた。

「まあ、やけどしそう！」

本郷のその部分は猛っていたのである。

「先刻から？」

「うん、最初の時は、発射してはいなかったからね」

「頼もしいわ」

美由貴は、本郷の股間にかしずいて、猛りの先端に軽くキスを見舞った。

婚約進行中のお嬢さんとしては、まことにはしたない振る舞いである。

でも、そのはしたなさがたまらない。この可憐《かれん》で、魅力的な女をよその男と結婚させてたまるか、という思いにも駆られる。

美由貴は先端を舐めたり、そっと深くまで頬《ほお》ばり、吸ったりした。

本郷はその姿を見て、いたく感激した。美由貴の胸に巻かれたバスタオルをほどいた。

圧迫されていた双《ふた》つの胸の膨《ふく》らみが解かれて、ぶるん、と弾んだ。

本郷は、そこにくちづけをした。

紅点を含んで舌であやすと、

「ああ……」

美由貴は、首を反《そ》らせた。

乳頭を吸いながら、揉みあげる。

美由貴の眼が、ぼうっとかすんでいって、閉じられた。本郷の愛撫に身を委《まか》せて、性感の波にゆだねようとしているようである。

本郷はそのまま、ベッドに押し伏せた。

股間をさぐると、茂みの下は熱く潤《うる》んでいた。第一ラウンドの時のぬかるみは、風呂で洗われたはずなので、それはまた新しく湧きだした泉であろうか。

ひとしきり、秘部に指戯を見舞っているうち、美由貴はひくつきを起こして、昂《たか》ぶってきた。そうして不意に半身を起こして、

「ね、今度は私を上にさせて」

そう囁《ささや》いた。

美由貴はやはり、じゃじゃ馬である。上に騎《の》るのが好きなのかもしれない。

「いいよ。でも、すごーく積極的だね」

「だって、しばらく男断ちしていたもの。このさいよ」

「その見合いの相手とは、やっていなかったのかい？」

「許すものですか。とても肌が合いそうにないんだもの」

相性というものは、たしかにある。とくにセックスにおいては、そうである。同じ女性でも、相手によっては名器ともなるし、また、粗マンともなるのである。

——美由貴が騎ってきた。

腰の位置を調節する。

「いいよ。そっとおろして」

本郷は自らの昂まりが美由貴の秘洞に収まるよう、角度を修正した。

美由貴が男性自身に指を添え、自らの秘洞にあてがい、腰を沈めてくる。

本郷は下から突きあげた。

「わッ……そんなあ……！」

本郷の巨根がずぶずぶと、一気に奥まで侵入して、美由貴はのけぞった。

「貫太郎さん、じっとしてて……じっとしてるだけでもいいのよ」

美由貴は女上位が好きな体質のようである。本郷がみなぎったものを下から収めて、「お道具貸し」しているだけで、

「ああ、いいッ……」

結合部を中心に、円く腰をゆらめかしたりして、身体をのけぞらせる。

一般に女性上位だと、女性が自分の性感部分を好きなように刺激することができる。そ

れが利点で、男を征服した気持ちになりたいむきには、とても似合う。

でも美由貴は、クリットのあたりを男根に強くこすりつけようとしているうち、後ろに倒れそうになった。

本郷があわてて手を摑んで、引き戻したほどである。

本郷はそれでも時折、腰を突きあげた。男性にとって下から突きあげる分には、なぜか発射する感覚がすぐには訪れない。

かなり乱暴に動いても、適度に身体を休ませて、横着を決めこむことができるので、暴発する恐れはないのであった。

美由貴の秘洞の天井のところを、狙い撃ちするように、強く腰を打ちつけると、

「あーそこ、ひどく響く」

美由貴は全身を震わせた。

その拍子《ひょうし》に、また後ろに倒れそうになる。

美由貴は本郷の手に戻されて、バランスを取りなおし、ゆっくりと身体を前後にスライドさせはじめた。

「貫太郎さん、じっとしてて。突かれると壁にあたって、感じすぎる」

美由貴はだいぶ、学習の効果が出てきたようだ。自分の好みやペースを摑みかけているようであった。はじめは直角に、天井にあたるようにおろしていたが、次には浅い感じで

抜き差しし、やがてその膣口付近で深く感じたのか。ああッという声を洩らして、本郷の胸に突っ伏してきた。

そうして、身体を密着させる。

胸を合わせたまま、ゆっくりと身体を上下にすべらせた。この場合、荒々しい動作は必要ではないようである。微妙だが、濃密。密着した男根の部分が、クリットにあたって、今度はそこの圧迫感をじーんと感じているようであった。

しかし、それも長くはもたず、

「ああ……いい……」

ごめんなさーい、と泣くような声を洩らして、美由貴はまた峠を越えてしまった。

──その週の土曜日が、破談屋の日であった。

その日、本郷は美由貴と示しあわせていた時間に、三宅坂《みやけざか》の国立劇場に行った。

歌舞伎は昼夜興行だったが、美由貴たちは夜の部だというので、本郷もそれに合わせてチケットを買ったのであった。

演目は「義経千本桜《よしつねせんぼんざくら》」。その幕間に、ロビーに出てみると、大勢の人混みの中で、美由貴が婚約者の若月紀彦と、二階から広い階段を下りてくるのが目についた。

本郷はつかつかと近づいて、

「やあ、しばらく」

慣れ慣れしく美由貴に声をかけた。

「ああら、本郷さん、しばらくね」

美由貴は精一杯、媚《こ》びをつくる。

本郷は彼女の同伴青年を見て、

「この人、だあれ？」

厚かましく、問い質《ただ》すように聞いた。

「若月さんといって、父の会社の取引先の方よ」

「へーえ。お父さんの友人？ それにしちゃ、ずい分、親しそうじゃないか。ぼくに隠れて、密会するとは穏《おだ》やかではないね」

言外に、けしからんじゃないか、という怒りの感情をこめている。言っているうち、本郷は本当にその男に嫉妬《しっと》の気持ちが湧き、怒りめいた気持ちを抱いてきたのであった。

「ごめんなさい。ちょっと義理があって、どうしても観劇を断われなかったのよ」

「そんなことを言って、ぼくに隠した恋人じゃないのかい」

「違うわよ。ねえ、ごめんなさい――」

美由貴が迫真の演技をして、本郷に取りすがるようにして謝まるのへ、

「駄目だ。許せないね。浮気をした罰だ。ちょっと、こっちに来なさい」

本郷は美由貴の手を引いて、階段の陰につれて行った。そこで、若月に見えるように派

手に抱擁《ほうよう》をして、片頬を差しだした。美由貴が背伸びしてその頬に、何度もキスをする。

「ほらほらあの男、カリカリした眼で、こっちを睨んでるぞ。もうしめたものだ。あれはもう嫉妬で気が狂いそうになってる眼だ。破談宣告、まちがいないな」

「そう。ありがとう」

美由貴は囁くように言い、また派手に本郷の首に両手をまわし、くちづけをした。

「もう充分、薬は効《き》いてるよ。ほらほら、みんなが見てるから恥ずかしいじゃないか。いい加減に、やめてくれないか――」

美由貴がようやく若月のほうに戻っていったが、そこに立っていたはずの若月紀彦の姿は、もうどこにも見えなかった。

――翌週の月曜日、その結果が現われた。

予想どおり、縁談進行中だった若月紀彦から、美由貴の父親のところに、背信行為も甚《はなは》だしい、という抗議の電話がはいって、破談通告がなされたそうである。

「おかげで助かったわ。パパも諦《あきら》めたみたい。そのうちパパを紹介するから、落ち着いたら、またお電話するわね」

八章　危険な旅行

1

「おや」

出勤早々、びっくりした。

卓上の一輪挿《いちりんざ》しに、大輪の赤いバラが一輪、挿してある。

本郷がむかいの机を見ると、飛鳥まゆみは机に坐って、澄ました顔で、ワープロを打っていた。

おはようございます、とも、遅いわね、とも言わない。その取り澄ました冷たい横顔と、一輪の赤いバラとの対比に、本郷はどっきりしたのである。

(これは相当、キツーイ呼びだしだぞ)

本郷は直感的に、そう悟った。

それというのも、社内情事をするカップルには、たいてい何らかのシグナルというものがある。胸につけるブローチとか、ペン立てのペンを逆さに立てておくとか、ネクタイの色とかで相手に「今夜、どこそこで会おう」というシグナルを送るのである。

本郷とまゆみの場合は、本郷の机の上の一輪挿しの花瓶《かびん》であった。そこにまゆみが何かの花を挿す日は、

「今晩いかが？」

という合図であった。

ただの花ではなく、一輪の大輪の赤いバラを挿すときは、

「そろそろ、ほしい」

というかなり切羽詰まった合図であった。

しかも今朝のは、通常のフロリバンダ種の中輪ではなく、クリスチャン・ディオール種とよばれる剣弁高芯《けんべんこうしん》の巨大輪の赤いバラであった。

（これはいよいよ、満開。まゆみは相当、欲求不満で、怒っているようだぞ）

と、本郷は覚悟をするのであった。

そういえば、確かにこのところ、まゆみを誘いだす機会がなかった。いわば、怠《なま》けていたのであった。まゆみが怒りだすのではないかと、本郷も気にしていたところである。

その日は一日、本郷は内勤だった。すぐむかいあって仕事をしているというのに、一日中、まゆみはツンツンとして顔をまともに見ようともしなかった。

しかし、終業近くなって、

「私のお部屋、知ってるわね」

同僚がいない時を見はからって、まゆみが突然、首をのばして小さな声で囁《ささや》いた。

眼に見据《みす》えるような光があった。

「ああ、恵比寿《えびす》だったね。一度、送っていったから、憶《おぼ》えてるよ」

「あたし、会社が終わりしだい、買い物をして六時半には、部屋に戻っています。その赤バラの意味、忘れてはいないでしょうね？」

「ハイ、承知しております」

本郷は上司に答えるように返事をした。

「じゃあ、お先に帰って待ってるわ。九州行きの相談もあるから、たまにはご馳走《ちそう》を用意しておきます」

まゆみはそう言い残し、退社した。

ラブホテルではなく、まゆみの部屋で待つというのも珍しい。これは相当、お灸《きゅう》を据えられるな、と本郷は覚悟するのであった。

街は初夏の夕暮れであった。

飛鳥まゆみのマンションは、恵比寿の渋谷橋《しぶやばし》の近くにあった。本郷がその部屋を訪れたのは、夕方の七時であった。

まゆみの部屋は三〇一号室。本郷がその前に立ってチャイムを押すと、ドアが開き、

「遅かったわね。残業でもしていたの」

辛辣《しんらつ》な言葉をぶつけてきた。

（ずい分、ヒステリックだな）

と思うと同時に、

（やはり相当、男の肌に飢えているぞ）

本郷は一週間、女性と交わらなければ、下半身がもやもやして、鼻血が出そうな気分になる。男は特に精液が溜まってくると、情動《リビドー》の引金《ひきがね》が起こされ、外に放出してしまわなければ気が狂いそうになる構造になっている。

だからふつう、「溜まってきた」という表現をする。女性の場合はまさか「溜まった」とはいわないだろうが、気分が鬱積《うっせき》したり、苛々《いらいら》したり、男に抱かれたい、と思う衝動がつよくなるのは同じであろう。

今夜のまゆみが、そういう状態のようであった。

こういう時は逆らわずに、まず火を鎮めてやらねばならない。そのためにはまず、肌を密着させて気持ちを和《やわ》らげることであった。

「ごめん、電車が遅れたんだよ」

適当な言い訳をしながら、本郷は玄関をあがると、すぐにまゆみを抱いた。

「ああん……」

立ったまま抱かれて、まゆみはすぐに眼を閉じ、顔を上むけてきた。

「キスして。罰よ。駆けつけ三回」

三回とはいわずにほんの一回、ディープキスを見舞っているうち、まゆみは本郷の腰にしがみついて、あらぶった声をあげた。

まゆみは、シルク地のガウンを着ていた。腰紐《こしひも》を結んだやつで、部屋着のつもりかもしれなかった。

どうかすると、胸許《むなもと》が開いて、白い乳房が覗《のぞ》いた。ガウンの裾《すそ》も乱れて、白い太腿《ふともも》から脚《あし》が、覗いているようである。

「ねえ、資料室以来よ――」

やっと口を離して、そう言った。

「へえ。そうなるかな」

あれ以来だとすると、もう一カ月近くになる。まゆみが、鼻を鳴らして、甘える仕草でしなだれかかってくるのも、無理はない。

立ったまま、本郷は再びまゆみの身体《からだ》を抱き、胸許を割って、乳房に顔を伏せた。

「あっ」

と、まゆみは驚きの声をあげた。

乳首を口に含んだ時である。

まゆみの身体は乳房もどこも、熱くなっていた。その乳房を愛撫《あいぶ》しているうち、

「ああ……もう……我慢できない」

まゆみはいきなり、本郷の右手を握って、自分の下半身に誘った。

「ね、触って。どんなだかわかるから」

ガウンの隙間《すきま》からすべり込んだ本郷の指先は、陰阜《いんぷ》の茂みに触れ、もう濡《ぬ》れた秘所に届いていた。

まゆみは部屋着の下には、何もつけてはいなかったのである。

指はすぐに甘い蜜に包まれ、しかもその吐蜜は濃いねばりをもっているのがわかった。

「ね、どんなだか、わかったでしょ」

「これは、相当なもんだね。今日まで、浮気しなかったみたいじゃないか」

「ばかン、浮気だなんて……どこかの、誰かさんとは違うわよ！」

本郷は思いっきり背中をつねられた。

——あ、痛ッ……！

と、悲鳴をあげそうになったが、ぐっと我慢してまゆみの女体《にょたい》を攻めつづけた。

立ったまま、露《あら》わになったまゆみの乳房を吸いながら、秘唇とクリットを愛撫すると、

「あ、あ……」

と、まゆみは切ない喘《あえ》ぎ声を洩《も》らし、

「立っていられないわ」

とうとう腰をぬかしたように、しゃがみ込みそうになった。

カーペットの上であった。本郷はそのまま、まゆみをカーペットの上に寝かせ、押し伏せていった。

(訪問早々の火事場だな。カーペットセックスなんて、まゆみも相当なもんだぜ)

本郷の攻撃を、まゆみはいとわない。

むしろ、誘いだした気配さえある。

本郷は、まゆみのガウンの裾を割った。

腰紐は結んだままである。

白い腹部から股にかけての女の秘園が、眩《まぶ》しく灯《あか》りに照らしだされて、刺激的だ。ヴィーナスの丘と、そこに生《お》い茂っている草飾りは男の気持ちをそそる生《は》え際をみせていた。

本郷はひとまず、繋《つな》いでしまおうと、押し込んでゆくと、甘蜜がとろりと粘り強く本郷の分身を包んだ。

しかしグランスが半《なか》ばまで埋まると、まゆみの構造部分は、本郷のそれを押し返そうとした。

それは不思議な現象であった。

まゆみは一カ月干されて、かなり飢えた状態になっていて、早く入れてほしい、とせがんでさえいたのである。

それなのに、グランスを押し返そうとするのは、まゆみがあまり期待に駆られて、力を入れすぎて、「いきんだ」状態にあるからのようであった。

最初から括約筋を締めすぎている。そこが固く閉ざされて、本郷の巨根が進もうとすると、心ならずもそれを拒絶するような具合になるのである。

しかし、本郷の分身は充実している。

巨根であるばかりではなく、シャフトが固く、なまなかな抵抗には負けない。

力一杯、イキんだ相手の、固い関所をメリメリと突破してゆく。

先端が、蜜液でなめらかになった狭隘《きょうあい》部を突破すると、押し返してくる力は感じられなくなり、ふいっと広くなり、ああ……と、まゆみは全身でしがみついてきた。

根元まで、没入する。

一つになると、やっと安心したように、

「ああん……この悪い子。よその女とばかり、お宮参りしてたんでしょ」

まゆみは甘え声をだし、膣の入り口をひくひくっと、締めた。

悪い子、というのは、体内に受け入れた本郷のジュニアのことであるらしい。

まゆみはそのジュニアを独占して、もてあそびたがっていた。

なかは、深い。締めつけも、きつくはなかった。本郷は、袋の中の男性自身をピクン、ピクンと、うごめかせた。

まゆみが驚いたように、

「暴れてるわ、あたしの中で」

「そうだろう。うれしがってるんだぜ。まゆみが一番好きだ、と言ってるよ。この悪い子は」

「――もう、よその女には渡さないから」

言いながら、今、この瞬間、本郷を独占しているという安心感から、まゆみは満足しきっているような顔であった。

本郷は、ゆっくりと動いた。

ゆるゆると動きながらも、旋回を加えた。これだと、秘局の内側でこすれてゆく感じを充分に味わうことができた。

秘局の中で、ざらつきが起きあがりはじめ、本郷の分身にひしめいてきた。

まゆみは掛値なしに、登りはじめていた。

抱きついてキスを求めてくる。下半身を深く収納したまま、口吸いをつづけると、上と下とで繋がっているようで、いっそう濃密に、官能的な色あいを帯びる。

まゆみの息が少し、生臭《なまぐさ》くなっていた。舌と舌とが出会い、跳ね、躍《おど》るたび、まゆみはキュッ、キュッと膣口部を締めてくる。

上下が連動しているのであった。

「あなた……あなた……」

とてもいいわ、と形のいい唇が乱れきって訴えている。

袋の中で本郷のものは、広々と泳ぐ感じになり、根元だけ締めつけられて、かえってまゆみの淫蕩《いんとう》さを感じた。

まゆみは、その白い両足を、本郷の背中に絡《から》みつけてきた。

全身で、放したくないという意思表示をやっているようであった。

それだと、本郷のほうもあまり大きなアクションは、起こせない。また、起こす必要もないのであった。

恥骨に対して、深い圧迫感と、密着感を与える。

そうしてそれを味わう。それでいい。

経験の浅い若い男性は、えてして女性の性感を昂《たか》めるには、激しい抽送《ちゆうそう》を送ることがすべてだと思いこんでいるむきもある。

たしかに、力強い抽送はいちばん効果的で男性的だが、何も荒々しい出没運動ばかりが、すべてではないのである。

蜜壺をぴたっと塞《ふさ》ぐように、奥まで突いてそのまま接合部を密着させ、男性の根元で女性の恥骨とクリットを、しっかりと押す。

押したままの状態を持続させる。クリトリスを恥骨と恥骨で、はさむわけである。

それがひどく効《き》く。本郷はその上、密着したままで、腰を「の」の字にうごめかせるのである。時には「の」の字を二つ重ねて「8」の字に動くこともある。

そうなると、本郷の根元はいやでも、まゆみのクリットをこすりつける。その上、充実したホーデンが、膣口部の下から肛門周辺をぺたり、ぺたりと打ちつけて、それも、奇妙な刺激を女性に与える。

今、まゆみはその秘術を使われて、気が遠くなりそうな顔をしていた。

「あ……ゆくゆく……」

まゆみも恥骨をせりあげて密着させ、甘い放心状態の中で昇りはじめていた。

「いい……ねえ。あなたもいいの？」

まゆみがそう訊《き》く。

「うん。とてもいいよ」

「うれしいわ。私たち一体なのよ」

「そうさ。ぼくたち、いつも一心同体だよ。――まゆみ、もう怒ってないね？」

「ウン。もう怒ってなんかいないわ。来てくれて、うれしい」

まゆみが頬《ほお》ずりし、それからちょっぴり、エッチなことを囁いた。

「ね、後ろからして」

——まゆみは大変自由奔放《ほんぽう》な女である。

言うなり、まゆみは本郷の返事も待たずに、本郷の背中にまわしていた両脚を、外した。

なかば自然に、結合していた部分がはなれ、二人は位置を修正した。

まゆみは、カーペットに両手をついて、悩ましく臀《でん》部をせりあげた。

ムードのある女の部屋の間接照明の下に、その白い桃尻が実って、揺れて、すっごーくエロチックな眺めだった。

(訪問早々だが、もう、毒くらわば皿までだな。九州行きの相談もあると言っていたが、今はそれどころじゃない。とことん最後まで、フルコースを味わってやろう……)

本郷は意欲を新たにして、まゆみのその、悩ましい桃尻にいどんだ。

その眼前に、蜜の花が開いている。

露に濡れる花弁の中心を、指でつついた。

「いやン……」

まゆみが怒ったように、桃尻をゆすった。

埋め込んでほしい、とおねだりしているようなゆすりかたでもあった。

本郷は、片手の指を自分の昂まりにそえて、ゆっくりとまゆみの花びらの中に挿入した。潤《うる》ったまゆみのラビアは、難なく本郷の巨根をのみこんでゆく。

「ああ……ずいぶんはいってくるわ」

本郷は、まるく豊麗《ほうれい》な盛りあがりをみせたまゆみの臀部から、美しいスロープを描いてくびれたまゆみの腰のあたりを、両方の手で抱え、緩急をつけながら、動いた。

動くにつれて、桃尻が揺れ、

「あはっ……あはっ……」

また新しい、それまでとは違った嬌声《きようせい》が、まゆみの口から発せられた。

「いまの感覚、変よ。はじめて」

新しい角度から、子宮の壁まで届いたのか、まゆみはそんな言葉を洩らした。

本郷は、愛情方法を多彩にした。

繋がったまま、前方に大きく両手をのばして、まゆみのよく張った弾力のある乳房の実りを摑《つか》んだ。摑んで、揉《も》みたてながら、打ち込んだものに、うねくりを入れる。

「わっ……わっ……ずんずん響くわ」

まゆみは重い震え声を洩らした。

両肘《ひじ》をカーペットに突いて、顔もほとんど床すれすれ。本郷に押されるたび、前に突んのめってゆく感じになった。

そのたびに豊麗な臀部が、微妙に揺れ動く。

男性を呑みこんだまま、こするように、さらにおねだりするように、まゆみの桃尻はゆっくりと円を描いて、うねっている。

（もっと……もっと……）

それはたしかに、暗黙のうちに、男性の突きをおねだりしている感じであった。

そうして本郷が、ズンと突く。

「ああっ」

と、まゆみが反《そ》る。

反った背中が艶麗《えんれい》である。

その美しい背中の反り具合や、腰部のくびれから臀部にかけての雪白のスロープが、今、交わっている男の気持ちを不意に猛々《たけだけ》しくして、くびり殺したくなるほど、いとおしくてエロチックな眺めである。

本郷は、そう感じた。

そのうえ、まゆみの最も恥ずかしいはずのアヌスも局所も、眼前にある。

女の宇宙の中心に、本郷の巨根が出入りしているのが見える。秘孔のまわりに指をそえて両方に、開いた。ぴっちりと髪の毛一筋はいらないと思える緊張感で、桜色の粘膜に出入りしている男性のさまが、ひどく動物的だが、生命《いのち》の営《いとな》みの神秘を感じさせてくれる。

「恥ずかしいわ。見ないで、そんなとこ」

「見るなといっても、見えるんだよ。まゆみのおヒップ、とても悩殺的だよ」

「いやいや、見ないで！」

まゆみは尻をゆすった。

そのはずみに、交点から白い愛汁があふれた。それは谷間の下方になびくヘアを濡らして、しずくを作ってキラキラと光った。

本郷は、それから手を移動させ、まゆみの愛液にまみれた接合点をまさぐり、触れた。

どぎつくうごめく自分の昂まりを、ちょっとの間たしかめ、それから、それを呑みこんだまゆみのラビアを可愛《かわい》がり、最後に肉真珠を探して、さまよった。

指先が、肉真珠に触れた。

「あはッ……ああん……」

ラビアを愛撫されただけで、のけぞっていたまゆみが、肉真珠をつままれた瞬間、悶絶《もんぜつ》するような声をあげた。

肉真珠は固く突起していた。

そこを愛撫するたび、まゆみは物狂おしい声をあげた。

「いやいや……貫太郎さんったら、エッチ……エッチなことばかりしてるんだもン」

本郷は怒られてもひるみはしない。

腰を抱いて、繋がったものを抽送しながら、肉芽をつまんだり、愛撫したりするうち、まゆみの身悶《みもだ》えがいっそう激しくなった。

まゆみの頭が左右に打ち振られるたび、ロングヘアが妖《あや》しく揺れていた。

「イキそう……ねえ……イキそうよう！」

まゆみの興奮は、極点に近づいている。

本郷も実は、そうであった。鞭《むち》で縛られるようなまゆみの膣縛りにあい、発射寸前になっていたのである。

「まゆみ……いいのかい？」

「いいわ……いい」

「いや、そうじゃない。今日は発射しても安全日なのかい？」

「大丈夫よ。きて……打ちこんで……」

まゆみはクライマックスがつづいていた。

安全日だと聞いたとたん、本郷の抑制もとうとう利《き》かなくなり、極点の壁を突き破って、どばーっとまゆみの奥に、生命の華を発射していた。

2

二人はそのまま、リビングのカーペットの上で静かに抱きあい、息をととのえた。

「あ、風邪をひくわ。ねえ、起きて。お風呂にはいってらっしゃい。ワイン、冷やしておくから」

まゆみにゆり起こされたのは、それから二十分も経《た》ってからだった。二人はいつのまにか一眠りしていたのである。

本郷は起きあがり、大きく背伸びして、屈伸運動をした。筋肉がもりもりと鳴って、また活力が充《み》ちてきたようである。

本郷は風呂にはいった。

浴槽の中には、バラの香料が溶かされていた。その花の香りにひたっているうち、キッチンから包丁の音がきこえてきたりして、まゆみが意外に、家庭的な女であることに気づいた。

風呂からあがると、食卓にバラが飾られていた。

キャンドルに火がはいり、ご馳走が盛られている。アイスバケツからワインボトルを取りだして、栓《せん》を抜きながら、

「今日は何の日か、知ってる?」

まゆみが訊いた。

「さあ、何の日だったかな」

本郷が素《す》っ頓狂《とんきょう》な顔をすると、

「──私の誕生日。もう忘れたの?」

睨《にら》むように言った。

「あ、そうだったっけ。ごめん、ごめん」

本郷が自分の迂闊《うかつ》さを詫《わ》びて、「まゆみもひどいよ。それなら会社ではっきりそう言ってくれれば、何かプレゼントを買ってくるのに……」

「プレゼントはいいわ。さっきので」

まゆみはなるほど、先刻の駆けつけ交悦で深く満足したらしく、ほんのりと頬《ほお》を桜色に染めていた。

「さ、乾杯しましょう」

二人はグラスを取りあげて、乾杯した。

本郷も白兵戦《はくへい》のあとの風呂あがりで、喉《のど》がカラカラに渇いていたので、白ワインが胸に沁《し》みるほど美味《おい》しい、と思った。

「ね、貫太郎さん。昨日の営業会議で、近く湯布院へ行く出張の話が出てたでしょ？　あれは、いつ？」

「ああ、九重《くじゅう》エメラルドホテル建設の件だね。まだ九州支社の連中との最終調整が残ってるけど、だいたい来週の月曜日から二日間、現地検討会をやることになりそうなんだ。東京本社からは企画部長と、ぼくが行くことになってるけど――」

「それなら、貫太郎さんだけ一足早く、現地入りしてよ。土、日曜の休みを利用すれば今週末に行くことができるでしょ？」

「どうして？」

「私、金曜日に九州の家に帰るのよ。別府《べっぷ》で親戚の娘の結婚式があるの。——ねえ、土、日あたり湯布院あたりで落ちあわない？」

「そういえば、きみの家に一緒に行こうと約束してたね。よし、いい機会だ。ぜひ、きみと日程を合わせるよ」

本郷はそう返事をしながら、これはいいプランになるぞ、と考えた。まゆみとは以前、五月の連休ごろに行こうと話していたが、大型連休時は何しろ、日本列島パンク状態なので、もう少し先にのばそうと決めていたのである。

そこにもってきて、北急が今度、九重に建設を予定している高原リゾートホテルの件で出張の用事もできたことだし、まゆみも私用で別府に行くというのなら、ちょうど湯布院あたりで落ちあえば、ドンピシャである。

湯布院周辺に広大な地所を持つ大山林地主のまゆみの父親には、一度、拝顔の栄に浴しておきたかったのである。会社の仕事とは別途、本郷自身の今後の戦略のためにも、ぜひお近づきになっておきたかったのである。

「よし、そうしよう。まゆみ、時刻表、あるかい？」

——二人はそれから、九州行きの打ち合わせをした。

3

その週の土曜日、本郷貫太郎は出張で九州の大分県・湯布院にむかった。

出張といっても、前半の土・日曜の二日間は、まゆみとの密会をふくめ、プライベートな気晴らし旅行の趣きがあった。

飛行機は、羽田《はねだ》発十一時五十分の日本エアシステム331便である。いつものことだが、出発時間ぎりぎりに駆け込んだので、スーツケースを荷台に乗せてシートに坐ると、機はもうメーン滑走路にむかって動きだしていた。

「失礼――」

本郷は急いでベルト着用に及ぼうとしたが、そのベルトの先っぽが隣りの席に紛《まぎ》れこんでいて、抜けはしないのである。

「あら、ごめんなさい」

週刊誌を広げていた隣席の女性が、びっくりして腰を少し、浮かした。

本郷のベルトの先は、隣席の女性の尻に敷かれていたのであった。

「や、すみませんね」

「まあ、こちらこそ気がつかず、ごめんなさい」

女性は顔を赤くして詫びた。

本郷がやっとベルトを締め終わると、機はもう離陸し、やがて水平飛行に移った。スチュワーデスが飲みもののサービスにまわってきた頃、どちらからともなく、

「どちらまで?」

「私、大分までなんです」

女性は見たところ、二十代の終わりで人妻ふうだった。ロングヘアの、ととのった瓜実《うりざね》顔。白のサマースーツ姿は落ち着いていて、若さと気品と知的な行動力もありそうであった。

「里帰りですか?」

若奥様なら、そんなところかと見当をつけて、本郷はそう聞いてみた。すると、

「いいえ。お仕事なんですのよ」

「へええ。会社か何かにお勤めですか?」

「ええ。プロダクションにちょっと——」

プロダクションといっても今では、芸能プロから音楽プロ、編集プロダクションからビデオ制作など、多種多様にわたっているので、本郷には見当もつかなかった。

「大分は、別府あたりですか?」

「いいえ、もう少し遠くって湯布院です」

「へええ。ぼくもそうなんですよ」

本郷が調子よく相槌《あいづち》をうつと、

「まあ、そうですか」

女性は初めて興味をもったように、膝上《ひざ》のバッグから名刺を取りだした。

「私、こういう者です」

さしだされた名刺を見ると、「サンプランニング、イベントプロデューサー槇亜沙美《まきあさみ》」

――とあった。

「イベントプロデューサーか。珍しい仕事ですね」

「ええ。日本広しといえども、この肩書を持つ女性は、今のところまだ私一人だと思います。湯布院には、音楽祭のことでちょっと、打ち合わせがありまして」

たしかに、湯布院は今流行している地方イベントの先駆けとなった湯の里である。

機は順調に飛行していた。

本郷は槇亜沙美というその女性が、イベントプロデューサーという肩書を持っていることにびっくりもしたし、興味を持った。

「世はまさにイベント時代といわれますが、おたくの会社、そういう地方のイベントを企画したり、仕掛けたり、運営なさったりしているんですか?」

「ええ。東京でイベント学校を経営して、色々なアイデアマンを養成するかたわら、一般企業や団体、町村のイベントコンサルタントに応じたり、プロデュースしたりしています。湯布院の映画祭や音楽祭にも、ちょっとかかわっているんです」

そういえば、最近ふえている「村おこし、町おこし」の中でも、湯布院の映画祭は、有名である。

「映画館一つない町、しかしそこにも映画はある」というキャッチフレーズで数年前からはじまった湯布院の映画祭は、今や夏の終わりの風物詩にさえなっている。

カンヌやベルリンほどではないにしても、大分県の小さな高原温泉郷に、全国から映画作家や映画人、映画ファンが集まり、意欲作が上映され、それをきっかけに全国公開に漕《こ》ぎつける「隠れた名作」が誕生したりする。

今は映画祭だけではなく、音楽祭も人気を博しており、湯布院はいわば地方イベントの先駆者となったわけである。

そういうものを企画したり、プロデュースしたりする槙亜沙美は、一見、落ち着いた人妻ふうの女性だが、案外、時代の最先端を走っている女性のようでもあった。

例の「ふるさと創生」一億円の使いみちにはじまり、今や「町おこし村おこし」など、地方の活性化が喧《かまびす》しいが、いずれの場合もその中心となっているのは、リゾート開発計画と観光・イベント計画なのである。

湯布院のような映画祭、音楽祭にとどまらず、ワイン祭り、美術館の建設、天体ショー、各種博覧会など、全国どこでも人集めのための奇抜で新鮮なイベントを求めており、リゾート開発もディズニーランドの成功、オランダ村の成功やハウステンボスの建設など、これからはテーマ公園やテーマ・ランドの開発、野外コンサートや、星空劇場など、多様な「イベント」を取りこんだ企画が求められている。

そういう意味では、これからのリゾート戦略には、こういう女性と知り合いになっておくのも、大いに役に立つことかもしれない、と本郷は思った。

機が名古屋の上空をすぎるころ、槇亜沙美が思いだしたように訊いた。

「湯布院には温泉一人旅？」

本郷は、名刺を渡した。

「それならいいけど、出張ですよ」

「まあ、リゾート屋さんなの。私たちおかしな組み合わせですわねえ」

亜沙美は、名刺を見て、ころころと笑った。

「どうしておかしいんです？」

「だって……イベント屋にリゾート屋なんて。あまりにも当世風。その二人が飛行機で隣り同士になるなんて、やっぱりおかしいわ」

（なるほど……）

と、本郷は思った。

イベント屋とリゾート屋が、たまたま羽田発のビジネス飛行機で隣り同士で乗り合わせるのも、いかにも時代の様相の一端といえる。

本郷は槇亜沙美とひとしきり世間話をしたあと、シートに深くもたれて少し眠った。その間じゅう、亜沙美の身体から匂ってくるムスクの香水の香りが、鼻先に漂っていた。

日本エアシステム331便は、その日の午後一時三十分、大分空港に着陸した。

「空港からはバスですか？」

亜沙美に聞かれて、

「ちょっと、別府に用事がありますから、レンタカーにするつもりです」

と、本郷は答えた。

「そうですか。じゃ、私は会社の人とバスで参りますから、これで失礼します」

「またどこかでお会いするかもしれませんね。お元気で」

本郷と亜沙美は、空港ロビーで別れた。

本郷は、空港の近くでレンタカーを借りると、グリーンのシルビアを駆って、別府にむかった。別府には、まゆみが待っていた。

まゆみはいとこにあたる親戚の娘の結婚式で昨日のうちに帰省し、今日は式場にあてられている別府の臨海閣《りんかいかく》ホテルのレストランで本郷と落ちあうことになっていた。

式は午後四時からだそうで、それまで二人は海の見えるレストランで軽い食事をした。

「もう少ししたら父もこのホテルに来るはずだけど、会う……？」

「いや、こんなところで慌《あわ》ただしく会うのはやめるよ。あした湯布院のほうへゆっくりご挨拶《あいさつ》に伺《うかが》うつもりだ」

「そうね。そのほうがいいかもしれないわ」

「じゃ、先に湯布院に行っておくから。まゆみは今夜、ぼくの旅館に来るかい？」

「行きたいのは山々だけど、家の行事があるでしょ。明朝、迎えに行くわ。あしたはゆっくりできると思うから」

そのほうが本郷もほっとする。

せっかく、遠くまで来ているのだから、本郷とてたまには一人っきりになって、女っ気なしで湯につかってみたいのである。

「じゃ、日が暮れないうちに――」

「運転、気をつけてね。別府からやまなみハイウエーに登る間、坂が多くて七曲がりだから、事故を起こさないで」

「ＯＫ、気をつけるよ」

本郷はそれからドライブマップを買って運転席に収まり、湯布院にむかった。

なるほど、別府を出て鉄輪《かんなわ》温泉をすぎ、峠をこえるまできつい坂道の連続だが、その先は快適な高原ハイウエーであった。

湯布院には、夕方五時すぎに着いた。

湯布院には霧がよく似合う。周囲を九重の山々に囲まれた美しい盆地なので、その盆地に薄むらさきの霧がかかると、峠をこえて来た旅人の眼には、まるで湯の里全体が、眼下に湖が静まっているかのような錯覚を起こすのである。

予約していた宿は、森に包まれていた。

夕食後、風呂に行った本郷は、脱衣場で脱いで外の露天風呂につかろうとした時、あっと足を止めた。

露天風呂は、宿の裏手の森にむかって作られている。自然の谷あいを利用しているので、木が枝を差しかわし、落ち湯のところから白い湯気が湧いて、一面、霧がかかったようである。

本郷はその落ち湯の手前で湯につかろうとして、男女の秘声を耳にして、はっと息をのんだのであった。

「ああん……駄目ええ」

霧の中から、女の甘え声。そうして抱き合っている男女のシルエットが、湯気のむこうに生々《なまなま》しく見えたのである。

(新婚夫婦……?)

はじめは、そう思った。

（それとも、不倫密会旅行？）

もっとも、女の声の感じからして、若いアベックのようではある。

いくら深夜の混浴露天風呂だからといっても、温泉は自分たちだけのものではない。

それなのに、抱き合っている若い男女の気配に、本郷は恥ずかしいようで、悪いようで、逃げ戻ろうかと思った。

しかし、裸になって湯につかったばかりなので、あわててあがると風邪をひきそうだ。

本郷は静かに肩まで、湯につかった。

自分の存在を無視されたような腹立ちも手伝い、いっそ居坐ってやろうかと思ったのである。

「ああん……感じるわ」

いやでも声がきこえる。男が女の乳房を、口に含もうとしたからであった。

二人は、湯につかって抱き合っていた。

湯は浅いので、胸から上が見える。

女の白い裸身が、風呂の中で動くたび、豊かなお湯が湯壺の縁から、ざぶざぶと外に流れだしている。

小さな波が、本郷のほうに伝わってくる。

（気がつかないのだろうか……？）

と、本郷は考えてみた。

そんなことはない。本郷がはいってきたことは、明らかにわかっているはずなのだ。

「ねえ、もう出ましょうよ」

「まだ体が暖まっていないよ。いい湯じゃないか。ゆっくりはいってゆこうよ」

男は言いながら、改めて左の乳房を揉みながら、首すじにキスをしている。

「ああ……こんなところで……いやッ」

女は両手を泳がせて拒否しているようだが、その声は甘え声となっていて、心からいやがっているふうではない。

湯の中で、男の右手はもう女の股間に伸びているようでもあった。

(傍若無人《ぼうじゃくぶじん》なふるまい。お湯でもぶっかけてやろうか)

そう思いながら、しかし一方では、できるだけ水音をたてずに静かにして、そっと覗きつづけていたい気もするのである。

(覗きの心理とは、こういうものかな)

(おや……?)

本郷はますます驚いた。

いつのまにか露天風呂の二人は、岩陰で立ちあがって抱擁しあっているのであった。

むろん、裸。接吻《せっぷん》している。それだけではない。本郷はふと、そのアベックの男の股間に眼を移した。

男のペニスがそそり立ち、女の子の下腹部にぶつかっているのが見えたのであった。

「いやん。あたるわ……」

女の白い手がのびて、そのペニスを握っている。二人は接吻しながら、傍若無人にも岩陰で相互愛撫をしはじめたのであった。

「お行儀がわるい坊やだわねえ。タカシのジュニア」

「どうしても友江《ともえ》の中にはいりたいと言ってるよ、ここもほしいと言ってるじゃないか。ほらほら――」

男の片手が女の股間をさぐっていた。

下から指を突っこんで、もう秘唇の中にくぐりこませたところらしく、女が腰をゆらめかせている。湯の中だけに、軽いのぼせも手伝って、若い女は早くも陶然《とうぜん》となっているようであった。

たまたま、その露天風呂にはいりあわせた本郷は、身の置きどころがない。静かな湯の里の風紀を乱す不届きなカップルだ、と怒りたい気もするし、興味津々《きょうみしんしん》。じっと覗いていたい気もする。

いや、もっとはっきりいえば、傍《そば》に隠れているだけで、自分が何か悪いことをしているようで、ドキドキしているのである。

そのうえ、困ったことに本郷の分身は、混浴露天風呂の男女の愛情行為を見て、いやが上にも張り切って、湯の中で勃起していた。

(ああ、困ったぞ。これじゃ、湯壺の外に出ることもできないじゃないか……)

本郷の困惑をよそに、岩陰の二人はますます過激になってゆく。

「友江、ほら、足をあげて」

男は女の片脚を岩の上に持ちあげていた。

立ち割りでもするつもりのようだった。

女のヘアが湯に濡れて、海草サラダのようにべったりと、陰阜にへばりついているのが見えた。男がそれを梳《す》くように掻き分け、指を使っていた。

「ね、入れてみようよ」

「いやん。こんなところでは、ダメよ」

男の指は、打ち重なった可愛い肉の花びらをこじあけて、分身を収めようとしているところらしい。抗《あらが》っていた女が、突然、

「ヤーッ」

身をよじるような声をあげ、

「無理よ。無理よう……」

「もう少し、脚をあげて」

両者の調整する気配も束《つか》の間《ま》、

「う、ううーッ」

女が胸をのけぞらせて、呻《うめ》いた。

とうとう、没入したらしかった。

いよいよ岩陰に立ったまま、二人は本番になだれこんでいるのであった。

「感じるかい？」

男が訊いている。

「知らない」

「正直に言えよ。すごーく、刺激的だろ。どうだい、これは」

岩陰である。湯の中で男が、若い女の子を抱いて、腰をうごめかせているのであった。

「ああ、いやン。あンあン」

女の子が、男の首に両手をまわして、猫が鳴くような声をあげている。

「変よ、露天風呂でやるなんて」

「だから、面白いのさ。どう？　これは」

「あ、バカ、バカ、バカッ」

どういうペニスの動かし方をしたのか。女の声が一段と高くなる。相当、いやらしいねじりでも入れたのだろうか。

「あ……ダメダメ……そんなに強く動いちゃ、抜けるわ」

ひとしきり、二人は傍若無人なふるまいに及びながら、ふざけあっているのだった。

一体、どんな神経をしているのだろう。

本郷がますます困惑して、湯にのぼせそうになって我慢していると、やがて岩陰の二人に、ぴたっと声がとぎれた。

二匹の絡まりあった蛇のように、うごめくだけになった。

当事者の気分は、深まった様子である。

そうなると、ますます気になる。

そっと、中腰になって窺《うかが》い見たくなる。

——と、その時であった。

ポチャン、と湯の音が響いて、

「あッ……」

背後で小さな悲鳴があがった。

振りむくと、若い女性が一人、タオルで前を隠して露天風呂に入って来たところであった。その女性も、岩陰で営まれているアベックの本番行為を目撃して、度肝《どぎも》をぬかれて、驚きの声をあげたらしかった。

しかし、もう湯に片脚を入れていたところだったので、引っ込みがつかない様子。一瞬後、彼女は岩陰のアベックをすっかり無視する気持ちになったようで、そろそろと湯壺の中に身を沈めている。

「ふうッ……いいお湯」

一呼吸ついた時、本郷と眼があった。

「おや？」

「まあ――」

顔を見合わせた瞬間、二人とも呆気《あっけ》にとられ、言葉もなく、最初とはまったく別の驚きに見舞われていたのであった。

――それもそのはず。女は、飛行機の中で出会った槇亜沙美であった。

ずい分、妙なところで再会したものである。

「宿は、ここだったんですか？」

本郷はやっと、かすれた声をだした。

「ええ。あなたこそ」

亜沙美も声をつまらせていた。

「それにしても……」

決まり悪そうに、もじもじしながら、亜沙美は眼を岩陰のほうにやった。

「凄いアベックですわねえ」

「ええ、まったく――」

「先刻から？」

「……らしいですね。ぼくも今、気づいたところですが」

いくら何でも、ずっと前から覗き見をしていた、とは本郷は恥ずかしくて言えはしない。

しかし、それが取り繕《つくろ》いであることくらい、むろん亜沙美にはわかっていたはずである。

「でも、よろしいじゃありませんか。お若いんでしょ、きっと。あの二人」

「はあ。しかし、いくら何でも」

「最近、露天風呂に水着ではいる風潮があたり前になっていますが、あれこそ、変ですわ。プールじゃあるまいし、それに比べ、あの二人のほうが案外、自然だと思いますわ」

「はあ。そんなもんでしょうかねえ」

本郷は、豊満な亜沙美の乳房がはっきりと目について、眼のやり場がない。亜沙美の股間のヘアは、さすがにタオルでそれとなく隠されてはいるが、どうかすると、ゆらいでいる黒い藻《も》のようなものが、水底《みなそこ》に見えたりするのだった。

「まあ、お元気そう」

亜沙美が悪戯《いたずら》っぽく笑った。

「本郷さんのシンボル」

「え？」

　タオルで隠してはいるが、そのタオルが勢いよく盛りあがっているのは隠せない。

　亜沙美は案外、どぎついことを平気で言う。イベントプロデューサーという商売柄、トレンディーガールとして結構、場数も踏み、翔《と》んでる女なのかもしれない。

　そう思うと、本郷は少し安心した。そうして同時に、本郷の意欲も湧いてきて、本郷は湯の中で身体を少しずらせて、近づいた。

　亜沙美は本郷の後ろに寄り添った。

　背中が、ふれそうである。

　そうやって、樹間《じゅかん》の月を見あげた。

　本郷は肩のあたりを、ぴたっとつけた。

　亜沙美は、はっとしたようであった。

　身を固くするのが、わかる。だが、そこから離れようとはしない。顔は相変わらず、男女のほうにむけたままであった。

　岩陰の男女は、もはや声もたてず、抱き合ったまま、佳境に入っている。

　本郷は、無言で亜沙美のほうをむき、そっと肩を抱き、首筋に唇をあてた。

　亜沙美は、あ、と小さな声をあげた。

本郷は、彼女の胸を隠したタオルの中に、右手をすべり込ませた。

指先が乳房に、直接触れた。

ぬめるような雪白の素肌をしていた。

「ああ……いけないわ……本郷さん」

亜沙美はその手を押さえた。拒絶するふうではない。

事態をそれ以上、進展させたくはないが、しかし、その手の感触はいつくしみたい、という強い押さえ方であった。

心持ち、顔を上むける。

露天風呂の上空で、差し交《か》わした木の枝ごしに、皓々《こうこう》とした月が輝いている。

何ともロマンチックな風情《ふぜい》に、本郷はますます猛るものを覚え、後ろから抱くような形で亜沙美を抱いて、乳房を揉みながら、耳朶《みみたぶ》に唇をあてた。

「ダメ……ダメ……本郷さん……人が来ると恥ずかしいじゃありませんか」

「もう他人はいますよ。むこうのアベックだって、ほら、やってるじゃありませんか」

本郷がそちらをむいた時、岩陰で立ち割りをしていた若いアベックは、とうとうクライマックスを迎えたようであった。

「アッ……アッ……タカシ、ゆくう……」

女の子が胸を反らせて、男の首に両手をまわして、のぼりつめた声をあげている。

一瞬後、二人はシーンとなり、それから本郷と亜沙美のカップルに気づいたように、

「あらッ、私たち見られてたのかしら」

女の子が取ってつけたような嬌声をあげ、

「もう、ふらふら。のぼせそう。あがりましょッ、タカシ——」

ザブザブ、と湯を分けて、男の手をひいて脱衣場のほうにあがっていった。

何ともはや、傍若無人な振る舞いである。

あてられて、本郷が一瞬、ひるんだ隙に、

「ふう。やっと静かになったわねえ。……いいお湯……」

亜沙美はそう言って、本郷の手を逃れ、手足をのばした。

ふわふわと湯の面《おもて》に浮かぶタオルを、本郷は奪った。

「あら？」

「困る？」

「いいえ」

両手で胸を抱いた。

しかし、股間を隠すものがなくなって、亜沙美のヘアが黒々と藻のように、湯の底で揺れているのが見える。

「毛並み、素晴らしいんだな」

「エッチなこと、言わないで」

亜沙美が身をよじって、くるっとむこうむきになった。

本郷はひるむことなく、その肩を抱き、

「ね、ぼくたちもあの連中に負けないようにさあ。浮気しようよ」

「浮気だなんて……。奥さん、いるの？」

「いないよ。しかし、あなたはもしかしたら、人妻かもしれない。そんな気がする」

「私は花の独身よ。トレンディーガールのつもりだけど」

「じゃ、トレンドしようよ。露天風呂なんて最高」

——本郷はじとっと、迫った。

湯に浮かぶ雪白の亜沙美の肩に手をかけて、ふりむかせ、キスをしようとすると、

「ああ、お願い……。私を困らせないで……」

亜沙美はすっと顔を横に動かして、最後の抵抗をみせた。

でも、身体は逃げてはいない。

本郷はどうにも、このすれすれの局面を乗り越えないことには、気持ちの収まりようがないので、引き退がりはしない。

顎《あご》のところに指をかけて、こちらを向かせる。桜色に上気したその顔が湯に濡れ、月光に照らされて、冴《さ》え冴《ざ》えと美しい。

化粧を落としているから、飛行機の中で見た印象より少しおとなしいが、素肌の照りがあって、かえって生身の女を感じさせる。

「んン……！」

唇をふさがれて、彼女は呻いた。

本郷は亜沙美を抱いて、接吻をつづけた。

裸同士のすれすれの〈危ない関係〉も、とうとうそこまで、一線を越えたのである。

本郷はさらに進んでみようと、指を亜沙美の股間にのばして、秘所に触れた。

茂みの下に、ぬるりと濃い愛液があふれている。

「ああ……だめッ……！」

悲鳴のような声が、噴いた。

亜沙美は苦しそうに身をよじって、湯の中で本郷の手を摑んだ。

「ね、お願い……そこまでにして」

肩で、喘いでいる。

「でも……それじゃ、殺生ですよ。ぼくの、ほら」

亜沙美の手を導いて、触れさせた。

本郷の股間のものはさっきから、灼熱《しやくねつ》の欲望の形をとって、猛っていたのである。

「まあ。すごーい」

亜沙美はいっそう、声を弾ませた。

「触ってると……くらくらするわ」

言いながら、亜沙美は上手に、分身の形状をたしかめるように握りしめたり、根元まで擦《こす》ったりしている。

――相当なトレンディーガールである。

「わかるでしょ。このままでは、ぼくのタフボーイがかわいそうですよ」

「そうね、かわいそう。私のもほしいと言ってるのよ。でも……でも……こんなところでは、いかにも……」

「いいじゃありませんか。さっきのアベックのように」

「私……この町では少しは顔を知られているのよ。あとで妙な噂《うわさ》、たてられたくはないわ。ね、あとにして」

亜沙美は、耳に口をあて、

「お願い。お部屋、教えて」

――本郷は、自分の部屋を教えた。

「阿蘇《あそ》の間。わかりますか」

「ええ、わかるわ。あとでこっそり忍んでゆくから、鍵《かぎ》、あけといてね」

4

静かだ。

湯布院は日本で一番静かな温泉場かもしれない。本郷が泊まったその宿は、部屋の一つ一つが別荘風に独立した森の中に配置されていて、団体旅行や職場旅行のバヵ騒ぎとは異質な、自然とふれあう新しいリゾート空間を構成しようとしているのである。

(そんな中で、おれは生臭くも、亜沙美の女体を待っている。バチがあたるぞ……)

本郷は静かな部屋の中央に坐って眼を閉じ、山の音を聞いている。

ふだんは都会の喧噪《けんそう》の中でリゾートビジネスに走りまわり、そうでない時は女性の桃尻ばかり追いかけまわしているようだが、本郷とて真底では、山の音やせせらぎの音には、深く心を寄せて、理解するのである。

……と、その静寂に足音が重なり、部屋の外で人の気配がして、廊下で止まった。

すっと、障子《しょうじ》が開いた。

香水の匂いが漂ってきた。

湯上がりのみっしりと重い女の気配が、部屋に滑《すべ》りこんで戸がきっちりと閉められた。

本郷は、まだ眼を閉じている。

本郷の左肩の横に、女が膝をついた。

温かい女の指先が、肩に触れてきた。

「ね、何を考えてるの?」

声はむろん、亜沙美である。

「眠ってはいないんでしょ?」

「坐ったまま眠るほど、ぼくは聖人君子じゃありませんよ」

「じゃ、何、考えてるの?」

そう聞かれても答えられる事ではない。

露天風呂では猛っていた意欲も、こうして部屋に戻って一人でいる時間を置くと、少しは冷静になって、心配事が芽生《めば》えたのである。

それは飛鳥まゆみのことであった。

(まゆみの郷里まで来て、こんなことをしている。たまたま飛行機の中で出会った亜沙美という女と寝ようとしている。もし露見したら、まゆみは怒るに違いない。そうしたら、まゆみの父を味方につけようというおれの将来のリゾート戦略が、足許から崩れるかもしれないぞ。危ない、危ない……)

そう思いながらも、しかし亜沙美の匂いを傍に嗅《か》ぐと、本郷の気持ちはまた猛る。

「ねえ。黙ってちゃ、つまんない」

亜沙美の手が、本郷の浴衣の襟《えり》を押し広げて、肩や胸にすべってくる。

「凄い筋肉。すてきよ」

亜沙美の唇が、チュッとつけられる。

本郷は、眼を開いた。

顔の上に、亜沙美の顔があった。

うるおいのある瞳が、本郷を見おろして、誘うように笑っている。

宿の浴衣を着ていた。乳房がのぞいている。口紅を塗り直した唇が、ぽってりと潤って、美麗な形と匂いを放っていた。

「ね、どうしたの？　先刻の勢い」

本郷はやにわに、その亜沙美を抱いて、夜具の傍に押し伏せていった。

——六畳ほどの部屋に、緋《ひ》の布団《ふとん》がのべられてあった。

枕許に水差しが用意され、これも枕許におかれたスタンドライトの淡い灯《あか》りが、室内を艶《なま》めかしく染めている。

本郷はその夜具の傍に、亜沙美を押し伏せて、物狂おしく接吻していった。

「ああ……本郷さん」

亜沙美も激しく応《こた》えた。

もうこうなったら、自制心はきかない。

本郷は、勢いに委《まか》せることにした。

大胆にうねる舌を抜けるほど吸うと、ううッ……と呻きながら、亜沙美の膝が崩れて、浴衣の裾が割れてゆく。

太腿も開き、よじれてゆく。

亜沙美は浴衣の下には、何もつけてはいなかった。火照《ほて》る素肌があるだけであった。接吻しながら、片手を太腿の奥にのばし、毛むらの下をまさぐると、亜沙美はそこを呆《あき》れるほど濡らしていた。

「うれしいな。亜沙美さん、ひどく濡らしてますよ。ここ」

「でしょ。さっきの露天風呂、強烈だったんだもの」

「ぼくもそうですよ。ほら」

本郷は勢いよく勃起したものを、亜沙美の下腹部にぶつけてみた。

「ああん……」

亜沙美は身をよじった。

本郷の右手は、その間にも働いている。うるおいの中に指を漬《つ》け、クリットのほうにすくいあげるようにして指を使う。

「ああッ」

亜沙美はここちよさそうな声をあげ、自ら股を開いて、腰をくねらせた。

浴衣はもう、乱れ放題である。

しかし、まだ帯は解かれてはいない。

本郷は、その帯を解いた。

浴衣はもう、はらりと脱がれてゆく。

亜沙美の艶《つや》やかな光沢の肌が現われ、淡い灯りを吸って、全身が妖しく息づく。

亜沙美の恥毛をかきあげた。

すでにうるみを噴《ふ》きこぼした膣口をさぐりあて、すべるように侵入させた。

息を弾ませ、腰をくねらせていた。

「あぁッ……」

亜沙美は声を発した。

身体を震わせて、胸を反らせる。

「ねえ、ほしいわ。ちょうだい」

ほしがる亜沙美に、本郷はじらすように囁いた。

「飛行機の中の亜沙美さんて、お澄まし屋で、すてきでしたよ。その手で、ぼくのを握ってほしいな」

「いや、淫乱のように思われるもの」

「淫乱こそ、当世トレンディー女の証明ですよ。ほらほら」

手を導いてあてがうと、

「もう、いやッ。いじめないで」

言いながらも握ってきて、亜沙美は、

「まあ、お元気――」

いよいよ位置をとって本郷に貫かれた時、亜沙美はおかしなことに、

「ごくッ」

という喉音をたてた。

それから結合が完成すると、亜沙美は、

「ああ――」

という長い溜め息のような声を洩らした。

「切なそうな溜め息だね」

本郷は収めてから、言った。

「だって、待ちきれなかったんだもの。あの露天風呂から、ずっと」

亜沙美の女体の中は、思ったよりゆるやかで、成熟した感じだった。

でも、感度はいい。溶けきったバター壺のような感触で、ねっとりと本郷のものに絡みつくのであった。

本郷はその中を突き進みはじめた。

抽送するにつれ、

「あッ……あッ……」

喘ぐ亜沙美は、でも、本郷の背中に両手をまわしはしなかった。

それより、本郷が自分の上体を支えるためにシーツに直角に立てている両の腕を、しっかりと摑むのだった。

そこを支点としたほうが、身体をきつく密着させるより、下半身が自由に動く。

本郷が女体の深みを突きうがつたび、亜沙美の下半身は野放図にうねくるようになり、

「いっちゃうよお」

喉もとを反らせる。

汗の匂いと牝《めす》の臭気が深まるにつれ、女孔がしだいにきつく締めつけるようになった。

「あたし……あたし……いっちゃうよう」

締まる秘肉にむかって、本郷は情容赦なくダッシュをかけた。

「いやっ、いやっ……ヘンになっちゃう」

亜沙美はもう、爆発寸前だった。

本郷も彼女の乱れ方のスピードに引きずられて、危うく弾《はじ》けそうになったので、

「ヤバい。爆発しそう。出して……いいんですか？」

スペルマのことを聞いた。

（枕許に、その用意はない）

「いいわ、大丈夫よ。安全日だから、押しかけて来たのよ……遠慮なく、出して」

——本郷はやがて亜沙美を峠まで追いあげ、深々とリキッドを発射した。

裏の暖流の音が不意に高くなったと思ったら、いつのまにか熱情が終わって、部屋はシーンとなっていた。

そうしていつのまにか、本郷は眠ってしまったようである。

夜中に喉が渇《かわ》いて眼を覚ました時、布団の中に亜沙美の姿は、もうなくなっていた。

枕許の電気スタンドの傍に、

「——とてもすてきな夜をありがとう。東京に帰ったらお電話ください。湯布院でのビジネスの成功を祈ります」

優しい女文字で、そうあった。亜沙美という女が、どこやら湯布院の森の妖精であったような気がしないでもなかった。

5

「おはよう」

「ああ、おはよう」

翌日九時に、飛鳥まゆみが旅館まで、車で迎えに来てくれた。

「よく眠れた？」

本郷に聞く。

「うん。まあね」

本郷は、亜沙美とのことが発覚しはしないかと冷や汗たらたらで、返事もそこそこに、車に乗りこんだ。

「何だか元気がないみたいだけど」

「うん。あまり静かすぎて、ゆうべはよく眠れなかったんだ。都会人というのは都会病に冒されていて、自然の中ではかえって、落ち着かないもんだね」

「そういう人間にこそ、リゾート生活が必要なのよ。山の空気を吸えば、すぐ治るわ。助手席の窓、あけたら？」

ありがたいことに、まゆみは少しも疑っているふうではなかった。

まゆみは車をスタートさせた。

これから町はずれの、山の手のほうにある飛鳥家に案内するのである。

湯布院という町は、由布院《ゆふいん》温泉と、湯平《ゆのひら》温泉とが合併して、二つの文字を組み合わせてできた町である。町内には古い温泉旅館が三十二軒もあった。

由布院駅から金鱗湖《きんりんこ》にかけて、大小の旅館や民宿が散在し、観光辻馬車がのどかに走っている。金鱗湖畔には、茅葺《かやぶ》きの共同浴場があり、近くの温泉の湯が流れる川では、里人たちが洗濯している風景も見られる。

盆地を囲む山々の中で、ひときわ高く偉容を誇っているのが、由布岳である。標高一五八四メートル。八合目から上はほとんど露出した火山性の岩々で、男性的だ。

飛鳥まゆみの家は、その由布岳のほうに登る途中の高原地帯にあるらしかった。

「父があなたに会うのを楽しみにしているわ。フィーリングがあえば将来、何か一緒に事業をしていいとも考えているようよ」

「ありがとう。ずい分、ぼくのこと、吹きこんでくれたんだな」

湯布院には、キリシタン大名で有名な大友宗麟《おおともそうりん》がこの地を支配していた頃からの旧家や、郷士の家がいくつかある。

まゆみの家も、そのひとつであった。

由布岳を背にして、盆地を見おろすなだらかな傾斜地の石垣畑や、森が点在する地域に、その広大な屋敷はあった。

敷地が三千坪、建坪はゆうに三百坪はあろうかという大きな家であった。

高い石垣をめぐらした上に、築地塀《ついじべい》をめぐらしているので、どうかすると、お城のようにさえ見えるのであった。

「すげえなあ。まゆみは、こんな家に生まれたのか」

「末っ子で、じゃじゃ馬。こんな山奥の田舎《いなか》暮らしがたまらなくて、東京の短大に入学したのが運のつきよ。とうとう貫太郎さんのいる会社に就職しちゃったんだから」

まゆみの家に着いた。

「どうぞ、あがって」

まゆみが本郷を、広い屋敷内に案内する。

古格《こかく》を残す玄関をはいって、長い廊下を歩いている間にも、宏壮《こうそう》な庭園が見えた。

庭には築山《つきやま》があり、池があった。枯山水《かれさんすい》の石組みがあり、石灯籠《いしどうろう》があった。池には尺以上の緋鯉《ひごい》が泳いでいた。

「やあ、いらっしゃい」

まゆみの父、飛鳥栄太郎《えいたろう》は、奥の二十畳敷の広い座敷に悠然《ゆうぜん》と坐って、待っていた。

栄太郎は骨格のたくましい、頑丈な体軀《たいく》を持っていた。口許をぐっと閉じて、射《い》すくめるように本郷を見ている。

正確には言わないが、おそらくは数千ヘクタールであろう九州の山林地主であり、幾《いく》つかの製材工場や、地場産業の会長をしているそうである。

「娘から聞いております。将来のリゾートビジネスに、この湯布院あたりを大変、可能性のある地域だと着目しておられるとか」

「はい。私が申すまでもなく、湯布院はもう色々なイベントや湯の里として、注目されておりますが、将来は九重高原一帯や阿蘇とネットワークを作って、九州全体の臍《へそ》として、もっともっと発展するのではないかと思っております」

「ふむ。うれしい観測ですな。私もそうありたいと、念願しています」

栄太郎は、満足そうに眼を細めた。

「しかし、断わっておきますが、私たちはこの静かな湯の里を、白亜の巨大マンションや観光ホテルで埋めようとは思いません。リゾート開発といえば、やたらホテルやゴルフ場やテニスコートを作ることだと考えている人間が、今の世の中、多すぎる。でも本当はそうではない。リゾートという語源は、〃人と人とが出会う〃という意味でしょ。文化的香りのする、長期滞在型の、本当の人生の憩《いこ》いの場を作る——地中海クラブも、サホロも、ラングドック・ルションも、本物はみんな静かなところでしょう？」

おや、と本郷は思った。

湯布院まで来て、リゾート開発の本質についてご高説を拝聴しようとは思わなかった。

たしかに、これからのリゾート開発には、二通りある、と本郷は考えている。

巨大ホテルや高層リゾートマンションなど、いわば容《い》れものを先に建てて、客を呼ぼうとする方法を、ハードウエア先行型という。そしてこれは、手っ取り早いが、古い。ちょっと景気の波が去ったり、客が来なければ、建物内はがらがら、閑古鳥《かんこどり》、という危険もある。

それより、〃太陽と砂浜〃、〃温泉と森〃、〃ワインと音楽〃など、地域ごとの特性や自然、歴史的遺産などを生かし、その立地条件にマッチした静かなペンションン村やログキャビン村を作り、音楽や演劇などのイベントを組み立てながら、若い人からフルムーン世代まで受け入れる長期滞在型の静かなリゾート地を作る方法が、ソフトウエア型である。

そして、これからは、この方法による多様な展開のほうが、危なげなく発展するのではないかと、本郷は思うのである。

「生意気ですが……」

本郷は、自分の意見をのべた。

「湯布院はハードウエア型の開発をするより、ソフトウエア型に徹するべきだと思うんです。しかし、阿蘇、九重、高千穂《たかちほ》を含めて中九州全体を考えると、やはり要所要所にはハードウエア型の観光ホテルもリゾートマンションも必要だし、大都市からジェットヘリで客を送りこめるヘリポートや、諸々《もろもろ》の交通アクセスも必要だと思います。そういうアーバンデザインを、どう組み立てるか。地図を睨んで考えると、どんどん夢が膨らんできて、九州は実に大いなる可能性を持ったリゾートアイランドのような気がします」

「ほう。なかなかの思い込みですな」

「はい。それはもう――」

本郷はこの際とばかり、九重、阿蘇、湯布院を結ぶ自分流の高原の森リゾート基地開発のプランを語りまくった。

すると、栄太郎が、

「それは、あなたの会社のお考えですか？　それとも、あなたご自身のお考えですか」

「はい。箱根、伊豆方面中心だった北急も最近、このあたりの開発に乗りだしております。私は今回は、その出張で来ております。しかし機会があれば、会社とは別途、私は自分でそのような個性的な事業をやってみたいと、念願しております」

まゆみがそこにビールを持参した。

「あらあら、お話ばっかり」

「いや、実に面白い。本郷さんはなかなか気骨のあるお人じゃ。おまえが惚《ほ》れたのも無理はないな」

栄太郎は眼を細め、まゆみと本郷を交互に見比べたあと、

「私も実は、いずれ、相続税対策のために、製材工場や土木だけではなく、面白い事業に投資したいと思っています。そのうち、本郷さんの考えるリゾート開発とやらの、相談にも乗りましょうかな」

それから三人は、話がはずんだ。

一時間ぐらいして、廊下の障子があき、

「あなた、お客様ですよ」

栄太郎の妻の初枝《はつえ》が、来客を知らせた。

「あ、そうだったな」

思いだしたように栄太郎が、

「私にはちょっと、客が来ています。娘の部屋でゆっくりしていってください。いずれまた、本郷さんとは九重開発の件で、ゆっくり話し合う機会をもちましょう」

「はい。よろしくお願いします」

本郷が座敷から立ちあがって、廊下に出ようとした時、その障子が開いて、一組の男女がはいって来た。

女のほうを見て、本郷はあッ、と声をあげそうになった。

女も本郷を見て、あッと小さな声をあげた。

はいって来た女は、槇亜沙美であった。連れの男は、役場の人間のようであった。

「まあ、こちらでしたの？」

「ええ、お先に――」

廊下に出た時、まゆみがぎゅっと、本郷の腕をつねった。

「さっきの女性、サンプランニングの槇さんでしょ。あなた、どうして知ってたの？」

「飛行機の中で隣り同士だったんだよ」

「ホント？」

「ウン。名刺を交換して世間話や、仕事の話をしたがね」

「ホントに、それだけ？」

「いやだな。どうして、そう変な眼で見るんだ？」

「だってあの女《ひと》、すごーく色っぽい眼で、あなたを見てたもの」

（危ないな。亜沙美の宿泊先を調べられると、ゆうべのことがバレてしまうぞ）

本郷は、心配になってきた。それで急いで、

「まゆみ。ゆうべはおれ、一人寝で淋《さび》しかったんだよ。やまなみハイウエーをドライブする前に、ちょっと——」

長い廊下の途中にあった手近の障子を開き、まゆみを誘いこんだ。

「まあ、昼間っから？」

「きみだって、ゆうべは淋しかっただろ」

男はいつもずるい手を持っている。女の機嫌をとって局面を糊塗《こと》するには、なしくずしに身体を繋ぐのが一番であった。

幸い、部屋は小ぢんまりした客間だった。座卓の傍に、座ぶとんが重ねられていた。

その座ぶとんの上にまゆみの尻を乗せ、押し倒してスカートに手を入れ、キスをしながら熱い手でまさぐりはじめた。

「まあ……せっかち」

まゆみはでも、うれしそうに応えてきた。

雪見障子のガラス窓から、庭が覗いていた。あとはシーン。一面、青畳の世界でスカートをめくると、熟《う》れた女体の肉感性がもろに感じられて、本郷はそそられた。

実はゆうべの今日では回復力に懸念があったのだが、まゆみの内股に刺激されて、それはもう杞憂《きゆう》となっていた。

パンティーをおろすと、恥毛が現われた。

指をすべりこませると、潤っている。

本郷はその女体を、熱心に愛撫した。

「あッ……あッ……声が出そう」

「だめだよ。声を出しては」

本郷は言いながら、位置をとった。

まゆみは股を大きく開いた。本郷は荒々しい気分で、その両腿を肩に担《かつ》いだ。

まっ昼間の肉唇が、花のようにうごめく。

本郷はそこに、タフボーイをあてがった。

本郷の猛りは、亀頭で秘孔の肉を左右に押し分けながら、一気に根元まで没入した。

「あ――、あン……」

まゆみは喉がつまったような声を出した。

かなりの激しさで、突いた。律動し、出没させた。荒い気分になっていた。まゆみは声をくぐもらせながら、昇りつめてゆく。

——翌日から二日間、本郷は九州での仕事を終え、水曜日に帰京した。さいわい、槙亜沙美との秘密は、東京に戻るまで完全に保たれたようであった。

九章　悪女の手口

1

――九州から戻った翌週、本郷は久しぶりに帝国銀行の会長令嬢、九頭竜沙也華と会った。

「まあ、ここが……？」

沙也華が珍しそうに、室内を眺めまわしている。

どうということはないラブホテルの一室である。しかし、大銀行会長のご令嬢、九頭竜沙也華にとっては、初めてのところらしいのである。

「私、一度はいってみたかったのよ。こういうところ。……まあ、こうなってるのね」

鏡の間。

円形ベッド。

明るさが調節できるシャンデリア。

激しいファックシーンのつづくアダルトビデオ……見るもの聞くもの、沙也華にとってはどれも初めてらしく、嬉々《きき》として飛びまわっている。

「まあ、ずい分、便利なのねえ」

感嘆しきりの沙也華を抱き寄せて、本郷は唇を吸った。甘やいだ声を洩《も》らして沙也華はもたれかかり、本郷の首に手をまわし、舌を絡《から》めはじめた。

沙也華の首筋から、甘いケーキのような匂いがのぼり立つ。本郷は肩を抱いていた片手を、背中から尻のほうにおろした。ふっくらとした沙也華の尻を、野蛮《やばん》な力をこめて、ぎゅっと引き寄せる。

「ああん……」

沙也華が鼻声を洩らした。

下腹部がぴったりと合わさり、本郷の昂《たか》まりが強く、沙也華の恥骨を押したのだった。

「そこ、響くわ。そんなふうに押されていると、立っていられなくなる……」

鏡の間の円形ベッドの傍《そば》であった。抱き合って接吻《せっぷん》しながら、恥骨をこすりあわせているうち、沙也華の身体《からだ》は重くなってきた。

「ねえ、ベッドに……寝かせて」

本郷は円形ベッドに寝かせた。

そうしてすぐ、脱がしてゆく。

（――間にあってよかった。長いごぶさただったが、沙也華はまだ怒り心頭、というほどではなかったからな）

本郷は沙也華の女体《にょたい》を裸にしてゆきながら、内心、ほっとしていた。

九州・湯布院から戻って、一週間がすぎている。本郷にはまた東京でのリゾートビジネスの日々が続いているが、その週の火曜日、九頭竜沙也華から電話がかかってきて、

「お見限りね。たまにはお食事でもつきあいなさいよ」

松尾専務からきつく言い渡されていた〝特命任務〟のお相手であった。沙也華は何しろ、北急のメーンバンク帝国銀行の会長の一人娘であり、機嫌を損じてはならないのである。

赤坂のホテルレストランでの食事後、

「あたし、ファッションホテルというのにはいってみたいのよ」

さすがにラブホテルという言い方はしなかったが、その注文に応じることになった。

今、沙也華は円形ベッドに、ついに輝くような白い女体を現わした。さぐると、薄物一枚のハイレグパンティーの端から、柔らかな穂先が指に触れた。

布切れの端から指を入れた。

「ああん……パンティーが食いこむわ」

指はもう熱く潤《うるお》う部分に届いていた。

沙也華のパンティーは、黒絹のハイレグ。端から柔らかい恥毛の穂先がはみだしていて、本郷はその薄い布きれを端からたぐりこんで、指をぬかるみの中に入れた。

「ああん……そんなところから訪問するなんて、ルール違反よ」

指は動きだすにつれ、ぬかるみの中を泳ぐ感じになった。

そうなると絹地はもうべっとりと濡《ぬ》れて、半分以上が割れ目に食いこんでしまった。

ハイレグの水着やパンティーの淫《みだ》らさは、はいたまま女孔の中に指を入れたり、場合によったら男根を挿入したりできるところであろう。

本郷はそのエッチな秘密の味覚を楽しみながら、かたわら沙也華の豊かな乳房に頬《ほお》をすりつけ、乳首を口にふくんだ。

いったん唇にはさみ、それからちょっと吸いこむようにして、舌の先でつついてやる。

とたんに、ぶるっと身を震わせ、

「ああッ」

と、沙也華が声を洩らした。

本郷の指が、くぐりこんだ秘唇の中を丹念に耕すにつれ、沙也華はますます感電したように震えはじめ、

「ああ……ああ……」

熱い溜め息を繰《く》り返す。

「意地悪……紐《ひも》を……ほどいて」

沙也華は苦しげに訴えた。

紐というのは、黒絹のパンティーの腰で結ばれている紐のことだ。腰骨の上にちょこんと、蝶《ちょう》のように止まっているのが結び目である。

本郷は、その蝶をほどいた。

はらりと、ヴィーナスの布きれが落ち、包まれていた秘苑は露《あら》わになって、そこから蝶が舞いあがった感じ。

沙也華の太腿《ふともも》は、むっちりと白い。茂みは艶光《つやびか》りする黒毛が陰阜《いんぷ》にたなびき、恥丘は高い。

そのヴィーナスの丘の高さはいかにも羞恥《しゅうち》と淫蕩《いんとう》さを漂わせて、男心をそそるようで、本郷はそこにキスを見舞いたくなって、ぱっとその両足を開かせようとした。

「いやん……」

ぴっちりと閉じられる。

狼狽《ろうばい》したような声であった。

本郷とは二度目でも、やはり、女の宇宙を割り開かれるような恥ずかしさを、覚えるものらしい。

本郷は一計を案じた。沙也華のお臍《へそ》の穴。そこに指を突き入れて、びっくりさせたはずみに、ぱっと強引に両下肢を開いた。

「あっ」

と、叫び声があがった。

本郷は顔をもう、ヴィーナスの丘に伏せていた。伏せて、ぬるりとあふれ出るものの中を、舌で掻《か》きあげている。

「ああン……」

甘い、うっとりした声に変わった。

沙也華はもう股を閉じようとはしない。両手がシーツを引っ掻きはじめていた。

真珠をソフトに攻めた。

谷間にふくらみを増した肉真珠を舌で刺したり、かき回したり、跳ねたり、楽しく勝手放題なことをやっているうち、

「ああん……ああん……」

泣き声のような沙也華の甘い、うっとりした声がつづいた。

沙也華は感覚に没頭していた。

本郷はこの際にこそ、失点をとり返しておこうと、沙也華の白い肉体を円形ベッドに引き据《す》え、深窓《しんそう》のご令嬢の女体にこれから半月分のしあわせ感をいっぱい充電させておいてやろうと、特命好色任務に励んでいるのであった。

本郷の舌先は、蝶のように舞い戯《たわむ》れる。

肉真珠だけではなく、秘唇にも果敢にくぐりこんで、また新しいラブジュースを汲《く》みだし、誘いだしているのであった。

そうさせながら、沙也華はしあわせそうに、あばれていた。声であばれ、手であばれ、表情であばれている。沙也華はその全身に、桜吹雪《ふぶき》を浴びるような、手の泳がせ方をした。

鏡に、その裸身が映《うつ》っている。

「ああ……ああ……」

喘《あえ》ぎながら、沙也華は酔った。

いやいや、と脚を揺すったりした。

軽いオルガスムスの波が、どこからともなく鳥のように舞い降りてきて、不意に沙也華の全身を襲った。

「ああッ……ゆくううう」

沙也華は突然、背中をのばしてブリッジをつくると、腰を突きあげて、硬直させたのであった。

その瞬間を、本郷は医学者のような眼で、しっかりと覗《のぞ》きこんだ。

沙也華の太腿は、左右に開かれ気味になっている。沙也華のクレバスはその瞬間、咲きくずれた真紅色《しんこう》の楕円形《だえん》の、一輪の花に変わっていた。

花の中央に窓があった。

その窓から、あたたかい蜜液がとめどなく、あふれ出ていた。

その窓は今こそ本当に、受け入れるべき肉根を求めてうごめくように、ゆるゆると開いたり、閉じたりしていた。

試みに本郷は、薬指を一本、そこに突き立ててみた。

「あぁッ」

沙也華がのけぞった。

きゅっと膣口が締まったのであった。

指は肉びらのあわいに、締めつけられ、その隙間《すきま》からじゅっと洩れるものが光った。

「いやん。遊ばないで」

――いい眺めだな……。

本郷は気持ちの上で軽く満足して位置を解き、今度は伸びあがって、沙也華を横抱きにして、額《ひたい》に軽くくちづけをする。

「すてきな露がこぼれてたよ」

「ヤーね。覗いてたでしょ！」

叱《しか》るように見つめた濡れた瞳が、不意にいとおしくなって、本郷はその顔を両手ではさみ、今度は唇にキスをした。

沙也華はうっすらと、目を閉じて接吻に応じた。

「匂い、しない？」

「するする。ラベンダーのような甘酸っぱい香り」

「あなたの……女性自身の匂いだよ」

本郷は熱烈クンニを終えたばかりだから、その言葉に嘘《うそ》はない。女臭は、なかなか消えはしないものである。

意味がわかって、

「わッ、ヤーだッ！」

沙也華は顔を赤くして、怒ったように身悶《みもだ》えをして、顔を離した。

その沙也華に押しかぶさる。

腰を打ちつけると、猛《たけ》っていた。

「今度は……触って。ぼくの、ほら、元気でしょ」

沙也華が、そっと触りにきた。

「わっ、すっごーい」

本郷は分身のみなぎり方が、今夜はとくに調子がよいことを感じた。

そこで面白半分に、押し伏せた沙也華の乳房の間をそれでこねくりまわした。

先っぽで、乳首をいたぶった。張った乳房の裾野《すその》から、突き立てたりした。

「わッ。くすぐったい」

そうやってふざけあう二人の姿が、まわりの鏡に映っていた。

若い二匹の雌雄《しゆう》のけものたちのようであった。

本郷は、小柄な沙也華を抱きあげ、ベッドの上にあぐらをかいて坐り、膝《ひざ》の上に乗せた。

沙也華の女は、潤んでいた。

潤みっぱなしだった。

「このまま入れてもいいんだよ」

「ええッ、そんな方法もあるの？」

「座位っていうんだ。女のほうからまたがったら、入っちゃうよ。腰をほら、少し……」

本郷の指導を受けて、沙也華が腰を浮かして股を開き、跨《また》がり直すと、お互いの性と性が結ばれ合うように、焦点を定めつつ位置を決めた。

「そっと、ぼくに抱きついて」

沙也華の女が、本郷の男にあたり、うごめき、収まりはじめる。

「ああ……やっと」

沙也華が、熱い吐息を洩らした。

ゆっくりとはいっていった。抵抗がない。なめらかにすすんで、安定した。

直後、温かく濡れた圧力が分身をしっかりと押し包み、女体のどよめきが感じられた。

沙也華はやり方を習得したように、本郷の首に抱きついて、ゆっくりと動きだした。

小さく進んだり、大きく動いたりした。深く押し込んで、押しつけながら、ああッ……

と、沙也華は大きな声をあげた。

その姿勢だと、毛と毛がこすれあっているのが見える。艶やかな剛毛と、すこし柔らかい縮《ちぢ》れ目のヘア。一本、一本、草結びができそうなくらい、入り混じっている。

「あふっ、あふっ」

と、沙也華が揺れる。

上下に動くたびに、揺れるのであった。

沙也華は漕《こ》いでいた。

あぐらをかいた本郷の膝の上に、またがっている。

二人は座位で繋《つな》がっていた。

沙也華は目をあけていることができないようだった。すぐ正面にむきあう本郷の顔も眩《まぶ》しいし、まわりの鏡も眩しい。そんな具合であった。

うっとりと閉じた瞼《まぶた》。まつ毛が震え、小さな、可愛《かわい》らしい鼻孔が戦《おのの》いている。

「ねえ、いいの？」

「ああ、いいよ、とても」

「あたしもよ、すごーく安らかで、全身から蝶が舞いたっているような気分」

漕ぎながら、ゆらゆらと上体を揺らすたび、結ばれたところで深く感じるらしく、唇から訴えるような喘ぎが洩れた。

本郷の背中へ回した手に力が加わり、爪《つめ》が肌に食い込んでくる。痛いほどである。

反りかえった喉の線が艶《なま》めかしい。

ふっと、そんな沙也華が眼をあけた。

「ずっと──」

沙也華が突然、そう言った。

「ずっと私、貫太郎さんとこういうことをしていたい」

「ああ、悪くないね。ぼくもそう思うよ。夜はこれからだから、まだいっぱい楽しめばいい」

「そんなんじゃない。今夜だけじゃないのよ。ずうっとよ、ずうっと……」

「あまり欲張りなこと言われても、困るなあ」

「欲張りじゃないわよ。誰でもがしていることでしょ」

「そりゃ、まあ」

「あたしたち一緒に暮らせば、いつもやれるでしょ。ずうっと──」

「ええッ――？」

　本郷はびっくりした。

「どういうこと？」

「会社の偉い人に聞かなかった？」

「何を？」

「父にそれとなく伝えていたんだけど」

（や……や……危《やば》いぞ）

――本郷はしかし、素知らぬふりをして、

「どういうことでしょうね」

「あなたさえよかったら、私をお嫁さんにもらってほしいんだけど――」

「ええッ！」

大仰《おおぎょう》に驚いたふりをしたのも、半分は本当に、驚いてしまったからである。

　沙也華はあまりに重大なことを、行為のさなかに口走ったりしているが、沙也華と結婚する、ということは、北急のメーンバンク帝国銀行の会長、九頭竜寛平の一族と、婚姻関係を結ぶということである。

　金融界だけではなく、政財界にも幅広い傘を広げる九頭竜家の閨閥《けいばつ》にはいる、ということである。

正直のところ、本郷は舞いあがるほど、うれしかった。

しかし、そんな大それた僥倖《ぎょうこう》がそう簡単に実現するはずがない、とも言いきかせている。

女性はおおむね、行為中は正常な判断力を失って、そのことだけに夢中になる。

そして今、繋がっている男だけが、世の中のすべてだと思い込む癖がある。

(私をお嫁さんにして……)

沙也華が口走ったのも、半分は、そういう刹那《せつな》的な、衝動的な言葉だと、本郷は差し引いて考える冷静さをもっている。

また仮に、沙也華の気持ちが本心であっても、一介のリゾート企業の営業マンと、その企業のメーンバンクの会長令嬢とが結婚できるなんて。そんなシンデレラボーイが誕生するはずがない、とこれも醒《さ》めた感覚が、冷静に否定している。

(おれは沙也華のお守《も》りをしているだけなんだ……それだけなんだ……)

しかし……しかし……ひょうたんから駒。男女の仲ばかりは、どう転ぶかわからない、という期待も一方ではあった。

さりとて、今、繋がれているこの沙也華を何が何でも籠絡《ろうらく》して、九頭竜財閥の中にもぐり込んでやろう、というほどの野心はない。

それよりも、本郷は本郷なりに、別の方向で自分のやりたい仕事もあるし、野心も、人生のプランもある。万一、沙也華と結ばれた場合の、その世界との整合性を考えると、やや鬱陶《うっとう》しい思いもあるし、今すぐホイホイと、沙也華の希望を叶《かな》えてやろうという気持ちには、なかなかなれないのであった。

「出戻り娘はお嫌い……？」

沙也華が、両手を本郷の首にまわして聞いていた。二人はまだ、座位で繋がりあい、睦《むつ》みあっているのだった。

「いいえ、そんなことじゃない。何て言うのかな、ともかく、今夜の沙也華さんはどうかしていますよ。こういう重大なことは、もっと冷静になって考えるべきだし、そう急いで結論をだすこともないでしょう」

「ええ、それはわかってるわ」

沙也華が、こっくりとうなずいた。

「貫太郎さんのセックス、とってもいいんだもン。あたし、涙が出そうなほど、うれしいのよ。それで、今のうちに率直《そっちょく》な気持ちだけは伝えておこうと思って」

「ええ、ありがとう。お気持ちは大切に胸にしまっておきます。――でも今夜はそんなことより、もっと楽しまなくっちゃ」

本郷は沙也華の臀部《でんぶ》の下に、両手をまわした。少し持ちあげ気味に腰を浮かして、下から強いカウンターパンチを打ち込んだ。

「ああッ」

のけぞる沙也華の臀部から、内股のほうに手をまわしてゆく。

ぐっしょり濡れたままの秘部に、本郷の指がさしこまれ、うごめきだすと、白い尻の肉を震わせ、沙也華は喘いだ。

「ああ……ああ……意地悪ッ……あたしに……いやらしい味をいっぱい教えるのね」

きゅっと、手がはさまれた。

「もう辛い。貫太郎さん、上になって」

そういうことならと、貫太郎は繋いだ、そのままの姿勢で沙也華をベッドの上に押し倒していった。いつのまにやら座位を解いてベッドに仰臥《ぎようが》させた沙也華の双脚を開き、挿入したまま、仕上げにかかっていることになる。

「あっ……」

沙也華は身体をうねらせた。

通路の内側は、蜜液でいっぱいだった。

本郷はゆっくりと出没運動をはじめた。

「うっ……」

白い喉を見せて、沙也華は大きくのけぞる。

「気が遠くなりそう……」

沙也華は自分の秘孔の中に、ミミズをたくさん飼っているようだった。本郷の出没運動がすすむにつれ、その飼われたミミズたちが賑《にぎ》やかにざわめきたち、うごめきたってくる感じなのである。

「ああ……好き虫が……好き虫が……私の中でうごめいてるわ」

いつかと同じようなことを言った。

「わかるのかな？」

「わかるわ……わかるわ……この好き虫が、毎晩、私を眠れなくさせるんだもの」

出戻りとはいえ、まだ花の二十七歳。沙也華の情況はかなり、危うい。

本郷は、沙也華の秘孔の奥深くで反乱を起こしてうごめく虫たちを突き潰《つぶ》し、平定する勢いで、巨根を出没させた。

「あッ……あッ……あッ……」

沙也華は悩ましい乱れ方をみせた。

その白い沙也華の肉体が、鏡に映って妖しくゆらめいている。匂い立つ女体からは、たくさんの蝶が舞い立ち、鏡の中で光のように舞っているようであった。

光に色があるわけではないが、虹みたいな色が、沙也華の身体から昇り立っているようであった。その虹は、沙也華の白い肩から、背中から、乳房から舞い立って、彼女は今、とめどない虹色の感覚に没頭していた。

(――今夜は、凄い収穫があったことになる。沙也華から先に求婚されるとは思わなかった。これも、女殺しの逸物《いちもつ》のおかげかな)

本郷はちらとそんなことを考えた。

結婚など、まだ本郷のプログラムにはない。しかし近い将来、その門前にさしかかった時の、選択肢の一つに、こんな贅沢《ぜいたく》な女性もいる、というのは、大変な僥倖だと思った。

本郷はそれで、ますます張り切った。

攻め込むにつれ、

「あぁッ」

連続して高い声をあげていた沙也華の声が、突然、きこえなくなった。

沙也華がシーツに顔を埋めたのである。ねじむける恰好《かっこう》。声まで殺そうとしている。

本郷は沙也華の腰を抱いて、自分も発射寸前になって、リズミカルに動いた。

また突然、沙也華の声が噴《ふ》きこぼれ、高くなった。シーツに顔を埋めているのが、苦しくなったようである。

「なんだか……なんだか……変よ」

――それからほんの一瞬後、沙也華はヒューズをとばして、女としてのしあわせの瞬間を獲得したのであった。

2

翌日の午後、本郷が出先から戻ると、松尾専務から電話がかかってきた。

「本郷君、いるかい」

「はい。何か」

「ウン、ちょっと役員室に来てくれないか」

三階の役員室に行くと、松尾専務が一人で待っていて、ソファに導いた。

「ま、そこにかけたまえ」

「はあ」

本郷がソファに坐ると、

「来月、うちの超目玉となる伊豆・堂ケ島《どうがしま》マリーンホテルをオープンすること、知っているね？」

「はい。知っております」

「あのホテルを、どう思う？」

「素晴らしいと思います。現在のところでは、日本が誇る最高のレベルの、マリーンホテルのスタイルではないかと、秘《ひそ》かに誇りに思っております」

本郷は、自社のことながら、上層部がいたく力を入れている事業なので、半《なか》ばゴマをすった。

堂ヶ島マリーンホテルというのは、北急が七月の夏休みに合わせてオープンするもので、一つの岬全体を敷地とした国際級のリゾートホテルである。

本館部分は八階建てで、二百二十室。温泉浴場、プールなど、スポーツ施設はもちろんのこと、敷地内に洞窟風呂、洞窟カジノ、洞窟バー、星屑《ほしくず》レストラン、プライベートビーチ、ヨットハーバーなどを持つ独自のスケールを誇っている。

客室はすべて、海にむかって展望がいい。部屋の広さも、一般シティーホテルの五割増の広さ。営業用の一般客室が半分であり、あとの半分はメンバーズルームとなっている。

「ふむ。きみもそんなに画期的なものだと誇りに思っているかね？」

「はい。堂々たる設備で――」

「うむ、そこさ。問題は」

と松尾専務がにべもなく言った。

「実はな、あそこは建物は立派だし、設備も立派だ。洞窟風呂や星屑レストランなど、新機軸も多い。しかしいずれも装置や容れ《い》もの、つまりハードウエアばかり立派で、中身のソフトがない。ソフトが、ね。え、そうは思わんかね？」

「はあ。ソフトと言いますと？」

本郷はわざと不勉強な聞き方をした。

「大勢の滞在客を入れて、一定期間、どう楽しませるか。海も自然も、魚もある。しかしそれで客を放っといていいというんじゃ、キャンプと同じだ。昼は昼、夜は夜で館内にどのようなイベントを作って、心暖まるもてなしをどうするか。そのへんのソフトのプログラミングが、イマイチ足りないんじゃよ」

「なるほど、地中海クラブのような、イベントですね」

「そうさ。社長もその点において、いたくご不満でな。来月のオープンにむけて、もう少し気の利《き》いたイベントや行事を考えろ、という命令なんだ。きみ、だいぶ各方面の勉強もしているようだが、何かいい知恵があったら、私にそっと具申《ぐしん》してくれないかね」

松尾専務は、オープン間近の伊豆・堂ケ島マリーンホテルのイベントを考えてくれ、と本郷に依頼した席で、

「実はな、七月末のオープンの際、フランスの提携《ていけい》会社オペル社の社長が来日して、わが社の事業ぶりを視察するそうだ。それでね、社長がいたく気になさって、フランスの地中海クラブあたりに負けないシステムを何か考案してくれ、と役員会で大号令をかけられたんだよ」

松尾専務は部下の本郷にむかって、率直にそういう内輪話《うちわ》を打ち明けるのであった。

「すると、一つのレストランシアターのステージで、どういう催し物をやるかという単純なことではなく、クラブ運営のシステム全体で斬新《ざんしん》なイベントを考えろ、ということです

ね？」

「そういうわけさ。今はもう容れものを作っただけでは、ダメな時代なんだ。現在の日本の経済力と企業競争力をもってすれば、ハイテクを駆使した立派なホテルや建物ぐらい、どんな山奥にもすぐにできる。問題は、その中身だよ、中身」

松尾専務によると、堂ヶ島マリーンホテルのソフトウエアの開発については、デザインから設計施工、竣工《しゅんこう》にまで漕ぎつけた担当部署だけではなく、営業部、企画開発部、宣伝部、現場従業員までも含めて、社内外からそのアイデアを公募して、大いに腕を競わせるのだという。

いわば、競争入札。そこで営業担当重役としては面目を施《ほどこ》したいから、ひとついい知恵を絞《しぼ》ってくれ、と松尾はわざわざ、本郷を呼びつけてハッパをかけたのであった。

（ふーん、重大な局面だな）

と、本郷は直感した。

（社運をかけた事業なら、ここで完成度の高い、きちっとしたシステムを開発すれば、社内での決定打間違いないな）

本郷はそう考えているうち、脳裡《のうり》にぱっと閃いたものに、気づいた。

（そうだ。イベントプロデューサーの槇亜沙美を抱きこもう……！）

そういう思いつきであった。

湯布院で出会った槇亜沙美なら、東京でイベントスクールまで経営しているプロダクションのディレクターだから、何かいい知恵が湧《わ》くに違いない。

本郷はそう思いつくと自信が湧き、

「わかりました。近日中に、わが営業三課を代表して絶対の自信作を考えて、専務にご提案します」

「うむ。そうしてくれ、頼むよ」

本郷が立ちあがると、

「あ、それから……」

松尾専務が呼びとめた。

「今日、帝国銀行幹部との定例昼食会で、会長にお会いしたよ。何でも、お嬢さんがきみをいたく気に入ってるそうで、病気も癒《なお》り、会長も愁眉《しゅうび》を開いておられたようだ。本郷君、これからもひとつ、よろしく頼むよ」

役員室から戻って早速、本郷は槇亜沙美に電話をした。

亜沙美は、九段《くだん》のオフィスにいた。

「まあ、お元気？」

「もちろん、元気印。湯布院では大変、お世話になったので、お礼をしたいんだけど、一杯飲みませんか？」

「早速のラブコールなんて、うれしいわ」

亜沙美はセクシーな声をあげた。

「ラブコールには違いないけど、ちょっと仕事の相談もあるんです。今夜あたり、どう?」

「ええ、結構よ」

思いたったが吉日《きちじつ》である。

二人のタイミングも合ったので、その夜、本郷と亜沙美は上野《うえの》・池之端《いけのはた》のカフェシアター「銀河《ぎんが》」というところで、落ちあうことになった。

その場所は、亜沙美が提案した。

「そこのステージに、スペインのジプシーの踊り子を三人、うちから送り込んでるのよ。今夜あたり、そのフラメンコの腕前を品定めにゆく予定だったので、もしよかったら、そこでお会いしませんか?」

そういう具合になったのである。

最先端の仕事をする亜沙美のイメージからすると、原宿《はらじゆく》、青山界隈《かいわい》のトレンディー通りがイメージにぴったりで、上野というのはちょっとピンとこなかったが、下町というのもウォーターフロントとともに、今やトレンディー街として、商売の対象になるのかもしれない。

3

その夜、本郷は約束の時間に行った。

上野・池之端とはいえ、そこはもう湯島《ゆしま》に近い場所であった。

大通りに面したそのビルを見あげた時、あッと、本郷は思った。

地階と一、二階がスナックや酒場やカフェシアター。三階以上がどう見てもファッションホテルという構造であり、なるほど、若いアベックが酒場で飲んで、食事して、そのまま、エレベーターで密室にゆける仕組みである。

(ははーん。親切にも亜沙美の魂胆、そのへんにあったのかな)

店は地下一階で、ほぼ満席だった。

亜沙美はすでにステージの近くに席をとって待っていた。

「ハーイ、こちらよ」

軽く手を振った。本郷はその席に坐るなり、亜沙美の耳に口をよせて、

「安心したよ。ここなら酔っ払っても、すぐ二人のベッドにありつけそうだね」

すると亜沙美が、ぎゅっと太腿をつねり、

「やーね。私、お仕事でここに来ているのよ。誤解しないで」

しかし、本郷の太腿をつねった亜沙美の手の感触は、むろん、本郷の観測があながち間

違っていないことを伝える感触であった。

二人はそれから、ワインをとった。

「で、相談って、なあに？」

本郷は飲みながら、伊豆・堂ケ島マリーンホテルにおける総合イベントシステムを開発しなければならないことを打ちあけ、亜沙美のノウハウを貸してほしいと、協力を頼んだ。

ほの紅《あか》い照明に映しだされたステージでは、スパニッシュギターに合わせて、三人のジプシーが男性舞踏手とともに、フラメンコを踊っていた。

亜沙美の会社が、本場のグラナダから呼んだだけあって、なかなかのものであった。

卓上でワイングラスを握っている亜沙美の手をそっと握り、指と指を絡め、本郷は熱心に頼んだ。

「ね、協力してほしい。きみのアイデアがほしいんだ」

亜沙美は相談に、乗ってくれた。

「おたく、GOは何人ぐらいいるの？」

「ゴー？」

「ええ。バカンス村に常駐していて、ふだんは食事時に客の話し相手をするコンパニオン。時間になるとショーもイベントも、スポーツのアシスタントもやるプロフェッショナルたちのことだけど」

亜沙美によると、GOというのは、「ゼネラル・オルガナイザー」の略である。「親切な組織者」となろうか。ホテルの従業員でありながら、たとえば音楽ではピアノ、ギター、ボーカルなど、それぞれなにか一つのプロであり、スポーツでは乗馬、テニス、水泳、アクアラングなどのインストラクターの資格を持つ女性や若者たちのことである。

「残念ながらわが社のリゾートには、まだそのようなプロ級の美女や若者たちはいませんね」

「大北急なのに、遅れてるわねえ！」

亜沙美はばかに辛辣《しんらつ》な感想をのべた。

「洞窟バーからプライベートビーチまで持つ堂ヶ島くらいのマリーンホテルなら、GOシステムぐらいは早晩、作らないとダメじゃないの。ヤング対応と国際化ができないリゾートには、未来はないわ」

「なるほど。しかし……」

しかし近い将来はともあれ、本郷にとってはあと一カ月以内に、どのようなステータスイベントを作るかである。

「GOシステムや壮大なバカンス村構想はあと回しにして、とにかくあと一カ月以内に、あそこに見合うルックスの高いコンセプトはできないだろうか」

「そうねえ。現場を見てはいないけど」

亜沙美はそれから堂ヶ島の内部設備など色々聞いていたが、二十分もしないうちに、パチンと指を鳴らした。

「それなら、いけるわ。コンセプトは全部、私に委《まか》せなさい。美人GOガールを二十人、若者GOボーイを二十人、完璧《かんぺき》に揃《そろ》えてリースしましょ。そうしてオープンの時には、五百羽の鳩を飛ばし、館内レストランにはモーツァルトの室内楽、洞窟バーではタヒチとハワイのトロピカルショーをやり、酔族館では海底式ガラスプールの中で全裸美女たちの悩殺シンクロナイズをお見せしながら、客たちにワインやトロピカル・カクテルを振る舞う……」

あれよあれよという間に、洪水のようにアイデアがあふれてきたのであった。

「じゃ、一週間以内にGOシステムのリースなど、すべて含めたプログラム、作ってくれるね?」

「ええ、見積りも作ってみせるわ。私のプロダクションに委せといて」

亜沙美はキッパリ引き受けると宣言した。

「それから……貫太郎さんの立場、私にもうすうす見当がついてるのよ。仮にその計画が成功しても、すべて社外の人間がやったとなると、あなたの社内評価は、あとひとつ、パッとしないことになるわね」

「う……うん。ま、他人の知恵を借りたとなると、そういう問題があるね」

本郷は一番心配していたことを先に言われて、いささかうろたえた。

「ご安心なさい。こういう手を使えばいいわ。――いいこと、このプラン、社内的にはすべてあなたが企画立案したことにして、計画書を提出して、役員室のＯＫをとればいいでしょ。そうして、さて実行となると、北急で全部まとめてやると、コストが高くつくので下請けに出すという空気を醸成《じょうせい》する。下請けなら、一番安心できるわがサンプランニングに――という段取りをとるのよ。そうすれば、最終的には私がやっても、結果的にはあなたがすべて企画立案して実行したことになるでしょう」

（うーん、うまいな！）

本郷は、感心しながら、

「万事、そう願えると、ありがたいね」

「委せといて。それから……」

亜沙美が本郷の顔を覗きこみながら囁《ささや》いた。

「もし堂ヶ島が成功したらの話だけど」

「うん……何だい……？」

「堂ヶ島だけではなく、北急には全国に三十六ものオーナーズホテルがあるでしょ。これから、ますます各種イベントのニーズが高まると思うけど、その際にはぜひ私を指名してね」

（ちゃっかりしてやがる……）

しかし、需要と供給が一致して、双方がプラスになることなら、ビジネスは損ではない。また、これからのイベントコンセプト作りにおいて、槇亜沙美の人脈とノウハウは、大いに役に立ってくれそうであった。

「じゃ、話はそれぐらいにして……」

その夜、本郷が思う存分お返しをしようと、亜沙美を伴って上層階の部屋にむかったのは、いうまでもない。

十章　恋人交換の夜

1

オリエンタル産業の中原涼子から電話がはいったのは、その週の木曜日であった。

「貫太郎さん、お電話」

受話器を差しだしたまゆみが、眼の端で睨《にら》んでいる。

「久々、彼女からよ」

「彼女って、誰？」

「オリエンタル産業の――」

「ああ、中原さんか。失礼なことを言うなよ。中原さんは大事な取引先の社長室秘書だぞ」

本郷が受話器に出ると、

「お久しぶり。お元気？」

「ええ。忙しくやっています」

「早速だけど、社長が今週の日曜日に、箱根に招待ゴルフがあって行くそうなのよ。その際、例の件、ジョイントできないだろうか、というご意向ですが」

例の件、というのは、オリエンタル産業の社長・東田泰助と中原涼子を、ペアで北急の箱根リゾートホテルに招待することである。〝成約御礼〟の意味もあったので、本当はもっと早く実現させなければならなかったのだが、双方のスケジュールの都合で、のびのびになっていた懸案の行事であった。

「日曜日が招待ゴルフだとすると、土曜日の夜は空《あ》いているわけですね?」

「ええ、そういうことになるわね。箱根なら午後のロマンスカーで行けば、その夜はひと晩、温泉につかってゆっくりできるでしょ。社長はいつぞやの契約が上々でご機嫌をよくしていて、また何か貫太郎さんにお願いがあるそうよ」

「うれしいお誘いですね。早速、こちらでホテルなどご手配いたしまして、もう一度、お電話さしあげます」

「楽しみにしているわ」

中原涼子は意味ありげに言って、

「じゃあ、お電話、お待ちします」

本郷は今、伊豆・堂ヶ島マリーンホテルのオープンを控え、目玉イベントのコンセプト作りに忙しい。しかし土、日曜なら、時間がとれないわけではないし、何より、オリエンタル産業の東田社長との約束は、急いで実現しなければならなかった。

オリエンタルの東田には、三カ月前、会社ぐるみで北急のリゾートクラブに入会してもらって、一億円以上の大口のオーナー会員券を購入してもらっている。

その後、リゾートマンションやホテル建設における資材調達分野で、北急はオリエンタル産業から各種建材を仕入れるなど、事業提携《ていけい》も順調に進んでいるのであった。

（今度また、何やら話があるらしい。あの二人は、大事なお客様だ。しっかりもてなさなくっちゃならないな）

本郷は早速、芦ノ湖《あしのこ》に近い自社の箱根レークサイドホテルに電話を入れて、ロイヤルルームを二室、キープし、ロマンスカーの手配もした。

「さて、同伴女性を誰にするか？」

東田泰助には、旅先で発揮する隠れた性癖《せいへき》があった。

それは、スワップであった。

その願望をも、満足させてやらねばならない。

（さて、誰をつれてゆくか？）

本郷が迷ったのは、事の性質上、飛鳥まゆみや谷崎美由貴は、正直のところ、つれてゆきたくはない、という本音が、隠れているからであった。

東田のおめがねに適《かな》い、そのうえ、そうした複数プレーを気軽にできる女性——となると、案外、難しい。ゆきつけのスナックやクラブのホステスなど、幾人《いくにん》かの顔を思い浮かべた。

しかし、いずれも帯に短しタスキに長し。少なくとも、口も眼も、あそこも肥《こ》えている東田の食欲をそそる女であることが、第一である。

(そうだ……!)

と思いついたのは、総務課のプレーガール、姫野亜希であった。

彼女なら、社内の名花。その上、スタイルも抜群。東田はころっと参りそうである。

それに亜希なら、遊び心がわかる女だ。いつぞや本郷は、彼女から酔狂なパンツ泥棒の被害に遭《あ》っている。

こうだった。資料室でのまゆみとの社内情事を目撃され、そのうえ、落とし物のパンツまで拾われてしっかり隠され、

「パンツを返すから、そのかわり、噂《うわさ》の業物《わざもの》を私にも試させて——」

と、なかば脅迫まじりにホテルインを強要されたのであった。

(あの遊び心があれば、大丈夫!)

昼休み、本郷は亜希を食事に誘った。

「まあ、貫太郎さんがお昼、奢《おご》ってくれるなんて、どういうこと?」

社の近くのカレーハウス「華麗屋《かれいや》」の特別室に坐るなり、亜希が興味津々《きようみしんしん》という顔をむけた。

「うん。たまには亜希ちゃんとロマンスカーで箱根に旅行したいと思ってね」

本郷は、〝箱根スワップ旅行〟の企《たくら》みを、ありのまま、話した。

「へえッ！　箱根でスワップやるの？」

「しッ、大声出すなよ。社内にはマル秘。しかし、会社のためにもなるシークレット旅行だよ。万事、悪いようにはしないから」

「面白そう。つれてってえ」

亜希は、無邪気に承諾《しようだく》したのであった。

「だって、貫太郎さんとも久しぶりなんだもの。あの味わい、忘れられないわ」

亜希は夢見るような眼になっている。

本郷の女殺しの業物、ずい分、罪つくりのようではある。

それはともあれ、当日は晴れて気分のいい土曜日だった。午後四時発のロマンスカーで四人は顔をあわせた。東田は道具別送のゴルフ旅行の恰好《かつこう》で、英国紳士ふう。早くも、姫野亜希の胸許《むなもと》や下腹部のあたりに好色そうな、気懸《きが》かりな、熱い視線を送っている。

2

――新宿駅午後四時発の、箱根行き小田急《おだきゅう》ロマンスカーは、ホームをすべりだした。

本郷たちの席は、展望ラウンジ。二人掛けのシートを一つむきあわせて、四人一組の空間を作っていた。

今日の目玉、姫野亜希は澄ましていた。

ロングヘアに超ミニのボディコンスーツ。長身でもあり、しとやかそうでもあり、若さ溌剌《はつらつ》の美人でもあるので、車内でも目を惹《ひ》く。

どうかすると、オリエンタルの秘書、中原涼子よりも若くてスタイルがいい分、中年男の気持ちをいたく騒がせる存在であった。

本郷はわざと、亜希を横に坐らせ、いかにも自分の彼女、というふうに慣れ慣れしくふるまっている。

本郷には、下心がある。

その本郷の下心どおりに、亜希を見る東田泰助の視線に、ますます好色なものが揺れていた。

ダックスの上衣を着て、イギリス紳士然とした東田は、最初は気まじめに、

「いやあ、きみ。驚いたねえ。中原君を通じてきみから、リゾート物件を焚《た》きつけられた

時、本当をいえば、わしにはまだピンとこなかったんだ。日本人にはまだ贅沢《ぜいたく》すぎると思っていたくらいさ。それなのに、あれから半年も経《た》たないうちに、世の中、あっという間にリゾートブーム。避暑地や海辺や温泉地に、別荘やマンションの一つも持たないことには、国民として恥ずかしいくらいの妙なブームが巻き起こっている。正直、早く手当てをしておいて、得をした気分だよ」

「はい、おかげさまで――」

「いやいや、おかげはこちらさ。きみのおかげでわしは社員に対して、鼻高々だよ。ブームの前に買ったので、安く会社の福利厚生施設ができたといって、役員室や経理の連中も、大喜びしているよ」

「はい。それはもうすべて、東田社長の先見の明でございまして」

本郷はどこまでも、低姿勢である。

「それにしても、こうなるとわしにはまた欲が出てきてな」

「はい。どういうことでございましょうか」

箱根スワップ旅行を持ちかけてきた以上、東田はきっとまた、大口商談をもってくるに違いない、と本郷は睨んでいたが、そのとおりに展開しているようである。

だが、東田は真面目な話よりも、亜希のことが眼について仕方がないらしい。

亜希が長い脚を組み替えたりすると、思わず眼がそちらに吸い込まれている。膝小僧《ひざこぞう》の奥を覗《のぞ》こうとする視線が、焼けただれるように熱くなっていた。

（しめしめ。試みは大成功だぞ）

いまや東田の視線は、本郷と話している時でも本郷に三分《ぶ》、亜希に七分の割合で注《そそ》がれているのである。

「社長、ほら、例の件、早く本郷さんにご相談なさったら」

中原涼子が何事か横あいから、上手に東田を焚きつけてくれている。

「うん。そうだったな」

東田泰助が身を乗りだす。

「たとえばここに、まとまった会社の余剰金があるとする。将来の含み資産にするため、都内の土地をずい分、物色したんだが、例の異常高騰《こうとう》の後、都内ではもう高すぎていい出物《でもの》はない。株に運用しようにも、今の乱高下では、近い将来、暴落する予感もして、あまり安心もできないしな。この際、いっそリゾート物件を幾つか、社内資産としてキープしておいたほうが、目先はともかく、長期的な展望に立つと、将来芽が出るんじゃないかと、中原君はすすめているんだがね。どうだろう、見通しは？」

「はい、それはもう。社長さえお望みなら、今のうちにわが社の、将来性のある未発表物件をしっかり厳選して、お勧め品のメニューをお作りいたしますが」

「ほう、儲《もう》けそうかね」

「いえ、リゾート物件はすぐに儲けるというものではありません。ブームに踊らされると、失敗します。なにしろ、立地、市場性、交通アクセス、その地域の将来性など、ものによってずい分、条件に左右されますから。その点、わが社のセレクトした物件ですと」

「なるほど、儲けそうだというんだね」

「はい。長期的な観点に立つと、それはもう間違いなく、損はさせません」

会社の税金対策のための含み資産にするぐらいだと、相当な金額が動くに違いない。

本郷は、その手の資産運用にも、相手に絶対に損をさせないよう、上手に運用してやることを信条としている。

「じゃ、近々、中原君を通してまた世話になると思うから、よろしく頼むよ」

東田泰助は、そう言った。

――水割りを飲みながら、そういう話をしているうちにも、ロマンスカーは箱根湯本《ゆもと》に着いた。

そこから箱根レークサイドホテルまでは、タクシーである。

改札口を出て、タクシー乗場に行く途中、亜希と涼子は仲よく売店に立ち寄っていた。

その際に、東田が本郷に顔を近づけ、

「キミの、これか？」

と、小指を立てて訊《き》いた。

姫野亜希のことであるらしい。

珍しく東田の顔から、ふだん冷静で犀利《さいり》な経営者の顔が消えて、下卑《げび》た年寄りの素顔がのぞいていた。

男の真の威厳は、好みの女を眼前にした時に決定されるといっていい。

作りものの威厳など、その場でもろくも砕けてしまう場合が多いのである。

そうでなくても、男は新しい女性に目移りするものである。

東田泰助の心は、今日はもう秘書の中原涼子より、鮮度の高い姫野亜希のほうに、完全にむかっているふうであった。

「白状したまえ。キミの、これか？」

また小指を立てて、訊いた。

「いえ、とんでもございません。彼女はわが社の名花。ぼくなどはまだ指一本、触れてはおりません」

本郷は大真面目である。

「本当かな？」

「本当ですとも」

言って、「お気に召しましたか？」

「ああ、気に入ったどころではない。きみねえ、私に先にあの子を回してくれんかい」

男同士ともなると、お互い、ずけずけと核心に触れることを言うものである。

「はい。それはもう、社長ほどの御艶福家《えんぷくか》なら、安心して委《まか》せられます。姫野君は身持ちの堅い女性ですが、自由恋愛のことは因果を含めて、箱根まで来てくれたんです。あとは社長の腕次第でございますから……」

「ふむふむ。それなら――」

「はい。湖畔《こはん》レストランでの夕食後、先に社長が姫野君を誘って消えませんか？」

本郷は、亜希より涼子に心を寄せていたので、東田のあとで涼子を抱くことを避けたかったのである。そしてまた、亜希にはしっかりと言い含めておきたいこともあった。

「ごめんなさーい。お待たせ」

男同士がよからぬ相談をしているところに、当の二美人が賑《にぎ》やかに戻って来た。

本郷はタクシー乗場で、

「社長、お先にどうぞ」

中原涼子と東田を先の車に乗せ、運転手に行先を教えておいた。

本郷と亜希は、あとのタクシーに乗った。

「どうだい、あの社長。そうイヤな印象ではないだろう？」

「ええ。もっとギンギンのお年寄りかと思ってたわ。あのくらいの紳士なら、私も喜んでシルバーラブという名のお守《も》りができそう。松尾専務で腕を磨《みが》いているから、委せといて」

「こいつ――」

本郷は今夜、この亜希が東田に抱かれると思うと、無性《むしょう》に嫉妬《しっと》心が湧《わ》いてきた。自分でお膳立てしておきながら、そのくせ、やきもちを焼く。これも、男の業《ごう》である。

不意に本郷は、物狂おしく亜希を抱いて、唇で唇をふさいだ。

「ああん……見えちゃうわよ」

「大丈夫。連中に見えないよう、後ろの車にしたんだから」

その魂胆もあって、本郷は先導車とはならずに、後ろの車を選んだのである。

亜希は、接吻《せっぷん》に応《こた》えてきた。

本郷は接吻をしながら、超ミニのスカートの間から、股間に手を入れた。

亜希には今日、パンストをはかせてはいない。ガーターである。これもあとで、東田の気持ちを惹くためであった。

指はもう股間の亀裂のところに貼りついていた。薄いスキャンティーをすかし、濡れはじめているのがわかる。本郷は隙間《すきま》から指を入れ、亜希の女芯を今のうちにと味わった。

「ああん……着くまでにゆきそう」

亜希は眼を閉じて、悦楽に耽《ふけ》っていた。

3

――夕食後であった。

窓から湖が見えた。芦ノ湖は暗かった。

でも風は涼しい。白いレースのカーテンがめくれこむ内側で、本郷は中原涼子の肩を左手で抱え寄せ、右手をスカートの下にすべりこませた。

「ああん……部屋にはいったばかりなのに」

本郷の首に回した涼子の手に力がはいった。

言葉は拒《こば》んでいるが、スカートの下に進入した手は拒もうとはしない。シルクのパンティーの感触が指先に触った。

パンティーの上から、女芯の亀裂に沿って、指をタテに撫《な》でおろす。

「感じるわ……」

布地の端をたぐりよせて、その隙間から亀裂に指を入れた。

蜜液が潤《うる》みはじめていた。

背を抱いた左手に力を入れ、キスをしはじめると、潤み方はひどくなった。

「もうすぐ、ノアの方舟《はこぶね》が浮かびそう」

「やン。大洪水だなんて」

涼子は両手で本郷の顔を撫でてゆき、久しぶりの本郷の体臭を懐《なつ》かしそうに嗅《か》いだ。

二人は今、一階の湖畔レストランから六階の部屋に戻ってきたところである。

「お隣り、もうはじめたかしら」

涼子が唇をはなして訊いた。

「シャワーの音が熄《や》んだようだから、そろそろベッドインだろう」

本郷との示し合わせどおり、東田社長は四人揃っての夕食の終わりごろ、姫野亜希を誘って、一足先に部屋に消えたのであった。

亜希も、本郷から今夜の仕掛けと使命を言い含められていたから、逆らわずに浮き浮きと、東田社長について行った。

——今、それぞれの部屋にはいったわけだが、隣り同士であり、鍵《かぎ》もない。開けておいて、行為中も自由に双方の部屋に出入りしてよいわけであった。

これから華やかな謝肉祭がはじまるのだ。

「あたし、汗流してくるわ」

涼子が抱擁《ほうよう》を解いて、浴室にむかった。

「ぼくも一緒に行くよ」

二人は一緒に化粧室にはいった。

涼子は鏡の前で背割れのジッパーを引き、ワンピースを脱いだ。次いでスリップも脱いだ時、本郷はその前に立ち、ブラをとり、パンティーに手をかけた。

「優しいのね。今夜の貫太郎さん」

「東田社長に、負けたくないもの」

本郷は一気にパンティーを引きさげた。

両端を刈り込んで長方形にした恥丘の上の、黒い茂みが現われた。

布地から解放されて茂みは、いっせいにそそり立つ感じだった。

全裸のまま、涼子が本郷の前にかしずき、

「貫太郎さん、見せて」

「ん？　何を」

「男性のお道具。久しぶりだもの。あの娘《こ》や、私の中にはいる前に、とっくりと見ておきたいのよ」

涼子はかしずいた。

その白い手によって、本郷のブリーフがおろされた。

早くも勢いをみなぎらせたものが、涼子の眼前に姿を現わした。

「すてき」

涼子が頬《ほお》を寄せ、匂いを嗅いだ。

片手に握って軽く擦《こす》り、先端を指の先で丸くなぞったりしながら、口に頬ばった。

「ああ……頼もしい勢いだわ。今夜は、あたしのためにしっかりがんばってね」

（もちろん、がんばるとも）

本郷はひとしきり、立ったままの口唇愛を受けてから、涼子を誘って風呂にはいった。

シャワーの下でも二人は、若い雌雄《しゆう》の獣のようにもつれあった。

熱い打たせ湯を浴びながらの抱擁は、鯉《こい》のよう。息ができないくらいの湯の勢いの中で、乳房を吸いながら、涼子の下腹部へ手をのばした。

指が、草むらに触った。若草は滝しぶきになびいていた。涼子の欲望を感じさせるこんもりした丘をくだると、ふっくらとした肉のあわいに、熱い溝がはしっている。

滝に打たれながらも、溝には蜜があふれ出ていた。その甘い蜜の中に、本郷の指がすべりこんでゆく。

涼子の身体が、ぴくりと動いた。彼女は大きな声をあげた。乳房を吸われていた時は、ただうっとりしていたのに、全然、違った激しい反応であった。

「ああ、息ができない。打たせ湯リンチなんて、いやよ。ね、ね、お風呂にはいらせて」

涼子は苦しそうに喘《あえ》いだ。

二人はバスにはいった。バスは狭かったが、何とか二人、並ぶことができた。

「あの娘、すてきな感じね。今のあなたの社内情事の相手は、あの娘なの？」

涼子が、亜希のことを訊いた。

「それならいいけどね。亜希はまだ、一度も抱いたことがないんだ」

「本当かしら」

「本当だよ。だから今夜は、ぼくも楽しみなんだ」

「じゃ、私も彼女、奪っちゃおうかしら」

「ん？」

「ああいうタイプ、私も好きよ。ね、レズしていいでしょ？」

「へええ。涼子にそんな趣味があるとは知らなかったなあ」

「レズだけじゃ、つまんないわね。そうだ、あとで一対二もやりましょうよ」

涼子は東田社長の感化を受けて、色々なことを知っているらしい。本郷は想像するだけで燃えてきて、バスの中で涼子を開脚させ、股間にはいって繋《つな》ごうとした。

「やン、溺《おぼ》れるわ。ベッドに行きましょ」

バスタオルで拭くのもそこそこに、本郷は涼子を抱えて、寝室にはいった。

ダブルベッドの上で、涼子をおろす。

本郷は弾《はず》む女体を開いて、挑んでゆく。

「あッ。そこ――」

涼子の女体が跳ねた。

「そこ……はさまれると、ちびりそう」

本郷は涼子の構造部分を、探検しまくっている。

涼子は、今夜も汐吹《しおふ》きである。

乳房を吸いながら、秘唇の中に指をずっぽり容《い》れて愛撫《あいぶ》するうち、掌《てのひら》の中にびゅーッと、愛液が噴《ふ》きこぼれてくるほどであった。

興奮するにつれ、濡《ぬ》れかたがひどくなる。

それはもう、体質のようであった。

「やン……やン……ちびりそう……」

ちびりそう、というのは、本郷が秘裂の上部の肉芽を親指で押し、秘孔にはいった薬指を上にむかって持ちあげるようにして、双指ではさんで、リズミカルに愛撫しているからであった。

そうやると、涼子はますます身悶《みもだ》えて、

「あン、あン……ちびりそう」

膣の不随意筋《ふずいいきん》が、ひくひくと痙攣《けいれん》する。

「どうにかなりそうよ……あたし」

涼子の女体は広いシーツの上で、勝手放題にうねくっているのだ。

女体のうねくるさまを見るのは、男にとっては醍醐味《だいごみ》である。

また男性の熱意が、まるで指の先に眼があるように、自らの構造の襞々《ひだ》に及んでいるのを知るのは、女性にとってもうれしいことなのである。

涼子は、自分の汐吹きの女体をもう恥ずかしがらずに、時々、腰をうごめかせたりして、野放図に、気持ちよさそうにしていた。

「凄い汐吹きだね。枕許におしぼりが必要だよ」

「だって……いいんですもの」

「ノアの方舟が浮きそうというのは、嘘《うそ》じゃないよ。アララト山は、このあたりかな」

本郷は言いながら、クリットの頂上を指で叩《たた》いたりした。

するとまた、汐吹きがピューッ。

「あらっと……」

本郷の掛け声を怒って、涼子が腰をぴくんぴくんと突きあげ、

「遊んでばかりいないで、真面目にやってちょうだい」

本郷のものはもう、自らの腹を打ちたたくほど、勢いよくはねあがっていた。

「じゃ、進水式をやるよ」

本郷は白い双脚を開いて、位置をとった。

本郷は、高射角にはねあがった自らの勃起を握りしめ、涼子の吐蜜の中に突き立てた。

「あーッ」

本郷の男根は、わななくように欲情し、熱くただれていた通路に、なめらかに飲みこま

れてゆく。

「ああっ……」

男根を根元まで飲みこむと、涼子はぶるっと女体を震わせた。

本郷はゆっくりと、動きだした。

出没運動がすすむにつれ、涼子はすぐに登りだした。

白い双脚を、男の背中に巻きつけてくる。

「ああッ……いきそう」

涼子が高い声をあげた時、枕許の電話が鳴りだした。

本郷は涼子の中にはいったまま、のびあがって受話器をとった。

受話器を耳にあてても、すぐには何もきこえなかった。

「もしもし……」

呼びかけても、返事がないのである。

やがて女の息遣いが、その受話器から洩《も》れだしてきた。

「ああん……社長……」

女のよがり声であった。

(――亜希め……!)

隣室で行為中に、亜希がいたずら電話をかけてよこしたのである。

「誰……？」

涼子が訊いた。

「隣りだ。亜希がプッシュしたらしい」

「しているの？　いま」

「がんばってるよ。ほら」

涼子の耳に受話器を押しつけた。

「まあ……亜希さんもすてきな声を出すのね」

涼子がすっかり驚き、あてられたとおり、受話器からは、

「ああ……社長……太いのがはいってる……すごいわ。私のあそこ、こわれそう」

そんな声がきこえてくる。

亜希が調子にのっているさまが窺《うかが》えた。

「まあ、今夜の社長ったら、ずい分、お元気みたい」

涼子が少し、妬《や》いているような声で言った。

受話器からはひっきりなしに、鶯《うぐいす》のような美声の亜希のよがり声が、きこえてきた。

「社長も、案外だわね。若い亜希さんに張りきっちゃって、ずい分、がんばってる……」

「おれたちも、負けてはおれないよ。むこうに聞かせてやろうじゃないか」

受話器を枕許に置いたままにした。

本郷は、涼子の太腿を大きく持ちあげると、肩にかついで、励みだした。

「ああん……貫太郎さんの……世界一大きくて、すてきよ……」

涼子がむこうに聞こえるように、わざと大きな甘え声を張りあげた。

はじめは演技めいた声だったが、やがてそれが演技ではなくなり、涼子は見栄《みえ》も外聞も投げすてて、のぼりはじめていた。

今夜の涼子は、奔放《ほんぽう》だった。

「ね、上にならせて」

電話プレーの途中から新しいリクエストを出して、女上位になりたいと言った。

「貫太郎さんは、じっとしてて」

涼子はそう言いながら、本郷にまたがってくる。

自分の秘孔から引き抜いたばかりの濡れ濡れの男根を握って、女芯に押しあてる。

そうして尻をおろしてくる。

本郷の男根は、熱いものに包まれた。

「ああ」

男根の根元まで粘膜に包み終えると、涼子はそれを味わうように、上下にゆっくりとスライドさせはじめた。

女芯に熱い蜜液があふれ、内腿を濡らしていた。

枕許にはずしたままの受話器から、隣りの様子がまだ伝わってくる。

しかし、東田社長と亜希は、もう一回戦を終えたようであった。

亜希がシャワーに立つ物音がパタパタときこえたりする。

「私たち、むこうより強いのよ。ね、優越感を憶《おぼ》えるわね」

「そりゃあ、トーゼン。おれ、東田社長より若いもの」

「あたしだって、好き者だから」

涼子はそう言って、漕《こ》ぎつづけるのであった。しかし、それも束《つか》の間《ま》、

「あ……ダメダメ……いきそうッ」

涼子の女体に糸が引きつれるような痙攣が走り、秘孔を収縮させて、本郷の上に突っ伏してしまった。

亜希たちが一回戦を終えたことを知ったとたん、対抗心がプッツンと途切れて、たちまち我慢できなくなって、ヒューズをとばしたようであった。

(ふうーッ、助かった。おれはまだ未発射。何回もやれるぞ)

本郷は息をととのえながら、

「そろそろ、むこうに押しかけようかな」

「そんなに亜希さんがほしいの？」

「そういうわけじゃないけどさ。約束だから、コートチェンジをしなくちゃ」

「テニスじゃないのよ。時間は決められてないわ。ほしかったらむこうからアクションがあるはずだから、もう少し私の傍《そば》にいて」

「うん。じゃ、ひと風呂浴びてくるよ」

——本郷が浴室で、女液に濡れた部分を洗い、汗を流して戻ってくると、涼子はベッドにあぐらをかいて、ワインを飲んでいた。

受話器はもう、元に戻されている。

涼子がワイングラスをさしだす。

本郷がひとくち、飲んでいるうち、涼子はまた股間に腹ばって、本郷の男根をいじりはじめた。

そこは、再び、たちまち大きくなった。

涼子は疲れもみせずに、唇を寄せて熱心にフェラチオをはじめた。

「石鹸《せっけん》の匂いがする」

本郷の股間にかしずいた涼子が、タフボーイをもりもりと大きくさせて、フェラチオをはじめている。

枕許の電話が、また鳴りだした。

本郷がとると、

「まだ、してるの？」

亜希の声であった。

「うん。そっちは？」

「一回戦が終わって、社長は今、ダウンしているわ。やはり年のせいね。涼子さんを呼ぶ前にひと休みしたいんだって」

「なるほど、インターバルを置きたいんだろうな」

話している本郷が、途中で、

「ううッ……うまいぞ！」

奇妙な声をあげた。

フェラチオしている涼子の舌遣いが、絶妙なところを舐《な》めあげたのであった。

受話器から、亜希が聞いている。

「しているの、いま？」

「そうさ。涼子がフェラチオしてくれてるんだ。おいしそうにしゃぶる人でね。吸っている音を聞かせてやろうか」

「いやッ……電話で聞くだけじゃ」

「じゃ、おいでよ」

「でも社長、大丈夫かな」

「本当に眠っているのかい？」

「ええ、ひと眠り。つまんない」

もしかしたら、狸寝入《たぬき》り……？　あとでこっそり、こちらの一対二を覗きに来るつもりなのかもしれない
「ともかくさ。亜希。社長はそこに休ませておいて、きみだけこっちに来いよ。ぼくらがしているのを見るだけでいいからさあ」

言っているうち、本郷は思わず、呻《うめ》き声を洩らしていた。

涼子が自分の身体を下にずらして、指弄していた本郷の男性自身を、不意に唇に深く含んだからである。

「じゃ、行くわ」

――亜希は、来るようである。

奉仕されるだけでは、申し訳ない。

本郷は腕をのばし、涼子の臀部《でんぶ》をあげて、こちらにむけさせた。

臀部が眼前に現われた。

本郷は、秘唇に指を入れた。

あわびのようにうごめいて、指はすぐに秘唇の中に飲みこまれた。

「ああっ」

涼子は声をあげ、自ら心持ち股を開いて、腰を振る。

本郷が秘園に指戯を見舞っている時、寝室にガウンを着た亜希がはいってきた。

「まあっ……がんばってるのね」

亜希が眩しそうに見て、

「あたしも仲間にはいらせて」

脱いで、ベッドの上に乗ってきた。

姫野亜希は、社内でも相当なプレーガールという話だったが、こういう局面にもすぐ対応できる感覚と知識を持っているようだった。

4

「私にも参加させて」

亜希がベッドにはいってくるなり、

「ね、三人で一緒に楽しみましょうよ」

女二人を相手にするという遊び方は悪くない、と本郷は思った。

「じゃ、最初にレズをやってくれないかな。おれ、喉がからから」

本郷が冷蔵庫からビールをとりだし飲んでいる間に、涼子は亜希をベッドに横にさせて、乳房にとりかかっていた。

亜希の乳房は、あまり大きくはないが、丸く固く張っている。

そこを涼子の手が揉み、唇をあてたりして吸っているのを眺めているうち、本郷は催《もよお》してきた。

二人の美女がベッドで戯れている眺めは、ストリップのレスビアンショーより、はるかになまめかしい。いつでも自分が参加できる情況なので、本郷のものはいきり立っていた。

亜希の上半身は涼子に委せ、本郷は亜希の下半身の愛撫にとりかかった。

亜希の茂みは、艶光《つやびか》りしていた。

長方形で、味付ノリの形だった。

本郷は、亜希の太腿にキスをした。

眩しいくらいに白い双脚の奥から、女の亀裂がなまめかしく全貌《ぜんぼう》を現わす。大陰唇が、ニワトリのトサカ状に硬くなっており、濡れ光っているのは、興奮して充血しきっているからだろうか。

そのトサカ状のものは、左右一対となり、上部に百合《ゆり》の芽のような肉芽が、頭を現わしている。

二枚のトサカを割り開くと、蜜液に濡れたピンクの秘境が剝《む》きだしになった。

秘境の下方に、女体の入り口が見える。

女臭はどれも同じかと思っていたが、涼子と亜希では、わずかに違うことに気づいた。

涼子のほうが甘酸っぱいチーズの匂いであり、亜希のは熟《う》れたビワの匂いである。

その異なった匂いのハーモニーが、淫蕩《いんとう》な匂いを作りだしている。

その淫蕩な匂いが、本郷の後頭部を甘く痺れさせ、ますます意欲をかきたてる。

本郷は秘境に舌を派遣した。

女の蜜液をすくいあげ、百合の芽にコーティングする。

「ああっ……」

亜希は、下腹部を波打たせた。

本郷は、秘境の下方に開いている女洞の中に、舌先を丸めて刺し入れた。

牝洞は濡れ濡れと、慄《ふる》えている。

うごめき、わなないている感じだった。

「あっ……あっ……」

舌先が刺し込まれるたび、亜希は女体を弾《はず》ませ、ぴくんぴくんと慄えている。

上体をのけぞらせたはずみに、乳房にとりついていた涼子が、危なくはねとばされそうになり、

「まあ、いい気なものだわ。私にオッパイを可愛がられていることなんか、忘れちゃって」

涼子が、不満そうな声をあげた。

――一対二の乱宴がつづく。

キングサイズのベッドに横たわった亜希のなまめかしい女体の乳房に、涼子が取りついて絶妙のレスビアンの舌戯と愛撫を見舞っている。かたわら本郷は、亜希の股間を押し広げて、秘芯に口唇愛をふるまっていた。

亜希への熱烈クンニがすすむにつれ、亜希は両所攻めをされてもう舞いあがり、

「あッ……あッ……飛ぶわ……飛ぶわッ……」

と奇妙な言葉を発して上体をゆすり、涼子を何度も振り落とすほどに乱れた。

涼子がぷりぷり怒って、乳房をピン、と指ではじいたくらいである。

ところが、その〈ピン〉にさえ感じて、

「あッ……」

と、よがった亜希に呆《あき》れ、涼子はもう知りません、と怒って、今度は本郷の下腹部にとりついた。

両足の間からあおむけになってもぐりこみ、固くなった本郷のペニスを口に含む。

本郷は、涼子の唇の感触をジュニアに感じて、うッと呻いた。

「ねえ。涼子さん、何してるの？」

亜希は空腰《からごし》を使いながら聞いた。

「ぼくのタフボーイを頬張って、楽しんでるよ」

本郷は教えた。

「ずるい。今はそれ、あたしのものよ」

「そう取りあいっこするもんじゃない。珍しい棒は一本しかない。珍棒といってね」

「いやいや、今度はあたしに吸わせて」

乱宴バランスの平和が破られた。

亜希は身体を起こすと、本郷をあおむけにして、涼子を押しのけて、本郷を頬張る。

「それじゃ私、いいことしてもらうわ」

押しのけられた涼子は、本郷の顔をまたいだ。

顔の上に腰をおろす。

後ろむきである。

女の秘景が、本郷の眼前に舞いおりてきて、青酸《あおず》っぱい匂いが本郷を包み、茂みと亀裂が唇をふさいだ。

本郷はその臀部に両手をあてて支え、舌で涼子の女裂をかき分けた。

「ああ……」

涼子は身体をよじり、ゆらめかせるようにしながら、女の宇宙を本郷の唇に押しつける。

本郷は、そのピンクの沼の感触を舌で味わいながら、片方では下半身に、亜希の巧妙なフェラチオを受けていた。

(極楽……というやつ。むかし浦島太郎《うらしまたろう》は東海の女人国、竜宮城《りゅうぐうじょう》でこういう歓待を受けていたから、帰国するのを忘れていたのに違いないな、きっと)

そう思ううちに、本郷は股間のタフボーイが極限までいきり立っているのを感じた。

(ううッ)

雄壮にいきり立つ本郷のタフボーイが、ぬるりと生温《なまぬる》い感触に深々と包まれたのであった。

亜希が上からひとつになったのである。

「ああ……」

亜希は繋いだ。

喘ぎながら、ゆっくりと出し入れをはじめる。

いわば、女上位である。でも、ふつうの一対一の女上位ではない。

亜希の女芯にタフボーイを預けた本郷は、かたわら、自分の顔に後ろむきにまたがった涼子の秘部に、クンニを見舞っているのである。

(華やかな乱宴……)

女ふたりを相手に、贅沢な気分だった。

本郷がそのバランスの中で上下を励ませているうち、

「駄目ッ。亜希さん、そこ弱いのよ」

本郷の顔の上で、涼子が身体を反らせて、声を弾ませていた。

「ダメったら……ねえ、背中を舐めちゃ、ダメよ……」

涼子が呻いている。

どうやら、亜希が本郷と繋がったまま、涼子を後ろから抱いて、背中に舌を這《は》わせているらしい。

亜希はレズと男と両刀遣いをしていることになる。

それもまた、華……と、本郷は委細かまわず、涼子にクンニを見舞いつづける。

「涼子さん、こっちをむいて」

亜希が涼子に言っていた。

涼子は本郷の顔の上で、むきを変えた。

「オッパイ、いいわね」

「わたしにも触らせて」

二人の女は、今や本郷の上で、爛熟《らんじゅく》レズプレーをはじめていた。

お互いに乳房を舐めあったり、揉んだり、キスをしたりしているのであった。

そのたびに、亜希の女芯がひくついて、本郷のタフボーイを締めつけてきた。

本郷は、女たちのよがり声に刺激されて自分も昂《たか》まるのを覚え、下から亜希の膣奥を強く突きあげた。

「あっ」

亜希がのけぞった。

「あッ……あッ……」

気配を察して、涼子が意地悪をするように、本郷の顔すれすれの女芯を、ぐいと顔面に押しつけてきた。

割れ目に鼻っ柱が喰いこんでしまった。

あまりつよく押しつけられて、鼻が折れそうになり、息苦しくなった。

「おい……苦しいよ」

本郷はぶつくさ文句を言った。

女同士は今や仲よしになっている。

「ねえ、交代して。亜希さん」

「やン。まだよ、まだ」

「そんなせこいこと、言わないでさあ」

「そうね。じゃ、ちょっとだけ、交代してあげようかな」

交代というのはどうやら、本郷のペニス独占権のことであるらしかった。

亜希がペニスから女体を抜き、二人の女はコートチェンジをはじめた。

涼子の番になった。

亜希が本郷のペニスから離れ、涼子がかわってまたがって、本郷のタフボーイを女体に収めた。

「ああ……とてもいい」

包まれる感じは亜希より、少しなめらかである。亜希より涼子のほうが、亀裂が長いし、愛液も多いので、ゆるやかな感じがするのかもしれない。

しかし、そのゆるやかさは、ゆるさとは違う。愛液過多のせいである。熟れたメロンの果肉のような深々とした爛熟さがあるので、成熟した女そのもの、という感じである。

本郷は下から、その爛熟メロンの中にタフボーイを勢いよく、突き立てた。

「あっ」

涼子がのけぞった。

本郷はここぞとばかりに、腰を弾ませて、涼子の中にお礼参りをした。

実は本郷もさっきから、

（もう限界だな……）

そう感じ、発射したかったのである。

本郷が、出没運動の弾みを強くするたび、

「あっ、あっ」

と、涼子は激しく乱れはじめた。

「わたし……もう、いきそう」

「ずるい」

亜希はいちゃもんをつけていたが、涼子のクライマックスへの波は、もうとどめようがなかった。

女芯がリズミカルに収縮し、

「ああっ」

と軽く呻くと、本郷の上にうつ伏せになってしまう。その瞬間、本郷は禁を解いて、涼子の中に激しい花火を射《う》ち込んでいた。

（ふーッ）

本郷がひと息入れた時、

「なかなか、いい眺めじゃのう」

いつのまにか、東田社長が部屋にはいって来たらしく、冷やかしの声をかけた。

「あ、これは社長――」

本郷があわてて離れようとすると、

「あ、無粋《ぶすい》な。そのまま、そのまま」

東田社長は押しとどめ、いきなり自らが羽織っていたガウンを、プロレスラーのように

勢いよく脱ぎすてると、

「わしにも参加させてくれ」

マットならぬベッドの上に、その巨体を乗せてきたのであった。

乱熟ラブゲームは、神聖なオリンピックと同じように、参加することに意義がある。

これで、二対二となったわけであった。

本郷も強い女性二人を相手では、いささか形勢不利を感じつつあるところだったので、大いなる援軍を得たことになる。

東田は、中腰になっていきり立つものを涼子の前にそそり立たせ、

「中原君。今度はわしのを舐めてくれ」

眼をぎらぎらさせて、催促していた。

涼子が本郷から離れ、東田の相手をすることになった。どうやら、箱根の夜はまだ終わらないようである。

終章　バラの祝福

——その月の第三土曜日、オープンした伊豆・堂ケ島マリーンホテルのコケラ落としは、実に華々《はなばな》しい成功を収めた。

オープニング・エキジビションには、五百羽の鳩と風船が舞いあがり、鼓笛《こてき》隊とチアガール二十人がホテル前に勢揃《せいぞろ》いして、ヘリで舞い降りたフランスの提携会社オペル社の社長R・オペルと、北急の社長是永譲太郎とを出迎えるという按配《あんばい》で、最初から両社長の機嫌を最高に盛りあげたのであった。

招待客や一般会員を入れての午後の祝賀パーティー。そうして初日からの営業も、すべて大入りで、順調であった。

館内では男女二十人ずつのGOガールやGOボーイたちがコンパニオンとして配置についた。上品なレストランではモーツァルトの室内楽、洞窟バーではタヒチとハワイのトロピカルショー、プールでは透明水着美女たちの悩殺シンクロナイズドショー……といった具合に、すべて本郷貫太郎が企画したイベントプログラムは、大勢の招待客にも両社長にも、そして一般会員たちにも大好評を博して、すべりだしたのであった。

その夕方、海がまだすっかり昏《く》れきらない時間に、美しい夕映《ゆうば》えを受けた部屋の窓際に、二人の人影があった。

「乾杯」

「カンパーイ」

二つのワイングラスが、カチンと音をたてた。本郷貫太郎と槇亜沙美であった。

二人は今、ささやかだが前途の大いなる仕事の成功の第一歩を祝っているところだった。

「うまくいったわね」

「ええ、大成功です。すべて、あなたのおかげだと、感謝しています」

「あら、貫太郎さんのお力よ。おたくの社内意見をみんな、私のプランどおりにまとめて、動かしてくれたんだもの」

そう言いながら、亜沙美は本郷に身体《からだ》をすり寄せてきた。

「ねえ、口うつしに飲ませて」

「甘えてますね」

「だって、こうして夕日を見ていると、貫太郎さんの恋人になったような気分だもの」

（そうはゆかないよ、あなたは立派な仕事仲間だけど、おれには飛鳥まゆみや、谷崎美由

貴や、沙也華がいる）

内心、そう思いながらも本郷は、口移しに亜沙美にワインを飲ませた。

甘い液体が流れこんだあと、舌と舌とが甘美に触れあい、絡《から》みあい、響きあった。

「ねえ、ご褒美《ほうび》をちょうだい」

亜沙美はねだるように乳房を押しつけた。

彼女はすてきなドレスを着ていた。本郷はグラスをかたわらに置き、腰を抱いた。本格的なキスに移行し、抱きあげてベッドに運んだ。

亜沙美の白い裸身は折から、窓ごしに射《さ》しこむ海からの夕焼けの光線を浴びて、本当にバラ色に染まっていたのであった。

本郷は亜沙美をあおむけにすると、両足を開かせ、ヘアで飾られた恥丘にワインを垂《た》らした。ワインはキラキラ光りながら、恥毛を分けて亀裂のほうにつたわってゆく。

そのたびに跳ねまわる亜沙美の女体を見ながら、本郷は気分がよかった。一週間前の箱根の夜は、華やかな乱宴スワップの成果があって、オリエンタルの東田社長はいたく喜び、また新たに北急リゾート物件への投資だといって、五億円という巨額の資金運用を委《まか》されたのであった。いわば、売り上げである。

それには中原涼子の功績が大きかった。それにもまして本郷の自慢の業物《わざもの》は、幸運を呼ぶ業物であるらしい。

この勝利の女神、亜沙美を味方につけることができたのも、本郷の業物のせいである。

（ただ今、上げ潮中――）

そんな気がする。

そんな時は、どんどん乗ってゆこう。

本郷が亜沙美と乾杯の一夜をあかし、東京に戻った週の月曜日。出社早々、彼は役員室に呼ばれた。

「やあ、おめでとう。きみに、いい知らせがある」

松尾専務が待っていた。

「はあ」

「このところのきみの働き、まことにめざましいものがある。まだ内示段階だがね、このたび、社内の機構改革をして営業一課、二課、三課を統合して営業本部制を敷き、企画開発課と営業推進課の二つにまとめる。ついてはきみに企画開発課長になってもらおうと思っているが、どうだろうね」

松尾専務は一気に、そこまで言った。

本郷は間抜けにも、はあ、と言ったきり、返事をするのを忘れていた。

「どうした？　うれしくはないのかね？」

「いえ。そんなわけではありませんが、何分、急な話でございますから——」

本郷は照れ臭そうに、頭を掻《か》いた。

どうやら、最近の本郷貫太郎の契約高急上昇と、堂ヶ島マリーンホテルの画期的な大成功、それにオリエンタル産業の社長、東田泰助との大口契約の取りまとめなどが効《き》いて、新設される企画開発課長への抜てき、ということになったのかもしれない。

松尾専務あたりはそれに加え、メーンバンクの帝国銀行の会長のご機嫌を損なわないためにも、本郷には沙也華に対してもっともっとがんばってもらいたいし、そしてそのためにも、沙也華に見合う肩書と地位を与えておこうという考えなのかもしれなかった。

ともあれ、三十二歳で企画開発課長なら、社内的には大出世である。

しかし、本郷としては、正直なところ、面映《おもは》ゆい部分が、ちょっぴりある。本心でいえば、社内出世などどうでもいいのである。

それより、本郷には企業の枠《わく》にとらわれない遠大な野心と、野望がある。

しかし、考え方によっては、このような社内的出世の小さなステップでも、自己実現するための大きなステップへの一つと考えれば、肩書も損ではないかもしれぬ。

「え？　どうした？　なぜそんな浮かない顔をしているんだ？」

「は、いえ。そんなわけではありません。ハイ、ご内示、謹《つつし》んでお受けいたします」

「うむ、そうこなくっちゃな。早速、名刺を刷って、沙也華さんに電話したまえ」

気合を入れるような松尾専務の声を背中に聞いて役員室を出、三階の大部屋の席に戻ると、飛鳥まゆみと顔があった。

本郷の卓上の花瓶《かびん》に、またもや、どうだ……まっ赤なバラが一輪、挿《さ》してあった。そのバラには一枚のカードが貼られていて、

「貫太郎さん、おめでとう」

——そう書いてあった。

まゆみはいつのまにか、知っていたらしい。そのうえ、卓上の赤いバラの意味は、本郷にだけわかるシグナルである。

(今夜……ちゃんと、部屋に来てよ)

(さあ大変だぞ)

本郷はほっと、複雑な吐息を洩《も》らした。

あとがき

日本列島で今、二つのドラマが進行している。

ひとつは、平成不況と呼ばれる景気後退局面の長期化にともなう、企業のリストラ（贅肉落としの再構築）と、それにともなう経済環境の国際化であり、もう一つは、それにもかかわらず国民生活の面では、着実に余暇《よか》時間がふえ、人生八十年時代と呼ばれる長寿化現象と相まって、日本はいつのまにか「余暇時間大国」になりつつある現象である。

人生八十年時代の到来は、医学の発達にともなう生物学的現象であり、産業構造の再編成は、きわめて経済そのものの動きであって、この二つのドラマは今まで別々に、論じられてきた。しかし、そこに「内需拡大」「時間ビジネス」という視点を入れれば、この二つは密接につながっており、「六十歳定年からの二十年をどう生きるか」――いわゆる余暇時間を市場に取り込んだリゾート産業の確立という意味で、長期的には産業構造が変化し、若者のレジャー志向も含めて、リゾートビジネスという分野が安定的に擡頭《たいとう》するだろう、という展望がひらけてくるのである。

ところで、あの掛け声はいったいどこに行ってしまったのだろう、と首をひねりたくなるのがまた、このリゾート産業の問題である。

一時期、鉄鋼や造船や、建設などの重厚長大型産業までが、リゾート開発にシフトし、北海道から九州まで日本列島の二〇パーセントの面積を、その構想下に呑み込み、一開発地域だけで数百億円から数千億円の資本を投下し、その数六十以上、列島改造論を凌《しの》ぐ勢いで進行していた各地のリゾート開発構想が、ここにきてバブルの崩壊とともに、雲行きがあやしくなり、計画を縮小したり、撤退したり、模様がえしたりという、大きな反省期の様相を見せている。

たしかに世の中、バブルがはじけて様変わりしたことが三つある。株の暴落と、土地の暴落と、平成不況にともなうこのリゾート・ブームの一時的退潮である。

一部の専門家筋によると、日本のリゾート・ブームは「十年早すぎた」といわれる。欧米人の場合とちがって、日本人の休暇のすごし方は、大方がせかせかと熱海や箱根の温泉に団体旅行しては、せかせかと帰ってくる「通過型」であり、一ヵ所でゆったりとゴルフや音楽や釣りや読書や散歩などをして過ごす「長期滞在型」の習慣は、まだ国民生活の間で身についてはいない。

それに、欧米のように貴族の別荘リゾートスタイルが、何百年もかかって庶民に伝播《でんぱ》して定着したのと違い、日本は戦後、やっと四十数年間で、世界一？といわれる金持ちになったばかりで、本当の意味の滞在型リゾートという習慣を理解していない――というのである。

まさにそのとおりの側面があるし、サラリーマンの場合、土、日の休みだけでも一年間、約百日間の休みがあるといっても、「休暇」を一週間単位ぐらいでまとめて取れるわけではないし、また現実問題、家のローンに追われていると、そんなにリゾート生活にまで予算を振りむけられる余裕はない、という問題もある。

どだい、あの一時期の一億総リゾートの掛け声のもと、巨大なホテルやコンドミニアム・マンションを作り、スキー場を作り、ゴルフ場を作る、といった全国画一的な開発プランが姿を現わした瞬間、「ああ、これは本当のリゾート時代の創造ではない。ただの土建屋のゴルフ場作りと自然破壊だ」「景気がちょっと冷えれば、たちまち熱が冷め、ホテルを建てたが、人が来ない、巨大な残骸《ざんがい》だけが山奥に残る、ということになるぞ」と、私は当時から何度も幾つかの雑誌にエッセイを書いたり、リゾート開発をめぐるシミュレーション小説を書いたりした。

もともと、リゾートの本質は、「人と人とが出会う」「憩う」場所を作るという、ごく静かなものなのだ。人生八十年時代の余暇時間を、どのように有意義に創造し、読書し、思索し、散歩し、釣りをし、劇場に通い、音楽を聴き、楽しい食事やスポーツに親しみ、人と人とが出会い、またそのための森や林や湖や港など、美しい自然の「場所」と「空間」をどのように創造し、家族ぐるみで安く長期間滞在できるシステムを、どのように提供するかが、リゾート産業の本来の任務のはずである。

やたら、ゴルフ場を作ったり、スキー場を作って自然破壊することと、リゾート開発の本質とは、まるっきり違うことだと私は認識している。まして株や土地投機と同レベルの感覚で、投機目的にしたリゾートマンションの売買などとは、相反することだと思う。そりゃ、豪壮華麗なホテルという名の「容《い》れもの」も、人気商品の「ゴルフ場」も必要かもしれないが、そればかりをパッケージした「リゾート開発」が、「リゾート・ブーム」なら、そんなものは早くぶっ潰れたほうがいい、とさえ思っていたが、結果的に、あれれっと思う間もなくバブルの崩壊で、その部分が今、見事にポシャってしまっているのである。

しかし、「十年早かった」か「五年早かった」かどうかは別にして、またリゾート開発のあり方の模索は続くにしろ、日本の経済構造をめぐる基礎的諸条件（ファンダメンタルズ）が変わらず、「黒字大国」と並んで、「余暇時間大国化」と「長寿国化」がすすむ限り、その「時間」をどう生かすかの時間ビジネスと、国民一人一人のリゾートのあり方は、ますます大きな問題となって問われるだろうし、長期的には経済システムの厳然たる一側面として、このリゾート市場は着実に拡大してゆくとみられる。つまり、「ブーム」が「ブーム」でなくなった時に、はじめて本物が生まれ、定着してゆくという図式は、ここでもまた言えることのようである。

ところで、本書は、そのように賛否両論、曲折しつつ論議かまびすしいリゾート業界を舞台に、一人のやる気満々の営業マンが、右手《めて》にビジネス、左手《ゆんで》に女を抱いて、野望街道を驀進《ばくしん》し、のしあがってゆくという官能サクセス物語である。

初出紙は「サンケイ・スポーツ」で、昭和六十四年（一九八九年）一月からスタートした。新聞連載小説は普通、半年間の〝注文〟だが、大好評につき「もっともっとやってくれ」という具合になって、とうとう予定を倍以上も延長した一年と三ヵ月のロングランとなり、平成二年（一九九〇年）三月末まで続いた。この時の連載「野望は甘き蜜の匂い」のうち、最初の半年間分をまとめて平成元年に扶桑社から出版したが、それを加筆訂正した文庫本が、本書である。このあとはまた、シリーズとして刊行される。

一読していただいたらわかるとおりで、内容は、明朗痛快性豪社員の奮闘記である。成長産業リゾート業界の大手「北急ドリーム開発」の営業三課に勤務する主人公、本郷貫太郎が、女性をターゲットにした一大リゾート戦略をぶちあげ、自慢の業物にものをいわせて、社長秘書、財閥夫人、美人OLなどの熟れた肉体を次々と官能の渦に誘いながら、業績をのばし、出世の階段を駆けあがってゆく――という構成なので、文字どおり、官能サクセス・ストーリーといえようか。

振りかえってみたら、理屈抜きの「サラリーマン官能小説」と呼ばれるものを書いたのは、この作品が初めてである。それまでのものは、官能シーンはあるにしろ、それはサスペンスであったり、ミステリーであったり、社会派小説であったりするものの全体の骨格の中の一部であって、官能シーンは「味つけ」であったにすぎない。

新聞連載を開始する時の予告をめくってみると、作者の言葉として、次のようなメッセージが載っている。

「男には、三つの願望がある。それは、『金と暇と女』である。もう少し金があったら……。もう少し女にもてたら……。もう少し、暇があったら……という願いは、社会の第一線で忙しく働くサラリーマンの共通の願いであろう。その三大願望をめぐって大奮闘し、その三つともを手に入れるのが本編の主人公、本郷貫太郎である。いつもあなたのお傍《そば》にいる応援団長、本郷貫太郎をご声援下さい」

さて、元気一杯の性豪社員・本郷貫太郎、いまや社内の美人ＯＬ、麻布の財閥令嬢、銀行会長の愛娘《まなむすめ》まで手に入れて、八面六臂《はちめんろっぴ》の大活躍だが、この先、多くの美女たちをどう操縦し、なお新しい女たちを意欲的に征服しつつ、どのように自分の野望を達成してゆくのか。つづいて刊行予定の『背徳の野望――蜜の罠編』『背徳の野望――真昼の誘惑編』にご期待ください。

平成五年七月

南里征典

（本書は、平成五年七月に刊行した作品を、
大きな文字に組み直した「新装版」です）

一〇〇字書評

切り取り線

購買動機（新聞、雑誌名を記入するか、あるいは○をつけてください）	
□（　　　　　）の広告を見て	
□（　　　　　）の書評を見て	
□ 知人のすすめで	□ タイトルに惹かれて
□ カバーが良かったから	□ 内容が面白そうだから
□ 好きな作家だから	□ 好きな分野の本だから

・最近、最も感銘を受けた作品名をお書き下さい

・あなたのお好きな作家名をお書き下さい

・その他、ご要望がありましたらお書き下さい

住所	〒				
氏名		職業		年齢	
Eメール	※携帯には配信できません	新刊情報等のメール配信を 希望する・しない			

この本の感想を、編集部までお寄せいただけたらありがたく存じます。今後の企画の参考にさせていただきます。Eメールでも結構です。

いただいた「一〇〇字書評」は、新聞・雑誌等に紹介させていただくことがあります。その場合はお礼として特製図書カードを差し上げます。

前ページの原稿用紙に書評をお書きの上、切り取り、左記までお送り下さい。宛先の住所は不要です。

なお、ご記入いただいたお名前、ご住所等は、書評紹介の事前了解、謝礼のお届けのためだけに利用し、そのほかの目的のために利用することはありません。

〒一〇一―八七〇一
祥伝社文庫編集長　坂口芳和
電話　〇三（三二六五）二〇八〇

祥伝社ホームページの「ブックレビュー」からも、書き込めます。
http://www.shodensha.co.jp/bookreview/

祥伝社文庫

背徳《はいとく》の野望《やぼう》　新装版

平成24年 2月20日　初版第 1 刷発行

著　者　南里征典《なんりせいてん》
発行者　竹内和芳
発行所　祥伝社《しょうでんしゃ》
東京都千代田区神田神保町 3-3
〒101-8701
電話　03（3265）2081（販売部）
電話　03（3265）2080（編集部）
電話　03（3265）3622（業務部）
http://www.shodensha.co.jp/

印刷所　堀内印刷
製本所　積信堂
カバーフォーマットデザイン　芥　陽子

Printed in Japan ©2012, Yoko Nanri　ISBN978-4-396-33736-0 C0193